IRIA G. PARENTE y SELENE M. PASCUAL son dos autoras de literatura juvenil con casi una veintena de títulos publicados, en los que se mezclan la fantasía, la ciencia ficción o el romance contemporáneo. Entre sus obras se encuentran *Anne sin filtros*, *Rojo y oro*, *Alma y los siete monstruos*, *Pétalos de papel* y *Seremos el huracán*. Todos ellas muy distintas y de diferentes géneros, pero con un núcleo común: la importancia de las emociones y unos personajes muy reales.

Encuéntralas en X, Instagram y Tiktok como

@iriayselene

Papel certificado por el Forest Stewardship Council®

MIXTO
Papel | Apoyando la silvicultura responsable
FSC® C117695

Penguin Random House Grupo Editorial

Primera edición en B de Bolsillo: febrero de 2025

Inspirado en la obra original de L. M. Montgomery

Diseño de la cubierta: lookatcia.com
Imagen de la cubierta: © Cristina Cid

Printed in Spain – Impreso en España

ISBN: 978-84-10381-31-5
Depósito legal: B-21.168-2024

Compuesto en Grafime, S. L.
Impreso en Black Print CPI Ibérica
Sant Andreu de la Barca (Barcelona)

BB 8 1 3 1 5

Anne sin filtros

IRIA G. PARENTE
SELENE M. PASCUAL

Ilustraciones de Cristina Cid

PARA QUIENES HACEN FANFICS Y FANARTS
Y ENRIQUECEN SUS FANDOMS CON SU ARTE,
GRACIAS POR HACER FELIZ A TANTAS PERSONAS
(Y ENTRE ELLAS, A NOSOTRAS)

Y PARA QUIENES ADORAN
«ANA LA DE TEJAS VERDES»,
ESTE ES NUESTRO PEQUEÑO TRIBUTO
A LUCY MAUD MONTGOMERY

Fandom:	*El caballero del espejo* (TV)
Relationships:	Elayne Shalott / Guinevere Pendragon, Lancelot of the Lake / Guinevere Pendragon
Characters:	Elayne Shalott, Lancelot of the Lake, Guinevere Pendragon, Arthur Pendragon, Merlin
Additional Tags:	Slowburn, Fix-it, Hurt/Comfort, Crossdressing, Elaynevere Canon Queens, Alternate Universe - Canon Divergence, The Author Regrets Nothing, Additional Tags To Be Added
Stats:	Words: 72.034 Chapters: 25/? Comments: 3.821 Kudos: 20.230 Bookmarks: 3.987 Hits: 398.530

La dama del espejo

LadyCordelia

Elayne de Shalott se estaba ahogando.

No era como cuando había creído morir en aquella barca en la que había huido de la torre que la había tenido presa durante tantos años. No era tampoco como todos los años previos a aquel momento, en los que había sentido que se quedaría sin aire entre aquellas cuatro paredes. Ni siquiera se parecía a la presión de las vendas en torno a su pecho, que a veces habían amenazado con arrebatarle la respiración por su brutalidad.

Esta vez sentía que se estaba ahogando de verdad. Sentía que *realmente* se moriría. Y la culpa la tenían aquellos ojos que la miraban con los párpados muy abiertos. A ella. A su imagen en el espejo. A su cuerpo medio desnudo, malherido después de la batalla. Sin embargo, la cicatriz en el costado (mucho menos grave ya gracias a la magia de Merlin) no era lo que Gwen estaba observando. Era mucho más.

La estaba observando a toda *ella*.

Consciente, más que nunca, de quién era.

—¿Lancelot?

La voz de Gwen tembló y el cuerpo de Elayne hizo lo mismo.

Se miraron a través del espejo. Por primera vez, con todos los secretos al descubierto.

—Gwen.

1

Si quisiera contar una historia de amor en el mundo real, la situaría en Tejas Verdes, entre sus sillas desiguales y sus mesas adornadas con flores frescas. Aquí, de hecho, he imaginado tantos romances que he perdido la cuenta. El de la chica a la que se le cae el cambio y encuentra una mano desconocida en el suelo que intenta prestarle auxilio. El de los dos chicos que siempre se sientan a la mesa larga a trabajar con sus ordenadores y cuyas miradas empiezan a cruzarse por accidente con más y más frecuencia. El de la universitaria que se enamora a primera vista de la chica detenida bajo un rayo de sol que la baña como si fuera un ángel. El de la pareja que tiene una primera cita desastrosa que no cambiaría por nada, allí, en la mesa de la esquina, la que más me gusta a mí y donde los dulces de mi madre siempre saben mejor.

A veces, de hecho, incluso he fantaseado con que alguna de esas historias llegue a pasarme a mí. Que quizá alguien que venga frecuentemente alce un día los ojos y me *vea* por primera vez. Que quizá alguien me pague con un billete con un número de teléfono garabateado en una esquina. Que quizá alguien meta una nota solo para mí en el tarro de las propinas y me rete a descubrir su identidad con un juego.

Mi madre siempre dice que esas cosas no pasan en el

mundo real, pero yo estoy segura de que el hecho de que no le hayan pasado a ella no las hace del todo improbables, aunque tengo que admitir que la gente que espera su café por las mañanas no parece sentirse especialmente romántica. Lo cual es una pena, la verdad.

—Hace un día precioso, ¿verdad?

El señor Harrison pasa por la cafetería a diario y pide su café (corto de leche desnatada, templado y con una pizca de cacao) a las ocho exactamente. Vive a dos puertas de aquí y siempre parece tener prisa, como todo el mundo en esta ciudad. Mi tío suele decir que Avonlea era mucho más tranquila cuando él era joven, que la gente no corría de un lado a otro, que los autobuses iban más vacíos y que todo el mundo tenía al menos una sonrisa y un saludo para su vecino. Mamá siempre le dice que es un nostálgico.

Yo creo que lo que pasa es que tío Matthew tiene alma de romántico, como yo, y le gustaría haber nacido en una época diferente. Siempre he creído que habría sido todo un caballero, tímido y callado, misterioso pero amable.

El señor Harrison gruñe por toda respuesta y saca un billete ajado de su bolsillo, impaciente.

—¿No se alegra de que ya se acerque el otoño? Espero que la avenida pronto se llene de hojas caídas. No hay nada más bonito que caminar entre ellas mientras el sol se esconde. Los colores son una preciosidad y…

—¿No empiezas la universidad mañana?

Sonrío ampliamente, feliz de que se haya acordado. A veces creo que no me escucha cuando le hablo.

—¡Sí! Estoy muy…

—Estoy deseando ver cómo te amueblan la cabeza —me

corta, tan de mal humor como de costumbre. Me coge el vaso de las manos y se marcha sin esperar el cambio.

—¡Gracias! —exclamo tras él—. ¡Ya le contaré cómo me ha ido el primer día!

Él hace un gesto con la mano a modo de despedida y yo lo sigo con la mirada hasta la puerta.

—La gente no quiere que le des conversación —me advierte mi madre, que sale en ese momento de la cocina con una bandeja de cruasanes recién hechos—. Te tengo dicho que tienes que limitarte a servirles lo que te pidan y no a contarles tu vida.

Suspiro y apoyo los codos en el mostrador. Ya hemos tenido esta conversación antes.

—¡Pero a mí me gusta hablar con los clientes! Y estoy segura de que al menos unos cuantos lo agradecen. Además, decir que servimos «café y sonrisas» es mucho mejor que servir solo café, ¿no?

Mi madre niega con la cabeza. A veces casi parece arrepentirse un poco de haberme adoptado hace tantos años, pero luego me ofrece uno de sus cruasanes y yo sé que, aunque no sonría, me quiere más que a nada.

—Yo también estoy deseando que te amueblen la cabeza —se burla.

—No voy a que me amueblen la cabeza —respondo con la boca llena de hojaldre—. Voy a convertirme en una gran escritora.

—Ya eres una gran escritora, niña —dice Rachel, que ha llegado a la barra después de recoger y limpiar la mesa número 3—. ¡Has ganado un premio! Si no fueras una gran escritora, eso no habría pasado.

Aunque agradezco las palabras, lo cierto es que dudo mucho que ganar un concurso literario de una marca de chocolate pueda considerarse el principio de una brillante carrera literaria. Que yo sepa, entre los logros de Jane Austen no estuvo hacerle promoción a lo que sea que fuera el Nestlé de la época. Al menos fue un relato muy romántico, la verdad. Quizá algún día yo también me encuentre bombones en la barra de la cafetería y sea, como en mi historia, la encantadora camarera que recibe algo que, hasta ese momento, solo se encargaba de dar.

En cualquier caso, Rachel siempre intenta motivarme. Y, para ser justas, me trae también muy buenas historias.

—Lo siguiente que podrías escribir es algo sobre esos dos —dice, señalando con un gesto de cabeza hacia los chicos sentados a una de las mesas—. Creo que el moreno está loquito por el rubio, pero el rubio le está contando un dramón con su novia…

—¿Un triángulo amoroso? ¡Qué emocionante! —exclamo antes de lanzar un vistazo.

—¿Qué os tengo dicho de cotillear sobre los clientes?

—Ay, Marilla, ya sabes que nosotras no cotilleamos —se defiende Rachel.

—Solo cogemos inspiración del mundo real —completo con una sonrisilla inocente.

Mi madre pone los ojos en blanco.

—¡Menos inspiración y más trabajar!

—¡Señora, sí, señora! —exclamamos Rachel y yo a la vez.

Es domingo, así que la cafetería comienza a llenarse y ya no para. Las historias de un montón de personajes distintos pasan justo delante de mí: dramas como el que se adivina en los ojos tristes de ese hombre que pide un café solo y a quien le pongo una chocolatina de regalo, comedias como la que hace que ese grupo de chicas se desternille de la risa y, por supuesto, romances como el de las dos señoras mayores que se dan un beso al fondo de la cafetería y que me hacen soñar con amores para toda la vida.

A veces siento que yo soy la única persona sin una historia digna de contar, así que por eso me gusta rebuscar en las de los demás. Al fin y al cabo, mi historia es muy sencilla: padres muertos en un incendio, una existencia simple y monótona en un orfanato, una mujer que decidió adoptar y la suerte de ser elegida más por error que por destino. Soy tan poco reseñable que Marilla Cuthbert ni siquiera me había elegido a mí en un principio para ser su hija: había elegido a un niño, pero hubo un fallo burocrático y al final aquel chiquillo se fue con otra familia.

Yo oí a Marilla armar jaleo en la oficina de la directora porque por entonces tenía diez años y las únicas historias interesantes en el orfanato eran las que me inventaba o las que otras personas traían de fuera. Mi madre salió resoplando, mientras Matthew le rodeaba los hombros con un brazo, y ambos me encontraron frente a la puerta, donde me había sentado a escuchar. Al principio, imaginé que eran una pareja desesperada por un niño. Quizá habían perdido al suyo. Quizá nunca habían podido tenerlo.

—No se preocupen —les dije—. ¡Hay muchos niños como él, seguro que pronto tendrán al suyo! Piensen que al menos es bueno para él que se lo hayan llevado antes de que cumpliera los siete. Nadie quiere a los que ya han cumplido los siete.

Matthew parpadeó. Marilla Cuthbert apenas me miró al principio. Al menos, no hasta que su hermano preguntó:

—¿Y cuántos años tienes tú?

—¡Diez! Yo seguiré siempre aquí —anuncié.

Pero no lo hice, porque los hermanos se miraron y volvieron a entrar en la oficina de la directora.

No salieron hasta que yo me fui con ellos.

Hay otra parte de mi historia que puede que sí sea más apasionante. Es una parte pequeña y que quizá tiene más interés precisamente porque es un secreto. Porque no es casi *mi* historia, la de Anne Shirley, la huérfana, sino la de una misteriosa figura a la que la gente adora, que puede tener cualquier vida porque nadie sabe nada de ella más allá de las historias que cuenta.

Lady Cordelia.

La famosísima autora de fanfics.

La persona que soy en Internet.

Rachel tiene razón: ya soy una gran escritora, aunque no por el premio de Nestlé ni los concursos de escritura del instituto, sino por los miles de personas que siguen mis historias en un rinconcito de una web. El problema es que creo que a Rachel Lynde le daría algo si supiera lo que a veces me dedico a escribir. Puede que a Marilla también. A Matthew, definitivamente, le daría un ataque, con lo tímido que es.

Así que, en parte, por eso es un secreto. Por otra parte (una gran parte) es porque espero ser una autora reconocida algún día, una autora de las que todo el mundo admira, y del mismo modo que a Jane Austen no se la conoció por ganar un concurso de una marca de chocolate, a las hermanas Brontë tampoco se las habría reconocido si sus obras hubieran sido tan solo versiones de *Orgullo y prejuicio.* A las autoras de fanfic no las recuerda la historia, aunque Diana insiste en repetir que el libro más leído del planeta es precisamente un fanfic sobre un carpintero que inspiró un montón de fanarts carísimos por los siglos de los siglos, amén.

Es justo ella quien me escribe cerca del mediodía para decirme:

Di ♥

¡¡398.530 y subiendo!!

¡Creo que hoy es el día!

Di es la única persona que sabe que soy Lady Cordelia, porque es mi mejor amiga. Bueno, es algo más que mi mejor amiga. Es mi alma gemela. La persona a la que le confiaría mi vida. La mitad de mi alma está constantemente con ella, la mitad de mi mente, la mitad de todo mi ser. Por aburrida o monótona que sea mi historia, merece la pena simplemente por el hecho de que sé que ella y yo hemos llegado a este mundo porque teníamos que encontrarnos.

Diana siempre está pendiente de mis fanfics, casi tanto como yo, así que hoy está controlando el contador para ver si por fin llega el momento que llevamos una eternidad esperando: el día en el que *La dama del espejo,* el fanfic más largo que he escrito, llegue a cuatrocientas mil lecturas. Un récord absoluto para mí. Un éxito para Lady Cordelia, que, si todo sigue así, en su próxima actualización tendrá que dar las gracias con muchísima emoción. He preparado todo para ese momento: el último capítulo subido es el más importante de los que he escrito, el que cambia para siempre todo lo que los guionistas de *El caballero del espejo* hicieron mal y que yo puedo solucionar. A partir de aquí, la historia entre Gwen y Elayne solo puede crecer y crecer y crecer y ser cada vez más romántica y apasionada y…

—¿Hola? ¿Me oyes?

Casi se me cae el móvil al suelo con el brinco que pego cuando me doy cuenta de que me he distraído (aunque sea algo a lo que esté bastante acostumbrada porque, en realidad, pasa como veinte o veinticinco veces al día, dependiendo del interés que me despierten las cosas con las que me cruce). Cuando parpadeo, de vuelta a mi lugar tras el mostrador de Tejas Verdes, alguien está ante a mí y parece que lleva un buen rato ahí delante, por su expresión divertida.

—Tierra llamando a… Anna —sonríe tras entornar un poco los ojos para leer el nombre que cuelga de mi mandil blanco y verde.

—Anne. Con *e*—corrijo, echando un vistazo a la etiqueta emborronada.

Necesito un segundo para asegurarme de que tengo los pies bien plantados en el suelo y no voy a salir volando a otra ensoñación.

Parece hacerle gracia, porque sonríe y dice:

—Encantado, Anne con *e*.

El chico tiene un hoyuelo muy mono al sonreír y yo me contagio automáticamente de su gesto. Sobre todo cuando veo que de la correa de su mochila cuelga, junto con un pin meme del pollito con el cuchillo (con el que Diana siempre me compara) y otro de la bandera trans, un pin que conozco bien porque yo también lo tengo: la espada de Lancelot de *El caballero del espejo*, enmarcada con una de las frases más míticas de la serie: «Tomad mi espada».

—«Tomad mi espada, es todo lo que tengo. Y todo lo que tengo pongo ahora a vuestro servicio, mi rey» —recito con un suspiro.

No soy especialmente fan de la pareja que hacen Elayne y Arthur, pero hasta yo tengo que admitir que aquella escena hizo que se me acelerase el corazón. De hecho, he perdido la cuenta de las veces que la he visto. Los primeros capítulos de la primera temporada son de los mejores.

Sobre todo si los comparas con los últimos que han emitido.

El rostro del chico que tengo delante parece brillar cuando pronuncio esas palabras. Tiene una cara bonita, muy pálida en contraste con su pelo negro como la noche cerrada y sus ojos oscuros con forma de luna creciente.

—«No a *mi* servicio —responde—. Sino al de Camelot».

Nos sonreímos todavía más. ¿No es maravilloso cuando surge una conexión instantánea entre dos desconocidos? En esos momentos es inevitable pensar que el destino tiene que existir, porque no hay otras palabras para definir un vínculo tan mágico.

—¿Fan de la serie? —pregunto, solo porque quiero escuchar la afirmación.

—Al parecer, lo suficiente para usar en la vida real citas del capítulo tres de la primera temporada.

Nos reímos. Tiene una risa maravillosa, casi cantarina.

—¿Qué te sirvo?

—Un chai latte, por favor. ¿Cuál es tu pareja favorita?

Le doy la espalda para preparar su bebida.

—Elayne y Gwen, sin duda —digo. Al principio con felicidad. Luego, como siempre que me acuerdo de las malditas decisiones de los guionistas, me sale un ruidito estrangulado de la garganta—. ¿Estás al día? Porque no quiero destripártelo, pero odio lo que hicieron en los últimos capítulos. Hay gente que tiene esperanzas de que lo arreglen, pero, francamente…

Giro la cabeza. Él me está mirando con una expresión un poco más neutra, aunque la sonrisa sigue ahí. Temo haberme ido de la lengua hasta que lo escucho decir:

—La verdad es que a mí me gusta la idea de que Lancelot esté con Arthur.

La conexión se rompe. La siento deslizarse fuera de mi alcance con esas palabras. Pero como no soy de esas personas que fuerzan su ship en otros y lo venden como si fuera todo lo que tuvieran en la vida, sonrío (puede que fingiéndolo un poco, sí, vale) y termino de preparar su bebida. Cuando me vuelvo, él está delante de la vitrina de los dulces, probablemente con la boca echa agua al ver las creaciones de Marilla.

—¿Algo más? —le ofrezco.

—¿Qué me recomiendas?

Es una decisión muy complicada, en realidad. Todo lo que hace mi madre está riquísimo.

—La tarta de zanahoria es la especialidad de la casa.

El chico levanta la mirada hacia mí de nuevo. Veo una sonrisa en su boca. Ladea la cabeza.

—Eso, entonces. Desde luego, la tarta de zanahoria parece deliciosa.

Y cuando pronuncia esas palabras, cuando dice «zanahoria», lanza una mirada nada disimulada a mi pelo, a mí casi por entero. Yo enrojezco. Si estuviéramos en otro lugar le preguntaría si se está burlando de mí. Si estuviéramos en otro lugar le diría que no está bien comparar a la gente con comida, y mucho menos a una pelirroja con una zanahoria. Pero estoy en la cafetería, hay gente esperando detrás de él y estoy segura de que Marilla me gritará si le respondo de malas a un cliente, así que aprieto los labios y le cobro sin más palabras. Aun así, no puedo evitar seguirlo con la mirada mientras coge su bandeja y se dirige a la mesa de la esquina (mi favorita, la del ventanal) y se sienta. Lo veo poner con mucho cuidado el ordenador en su sitio, disponer la comida alrededor y sacar el móvil para hacerle una foto a todo el conjunto.

Resoplo disgustada.

Ni siquiera le quedaba tan bien el hoyuelo. Los de Diana son mucho más bonitos.

Diana y yo tenemos una rutina: cada noche, si no estamos juntas, hacemos videollamada desde nuestras respectivas habitaciones. Nos ponemos al día en lo importante y luego trabajamos en compañía durante un par de horas: ella dibuja; yo escribo. Hay días en los que no somos muy productivas y acabamos hablando más que otra cosa, pero no cambiaría esos momentos por nada, con el sol poniéndose entre los edificios, las paredes de mi habitación volviéndose doradas y la expresión de concentración de Diana en una esquina de mi pantalla. Di está guapa siempre, porque es probablemente la chica más preciosa del mundo, hasta tal punto que es injusto para las demás, pero cuando más guapa está es sin duda cuando dibuja.

Hoy, sin embargo, cuando la conexión se establece, parece más preocupada que feliz de verme. Iba a contarle lo que me ha pasado en la cafetería, pero me callo al momento.

—¿Qué pasa?

—¿Has entrado hoy en la sección de fanfics de la serie?

Algo se me revuelve en el estómago. Si hubiera llegado ya a las cuatrocientas mil visitas no tendría esa expresión de funeral.

Tengo un marcador en el navegador que me lleva directamente a la página de la que habla Di. Está filtrado por el número de visitas a los fanfics y el mío es el primero desde hace varias semanas. Sé que está mal alardear, pero ha enganchado a tanta gente que mis historias cortas también es-

tán entre las más vistas. El universo alternativo en el que Elayne es la guardaespaldas de Gwen, una estrella de cine, iba el segundo hasta hace nada.

Pero alguien me ha arrebatado el puesto.

—¿Un fanfic de Arthur y Lancelot? ¿En serio? ¿Es que el mundo no va a dejar de darme disgustos hoy con esos dos?

—¿Qué?

—Nada —resoplo.

Cotilleo el fanfic porque una de las reglas básicas de la guerra es conocer bien a los enemigos. La persona que está detrás del fanfic se llama Blythe, y cuando reviso las etiquetas de la entrada descubro que en realidad no escribe exactamente sobre el ship canónico que detesto. *Todo lo que tengo* (así se titula) está escrito con la premisa de que Lancelot es un hombre trans, una idea bastante popular dentro del fandom a la que le encuentro bastante sentido, aunque yo no la comparta.

La cuestión es que el nombre de la cuenta me suena, así que supongo que he debido de leer alguno de sus fanfics alguna vez, aunque yo sobre todo leo Elayne × Gwen, y cuando rebusco entre sus obras descubro que no tiene ninguna sobre ellas.

—¿Lo has leído? ¿Es bueno? —le pregunto a Diana.

—A mí me gusta, ya lo seguía de antes —admite—. Su Lancelot es muy interesante…, y la relación con Arthur…

—Pero ¿cómo ha llegado tan arriba? ¡Si solo tiene veinte capítulos! ¡Y tiene…!

Me fijo en sus números y se me cae el alma al suelo de repente.

—¿Trescientas noventa y nueve mil cuatrocientas treinta

lecturas? ¿En serio? ¡Eso no son ni doscientas menos que las mías!

Di emite una risa nerviosa.

—Roy Gardner ha hecho una sesión sobre el fanfic. Con él. Con Blythe. Roy como Arthur y Blythe como Lancelot. Muy… —Di carraspea— interesantes, las fotos. Han subido incluso un vídeo a TikTok que… Bueno, en fin, que el fandom se ha vuelto loco. La sesión se ha viralizado y…

¡Así que esa era la trampa! ¡*Marketing*! ¡Si yo tuviera a un supercosplayer guapísimo como Roy Gardner haciendo publicidad de mis fanfics, mis historias también se difundirían así!

—Pásame links —resoplo.

¿Qué pueden tener de especiales un par de fotos con dos chicos vestidos de caballeros? Incluso si el Arthur de Roy es el mejor que existe después del original. Incluso si puede que (en el fondo) cuando yo describo a Arthur me esté basando en él.

Cuando abro el enlace que me manda Diana, sin embargo, tengo que admitir que las fotos son buenas. Y sugerentes, aunque en eso se lleva la palma el vídeo de TikTok, que consigue que me piquen las mejillas. En Instagram, Roy ha colgado tres fotos, pero promete más una vez todas estén editadas. Pero tres, en realidad, son suficientes: en medio de un bosque de tonos rojizos y anaranjados, Lancelot se arrodilla ante su rey, con las manos apoyadas en la espada que clava en el suelo. Los dos chicos se lanzan una mirada intensa, esa clase de mirada llena de tensión sexual no resuelta que hace las delicias de los artistas del fandom.

Aunque yo no me estoy fijando en eso. Bueno…, no solo en eso.

—No puede ser —murmuro sin respiración.

La siguiente foto es de Lancelot ofreciendo su arma a Arthur, con la mirada baja en señal de servidumbre. «Tomad mi espada, es todo lo que tengo», imagino que está diciendo.

En la última, Arthur se ha inclinado hacia él y le toca la barbilla para que alce la mirada. Sus rostros están tan cerca que parece que estén a punto de besarse.

Y yo reconozco perfectamente esa cara, aunque esté enmarcada por una peluca de pelo castaño en vez de por los mechones negros con los que lo he conocido.

Gruño. Cuando pulso sobre la etiqueta de su nombre (@Blythewrites) para ir a su perfil, ahí está la última foto.

El ordenador.

El ventanal.

Y el trozo de tarta de zanahoria.

No sé qué es peor: si ser consciente de que he estado ante mi rival esta misma tarde, sirviéndole un chai latte mientras él conquistaba mi reino, o que, cuando más tarde actualizo la página de fanfics, el que está en primer lugar ya ha llegado a las cuatrocientas mil lecturas.

Y no es el mío.

Fandom:	***El caballero del espejo* (TV)**
Relationships:	**Lancelot of the Lake / Arthur Pendragon**
Characters:	**Lancelot of the Lake, Arthur Pendragon, Guinevere Pendragon, Morgan Le Fay, Merlin, The Lady of the Lake**
Additional Tags:	**Trans Lancelot, Slowburn, Angst, Alternate Universe - Canon Divergence, Additional Tags To Be Added**
Stats:	**Words: 51.034 Chapters: 20/? Comments: 3.020 Kudos: 15.896 Bookmarks: 3.287 Hits: 400.000**

Todo lo que tengo

Blythe

—¿Cuál será tu nombre? —le preguntó la Dama del Lago.

—Lancelot —respondió con la voz tan clara como las aguas que le rodeaban.

—Lancelot del Lago serás, pues.

A la Dama solo le hizo falta un movimiento de su mano para que el cuerpo de él volviera a la superficie.

Cuando Lancelot emergió, cuando cogió aire por lo que le pareció la primera vez en su vida, sintió que había vuelto a nacer.

2

Me quedo dormida observando la batalla entre mi fanfic y el de Blythe, que pelean por el primer puesto mientras nuestros respectivos ejércitos suman cada vez más y más personas a sus huestes. De mi parte tengo un ship mucho más popular en la página; a su favor, esas malditas fotos y la influencia de Roy Gardner. En mis sueños, el chico de la cafetería y yo nos enfrentamos con espadas. A nuestro alrededor, los seguidores de la serie también luchan. Ambos somos Lancelot, vestidos de caballero, y Diana, mi Gwen, grita desde alguna parte, aterrorizada por mí. Roy Gardner, con la corona en la cabeza, se interpone ante mi contrincante justo cuando estoy a punto de darle el golpe de gracia, protegiéndolo con su cuerpo, y yo tengo que admitir que eso es bastante romántico.

El mal humor con el que me despierto en mi primer día de universidad después de semejante noche, en cambio, no tiene nada de romántico. Tampoco comprobar que Blythe vuelve a estar en el primer puesto, en cuanto consulto la página desde el móvil. Así que me imagino qué cara debo de tener cuando entro en la cocina y Matthew me pregunta:

—¿Has dormido mal? ¿Son los nervios por la universidad?

El tío Matthew no habla mucho, pero siempre está preocupado por mí. Yo lo quiero más que a nada, porque es la persona más dulce que he conocido y siempre está demostrando lo muchísimo que me adora. Como no se le dan bien las palabras, a veces lo hace con regalos, pero sigo sorprendiéndome cada vez que me hace uno. Como ahora mismo. El paquete que está encima de la mesa, perfectamente envuelto, hace que me olvide de Blythe, de los fanfics e incluso de *El caballero del espejo.*

—¿Qué es esto? —exclamo, y de pronto ya ni siquiera recuerdo mi mal humor.

Matthew sonríe. Siempre que lo hace, las arrugas de los ojos se le marcan más y se convierten en surcos preciosos, como si fueran los caudales de un río. Tío Matthew tiene una de esas caras que cuentan relatos de hace muchos años, capaces de transportarte a otro tiempo y despertar la imaginación. Él dice que no tiene ninguna historia interesante para contar, que siempre ha sido el hombre que se tuvo que hacer cargo de una hermana muy pequeña demasiado pronto y a quien le avergonzaba tanto hablar que no se acercaba a nadie. Esa es la razón, también, por la que dice que no ha tenido romances en su vida, aunque yo he imaginado a mil personas que en su día debieron de enamorarse a primera vista de él.

—Un regalo para el primer día. Y para ese futuro maravilloso como escritora.

Abro mucho los ojos y suelto mi mochila sobre la silla para quitar el envoltorio con ansias, como si estuviéramos en Navidad en vez de a mediados de septiembre. La primera vez que Matthew me hizo un regalo fue un vestido precioso que no necesitaba pero que se me antojó de inmediato cuando pasamos por delante de un escaparate: parecía de princesa y creía que llevarlo haría que me ganase de inmediato el corazón de un montón de príncipes. Lo siguiente fue un cuaderno que cerraba con broches, como un códice medieval. Después, mi máquina de escribir, porque me parecía maravilloso poder escribir de esa manera, hasta que me di cuenta de que, en el poco romántico siglo XXI, eso significaba escribir dos veces.

—¡Pero mi portátil está perfecto! Un poco viejo, pero…

—Para viejo ya estoy yo. Las nuevas etapas piden cosas nuevas que crezcan contigo.

—Pero…

—Estoy muy orgulloso de ti, Anne, y todavía no te habíamos regalado nada para celebrar tu beca.

No hay nada que pueda decir ante eso, así que me limito a abalanzarme sobre él y a disfrutar de su risa. Los abrazos del tío Matthew son los mejores. No recuerdo ya cómo fueron en su día los abrazos de mi padre biológico, pero me gusta pensar que se parecían a estos.

—La tienes consentida —dice mi madre desde la puerta.

Ese es un comentario que hace a menudo, y consigue que suene a recriminación incluso cuando hay una sonrisa bailando en la comisura de su boca, como ahora.

Matthew me separa un poco para cogerme de los hombros y mirarme con los ojos rebosantes de un orgullo que quiero poder merecerme. Por eso tengo también que ser una gran escritora, la brillante persona que Matthew o mamá merecen que sea.

—Has crecido tanto…

—Oh, por Dios —resopla mamá.

Yo dejo escapar una risita.

—Universitaria…

—¡Sí, Matthew, universitaria! Cielos, menos mal que va a la universidad a veinte minutos en coche y no a otra ciudad porque, si no, no habría quien te aguantase. Vamos, Anne, date prisa: Diana te está esperando abajo.

Cojo una manzana del frutero y me apresuro a salir por la puerta. Al llegar a las escaleras que comunican con la cafetería, sin embargo, vuelvo sobre mis pasos y cojo la mochila de la silla en la que casi me la olvido. Ya que estoy, además, le doy un abrazo de despedida a cada uno.

—¡Que tengas un buen día, Anne! —exclama mi tío.

—¡No te quedes en las nubes y atiende en clase! —añade mamá.

No pienso perderme ni una sola palabra.

Cuando decidí qué carrera estudiaría, estaba segura de que iba a ser un sueño cumplido y, al mismo tiempo, una maldición. He querido crear y contar historias desde que tengo memoria, y por eso tenía clarísimo que estudiaría literatura. Pero, por otro lado, inscribirme en la facultad de Filología significaba tener que decir adiós a la fantasía que siempre había albergado en mi corazón de sentarme en clase junto a mi alma gemela.

—¿Preparada?

Diana aparca el coche junto a la acera, justo delante de mi facultad, pero yo no me bajo enseguida. En su lugar, me vuelvo hacia ella y le tomo las manos con cuidado.

—Prométeme que me escribirás en los descansos.

Di ríe bajito. Siempre ha tenido una risa preciosa, lo más

parecido al trino de un pajarillo. Cuando ríe, sus ojos se iluminan y sus mejillas redondas se sonrojan un poquito y dan ganas de besuquearlas.

—Solo si tú prometes hacer lo mismo. Eso si no estás muy ocupada haciendo nuevas amigas, ¡o teniendo una gran historia de amor! Seguro que serás la más popular de la clase. Ah, pronto no te acordarás ni de mi nombre... —Suspira, dramática—. No sé si podré superar esto, quizá sea demasiado para mí.

Creo que, por su tono y por la manera en la que se lleva una mano al pecho, se lo está tomando a broma, pero yo hablo muy en serio:

—Diana Barry, no hay nadie en ese edificio que vaya a conseguir que dejes de ser la persona más importante de mi vida.

—¿Ni siquiera si Blythe estuviera en ese edificio? Ayer parecías bastante obsesionada con él...

Oh, ese ha sido un golpe bajo. Lo suficiente para que se enciendan los rescoldos del fuego de mi mal humor. No es una sensación agradable. Me considero una persona bastante pacífica y razonable, pero lo de ayer con ese chico ha conseguido sacarme de mis casillas.

Y eso que no he cruzado con él más que unas cuantas (y desafortunadas) palabras.

—¿Sabes que tengo kudos suyos? Lo he comprobado. ¿Sabes lo que eso significa?

—¿Que te lee y le gusta tu historia?

—Que me *juzga.* Y me juzga en silencio, además, porque no parece haberme dejado nunca un comentario. De los que, por cierto, tengo más que él.

Los ojos en blanco de Diana son más dolorosos que cualquier puñalada. Aunque mantiene una mano entre las mías, se inclina sobre mí y abre la puerta de mi lado.

—Fuera de mi coche. —Di es incapaz de sonar amenazante, pero lo hace todavía menos cuando se endereza para darme un beso en la mejilla—. Vete a clase ya o llegaré tarde yo a la mía.

—Pero…

—Te escribiré —me promete. Y es como si pudiera adelantarse a mis protestas. A veces juraría que mi mejor amiga puede leerme el pensamiento—. Y te enviaré fotos. Será casi como si estuviéramos juntas en clase.

Suspiro, pero dejo ir su mano y me bajo del coche. Di se despide una última vez y yo la observo marcharse como si fuera un caballero que parte a las cruzadas. En realidad, la facultad de Económicas está a cinco minutos a pie, pero a mí me parece como si estuviera al otro lado del mundo, en algún lugar lleno de criaturas extrañas y peligros de los que no podré protegerla. Además, la sensación es mucho peor cuando pienso que Di sería mucho más feliz haciendo una carrera de arte o un curso de ilustración, pero las famosas empresas Barry necesitan a una digna heredera que sepa cómo gestionarlas. Mi amiga dice que no le importa, que prefiere que su arte siga siendo un pasatiempo y nada más. Yo no sé si eso es cierto, pero sí que Diana seguirá los deseos de su familia hasta las últimas consecuencias, sobre todo si eso le evita un conflicto.

El coche azul desaparece tras una curva y yo me apresuro a sacar el móvil.

> Solo para que conste,
> te echaré de menos de verdad!
> Pero espero que tengas el mejor primer
> día de curso de toda la historia
> Nos vemos para comer

Después, buscando el ángulo adecuado, saco una foto al edificio. No es para subirla a Instagram ni para enseñársela a nadie. Es para mí, para la posteridad, porque hay un montón de historias que empiezan justo así, entrando en un lugar por primera vez y enamorándote de él, de los secretos ocultos en sus muros, en sus pasillos.

E incluso si yo no soy la protagonista, no quiero perderme las historias que este lugar va a contarme.

Mi primera clase es Lingüística, y aunque admito que no es exactamente lo que más apasionante me parece del plan de estudios, hay algo magnífico en poder estudiar las palabras y su funcionamiento: así podré emplearlas mejor para convertirme en la gran escritora que anhelo ser. Aunque, bueno, Di siempre me dice que a veces ya parece que he salido directamente de una novela del siglo XIX, lo cual para mí es, por cierto, de lo más halagador. Nunca se ha hablado con más elegancia y más poesía que en el XIX, así que, para ser del todo honesta, no entiendo qué tiene de malo.

Estoy preparando mi portátil, mi agenda y mi cuaderno sobre la mesa cuando una persona se sienta a mi lado. Me quedo bloqueada un segundo al ser consciente de que esta podría ser mi primera interacción universitaria: tengo que pensar muy bien qué decir, tienen que ser las palabras idóneas, el encuentro más encantador del mundo. Como cuando conocí a Diana en persona, después de seguirnos mucho tiempo en Twitter. La vi, tan preciosa en aquella convención, vestida como Guinevere mientras yo había decidido vestirme como Elayne, y me incliné en una perfecta reverencia.

—Majestad —saludé.

Entonces cogí su mano y la besé. Diana se rio y fue la risa más exquisita del mundo mientras me apretaba los dedos con los suyos.

—Os he estado esperando, sir Lancelot.

—Con toda probabilidad, mucho menos tiempo que yo a vos, mi señora, pues siento que la he añorado durante toda mi vida.

Fue, simple y llanamente, perfecto. Y para que este primer encuentro esté a la altura, tiene que ser…

—Vaya mierda, ¿no?

Oh.

En fin, supongo que realmente solo Di está destinada a ser mi alma gemela.

Cuando me vuelvo, mi acompañante no ha sacado nada, sino que ha dejado tirada su mochila sobre la mesa y se echa hacia atrás en el asiento como si estuviera en el sofá de su casa. Tiene el pelo muy corto y teñido de un rosa chillón que a mí en la vida me quedaría bien. Lleva un *piercing* en la nariz y otro en la ceja, y se ha hecho la raya del ojo más afilada que he visto jamás. Bajo la chaqueta de cuero lleva una camiseta que pone «Assigned Fabulous At Birth» y que casi me arranca una risita.

—Lingüística —continúa, escupiendo la palabra—. Como nos pongan a analizar frases, me pego un tiro.

—Admito que no es lo que más me apetece tampoco. ¿De qué clase tienes tú más ganas?

—Literatura Universal y Canon —responde con una sonrisa maliciosa.

—No pareces la típica persona a la que el canon literario establecido le parezca muy bien.

—Por eso. —Mi acompañante me mira por primera vez con sus ojos castaños y sonríe más, como si estuviera a punto de hacer una travesura—. Estoy deseando tocar los huevos y hacer ochocientos trabajos en contra.

Me río. Puede que esta primera conversación no sea ideal y, definitivamente, no tenga nada de romántica, pero creo que puedo llevarme bien con esta persona.

—Phil —se presenta con una sonrisa amplia.

Me tiende una mano que no dudo en estrechar.

—Anne Shirley. —Echo un vistazo de nuevo al mensaje de su camiseta—. ¿Y tus pronombres son…?

—Sí —bromea, y yo me vuelvo a reír—. Cualquiera está bien, aunque uso sobre todo el femenino, por costumbre.

—Encantada de conocerte, Phil. Aunque sea en medio de una tragedia como la que es una clase de Lingüística.

Es Phil quien se ríe entonces. El profesor entra en ese momento (un señor mayor que podría parecer perfectamente uno de los representantes del canon que Phil ha criticado), y mi compañera finge santiguarse y rezar, como si pidiera misericordia para las siguientes dos horas.

Yo apenas puedo centrarme en la clase ante la idea de haber hecho mi primera amiga en la universidad.

Para cuando llega la hora de la comida, yo ya sé todo lo que necesito saber de Phil para decidir que podemos llevarnos bien. Lo único que lamento, si acaso, es que cuando le menciono *El caballero del espejo* ella se encoge de hombros y dice que supone que está bien, pero que nunca se ha parado a verla de verdad. Sin embargo, sabe arreglarlo cuando ve mi desilusión, porque me asegura que no se habría perdido ni un capítulo si realmente hubiese habido romance entre Elayne y Guinevere.

Esta es una decisión que puedo respetar, así que la invito a comer conmigo y con Diana, a quien escribo un mensaje para preguntarle si le parece bien.

> **Di ♥**
>
> ¡Solo si a ti te parece bien que lleve
> a dos chicas de mi clase!
> Se está haciendo la mañana más larga
> de mi vida, estoy deseando verte

Una foto de una pizarra llena de fechas y nombres de personas de las que ni siquiera he oído hablar aparece en nuestro chat y, acto seguido, la foto con la reacción de Di, que tiene cara de desesperación. Me río por lo bajo y Phil, curiosa, se asoma por encima de mi hombro mientras salimos de nuestra primera clase de Teoría de la Literatura.

—¿Esa es la amiga de la que me has hablado?

—Diana Barry es más que una amiga. Es mi alma gemela.

—Vaya manera tan dramática de decir que es tu novia.

—¡No es mi novia!

Algunas personas giran la cabeza en nuestra dirección y

yo me ruborizo. Alguna vez me he imaginado siendo la novia de *alguien*, pero no de Diana. Ella es… Bueno, ella lo es todo para mí, pero de una manera completamente platónica. Además, Di nunca me ha dicho que le gusten las chicas, y todas las parejas que ha tenido hasta el momento han sido chicos, aunque no le duren mucho (probablemente porque ninguno le llega a la suela de los zapatos). Siempre he supuesto que Diana se imagina en una familia tan tradicional como la suya, de hecho, pero no es una persona que hable mucho de ello.

—Las almas gemelas no tienen por qué tener una relación romántica —le explico a Phil, mientras me froto la mejilla ruborizada—. Es un vínculo que va mucho más allá de cualquier otra cosa. Es… Es como el hilo rojo del destino que une a dos personas.

—Pues yo he visto suficientes pelis como para saber cómo acaba lo del hilo rojo, y diría que es bastante romántico. ¿No serás una de esas que tienen un crush en su mejor amiga y ni lo saben?

Bueno, eso sería al menos un poco romántico. Pero no es así.

—Nuestra amistad va más allá de ese tipo de amor. ¿Podemos dejar ya este tema?

Phil cierra una cremallera imaginaria sobre sus labios y luego le pone un candado con una llave que tira lejos y, ante eso, yo no puedo hacer otra cosa que sonreír. El enfado (o la vergüenza) se me olvida definitivamente cuando me pide que le hable de «la serie esa que te mola tanto» y puedo empezar a parlotear sobre cómo *El caballero del espejo* construye esa nueva versión libre de las leyendas artúricas en las que la dama de Shalott (la mujer encerrada en una torre que era capaz de ver el mundo a través de un espejo y tejía tapices de todo lo que veía) y el caballero Lancelot (el más icónico de los caballeros de la Mesa Redonda) son en realidad la misma persona. El tiempo que tardamos en llegar a la facultad de Diana para comer con ella y sus compañeras no es suficiente para contarle todo lo que querría, pero creo que le hago una buena introducción.

A mi mejor amiga la encontramos junto a otras dos chicas en una mesa cerca del ventanal que da a una arboleda pintada con los colores del otoño. El paisaje es bonito, pero la cafetería no lo es tanto, ni tampoco la comida que nos sirven, y de pronto echo de menos los platos de mamá y me pregunto si podría traerme sus guisos en táperes o sería demasiado ordinario. ¡Sería tan maravilloso hacer un pícnic mientras las hojas caen a nuestro alrededor!

Diana me está sonriendo cuando me vuelvo hacia ella, como si pudiera saber lo que se me pasa por la cabeza, pero antes de que pueda decir nada, Josie Pye (una chica de ojos tan negros como su piel que parece salida de una revista de moda) reclama su atención y le pide que le saque una foto mientras habla sobre su cuenta de Instagram. Su otra acompañante, Ruby Gillis, parece muy concentrada en su comida. A mi lado, Phil está con el móvil, escribiendo algo con mucho entusiasmo. Casi por inercia, yo también cojo el mío.

Estoy a punto de dejarlo caer sobre mi boloñesa cuando veo la notificación.

—Diana —gimoteo.

Ella se vuelve hacia mí. Yo me inclino casi de inmediato

hacia su oreja para que nadie más pueda escucharnos. Le pongo mi móvil entre las manos y ella mira con expresión confusa hacia la pantalla antes de abrir mucho los ojos.

Blythe on Chapter 25

Este capítulo acaba de impedir que me quede sopa en una clase de Anatomía. Aunque creo que ha sido un poco contraproducente, porque me he perdido toda la explicación. Ojalá continúes pronto, llevaba tiempo esperando este momento y estoy deseando ver qué hace ahora tu Gwen. Seguro que algo mucho mejor que la de la serie.

Di me mira de reojo. Espero que se indigne al menos tanto como yo, pero en su cara solo veo cautela. Como si no supiera muy bien qué esperar de mí.

—Es… —Di deja la frase en el aire y al ver que no digo nada, que no le doy ninguna pista, prueba—: Bueno, es lo que querías, ¿no? Ya no puedes decir que te juzga en silencio. De hecho, suena a que te ha comentado más veces y tú no te habías fijado antes.

Resoplo.

—¡Imposible! ¡Conozco a la gente que me comenta habitualmente! Y, de todos modos, ¡lo retiro! ¡Es horrible! —Doy golpecitos impacientes a la pantalla con el dedo—. Está claro que se está burlando de mí. Sabe que me ha superado y se está regodeando.

Ella no parece muy convencida. Y a lo mejor tiene razón al no estarlo, lo cual abre la puerta a un montón de horribles posibilidades.

—A lo mejor pretende que le devuelva el comentario. Quiere que me lea su fic y le suba el ego diciéndole cosas bonitas, pero ¿sabes qué? No lo voy a hacer. No voy a caer en su trampa.

—Pues yo creo que su fanfic te gustaría, de verdad.

—¿Sois lectoras de fanfic? —Ambas damos un respingo ante la pregunta de Phil. Yo me apresuro a guardar mi móvil—. ¿De qué? Yo hace años debí de leerme todo lo que había en la red sobre Draco y Harry.

—¿Fanfic? ¿Qué es eso? —pregunta Josie Pye con las cejas alzadas.

—Son como… historias que hacen los fans de algo sobre las cosas que les gustan, ¿no? —dice Ruby—. Ya sabes, como *50 Sombras de Grey*, que era un fanfic sadomaso de *Crepúsculo*.

—¿En serio?

—Y tan en serio.

Resoplo, porque odio que esa sea la fama que tiene el ilustre y magnífico mundo de los fanfics y, encima, los fanfics con contenido erótico. Por cosas así siento que es mejor mantener mi perfil fanficker muy alejado de mi carrera como escritora. Aunque Di siempre dice que no entiende dónde está el problema: «Al final, E. L. James se forró, con prestigio o sin él». Supongo que cuando dice eso su parte de hija de hombre de negocios gana a la de dibujante, y puede que tenga un poco de razón, pero es una forma tan material de ver el arte…

—Los fanfics son mucho más que *50 sombras de Grey* —digo—. Hay gente que escribe todo tipo de historias, todo tipo de ships…

—¿De qué? —vuelve a preguntar Josie.

—Es como se llama a las parejas que quieres que estén juntas —explica Di.

—Exacto. —La apoyo—. ¡En el mundo del fanfic a veces hay historias que son mejores incluso que el propio canon!

Josie y Ruby se vuelven a mirar con confusión y Phil deja escapar una risita.

—El canon es lo que ocurre de verdad en las historias en las que se basa un fanfic. Por ejemplo, por más que a mí me parezca evidente y clarísimo que Harry y Draco tendrían que haberse liado y solucionar así sus asuntos, no lo hicieron, así que no es canon.

Ruby asiente, parece que interesada, aunque Josie solo vuelve a enarcar las cejas como si todo eso en realidad le diera bastante igual. Pese a ello, dedicamos el resto de la comida al descubrimiento del mundo fanfic y su terminología.

Cuando recogemos, Phil y yo nos damos cuenta de que no vamos a estar juntas en clase por la tarde, pero ni siquiera me importa porque es la asignatura que llevo esperando con más ganas todo el día y no creo que el entusiasmo me deje prestarle atención a nada ni a nadie más.

Creación Literaria.

Llevo toda la vida queriendo asistir a una clase en la que pueda escribir mis propios textos y demostrarle a todo el mundo que puedo crear vida con las palabras adecuadas, así que estoy segura de que las lecciones con la profesora Stacy serán justo lo que necesito.

Soy la primera en llegar al aula. Soy, también, la que se sienta en el centro de la primera fila, en el borde de la silla, casi conteniendo la respiración. Eso me ofrece el mejor panorama del encerado y de la pantalla de proyección. A la vez, eso también me ofrece la mejor vista de la puerta, por la que poco a poco se empiezan a colar mis compañeros.

Y por la que, a dos minutos de la hora en punto, se cuela también una pesadilla con aire despistado y un hoyuelo en la mejilla.

Una pesadilla que me ve tan claramente como yo a ella. Y que amplía su sonrisa al hacerlo.

—Vaya, pero si es Anne con *e*.

3

De la misma manera en la que Phil se sentó a mi lado en Lingüística sin pedir permiso, Blythe se acerca con esa intención, y yo, presa del pánico, me apresuro a cubrir el sitio a mi izquierda con mi mochila.

—Está ocupado —le digo, aunque sea una mentira más grande que la pizarra.

El muchacho parpadea una vez.

—Ah, perdón.

Mi estrategia para mantenerlo bien lejos de mí no funciona: en vez de sentarse a mi izquierda, elige hacerlo en la fila de atrás, justo a mi espalda. Maldigo para mis adentros. ¿Qué hace aquí, si puede saberse? Su comentario decía que estaba en una clase de Anatomía. Eso no parece que tenga absolutamente nada que ver con Creación Literaria. Claro que tampoco puedo decirle eso: sabría que sé quién es y, peor aún, quizá podría llegar a sospechar quién soy yo. Y eso es algo que no puedo consentir, de él menos que de nadie.

—De todos los lugares, no esperaba encontrarte aquí, Anne con *e* —dice mientras lo oigo sacar sus cosas—. ¿Primer día de universidad?

Me vuelvo hacia él y entorno los ojos. El muchacho parpadea y yo intento no distraerme al darme cuenta de que en su portátil tiene una pegatina de edición limitada de *El caballero del espejo* que conozco muy bien.

—¿Por qué supones que soy de primero? ¿Me estás diciendo que parezco pequeña?

Blythe vuelve a parpadear, como si no se hubiera dado cuenta hasta ahora de que sus palabras suenan *exactamente* a eso. Supongo que tiene una facilidad única para insultarme: lo hace incluso sin ser consciente de ello.

—Bueno, no pareces muy mayor, no. A lo mejor es por las trenzas.

Creo que bromea, pero a mí no me hace ni pizca de gracia.

—Pues tengo casi diecinueve, los cumplo en febrero.

No me doy cuenta hasta después de lo infantil que suena eso y no puedo evitar sentirme un poco avergonzada.

Blythe sonríe de medio lado, como si le hubiera contado un chiste. El hoyuelo en su mejilla se hace más pronunciado.

—Yo también tengo casi diecinueve..., pero los cumplo este noviembre —dice él, parece que muy divertido y, supongo, satisfecho por

llevarme un año—. Veo que tenemos muchas cosas en común, Anne con *e*. Nos encontramos en la misma clase, somos fans de la misma serie, tenemos la misma edad en este momento... y hasta decoramos el portátil igual.

En un acto reflejo, cubro la pegatina de mi propio ordenador con la mano. Lo único que lamento de ir a cambiar el portátil por el nuevo que me ha regalado Matthew es que no creo que pueda conseguir otra igual.

—He leído historias sobre personas predestinadas a encontrarse que incluían señales mucho menos evidentes —continúa Blythe con diversión.

Esto no es estar predestinados, esto es una maldición semejante a la que la pobre Elayne de Shalott se ve abocada una vez sale de la torre. Un castigo divino. Un martirio. Una cruz.

Me vuelvo hacia delante, en un intento de que capte que no me interesa charlar con él, justo a tiempo de ver a la profesora entrar y cerrar la puerta a sus espaldas. Me enderezo. La mesa de detrás cruje un poco.

—Me llamo Gilbert, por cierto. Gilbert Blythe —me susurra.

No tengo tiempo a responder, porque en ese momento la profesora Stacy carraspea y el aula cae bajo el hechizo de su voz. Todo el mundo guarda silencio, de pronto.

Pero mis pensamientos ya no pueden detenerse.

Me encojo en mi asiento. «Está aquí», le escribo a Diana desde el móvil, y con cuidado de cubrir la pantalla con mi cuerpo para que el chico que está detrás de mí no pueda leerlo en el caso de que, además de pesado, sea un chismoso.

Di ♥
¿Quién?

Blythe!!
Está en mi clase de Creación Literaria
Está claro que el destino lo ha puesto en
mi camino para hacerme desdichada

Di ♥
Eres una dramática, Anne Shirley
Pero te lo perdono porque a mí todo esto
me parece divertidísimo
Estoy deseando ver si sois rivales
literarios también ahí
Los nuevos Quevedo y Góngora
A ver cuándo le empiezas a dedicar odas
a su nariz
Disfruta de la clase

Y se desconecta, supongo que para atender a sus clases, que es justo lo que debería hacer yo. Pero ¿cómo podría? Me pica la nuca por la tentación de volverme a mirarlo. No se me había ocurrido que quisiera ser escritor. ¡Si hasta usa su apellido como nick! ¿Por qué alguien iba a hacer eso si quiere que lo tomen en serio? Supongo que está bien para darte a conocer entre el fandom, para que te reconozcan en convenciones y todo el mundo te tenga localizado…

Sí, claro que le pega ser un presumido. Seguro que lo ha hecho por eso. Seguro que por eso dejó también ese comentario en mi historia. Le encanta que le presten atención, ¿verdad?

Y, encima, la consigue porque tiene el apoyo del cosplayer más famoso que existe de *El caballero del espejo.* Aunque no entiendo cómo Roy Gardner se ha dejado engatusar para promocionar su fanfic…

Blythe se deja caer sentado a mi derecha y yo doy un respingo.

—¿Qué…?

Su ordenador está junto al mío. Me está sonriendo otra vez. Como si no supiera hacer otra cosa.

—¿Estabas en las nubes? Stacy ha dicho que vamos a trabajar en pareja. Y parece que tu acompañante —señala mi mochila y el asiento que le había dicho que estaba ocupado— no ha venido, después de todo.

Miro por encima del hombro, desesperada, pero parece que todo el mundo se ha agenciado un compañero ya. Espero que no haya una ley no escrita según la cual la pareja que se elija el primer día tiene que ser la que se conserve durante todo el curso o va a ser un semestre realmente largo.

Respiro hondo y me convenzo de sonreír. Profesional. Puedo ser profesional. Como cuando estoy en la cafetería. Así que cuando me tiende la mano para volver a presentarse, como si no lo hubiera oído la primera vez, yo la estrecho con fuerza.

—Es un placer conocerte, Blythe.

Definitivamente, si mi carrera literaria no despega, al menos podré ser una gran actriz.

—¿Alguna vez has escrito fanfic?

Siento que me mareo cuando llega la pregunta. Aunque mi cara suele tener un color saludable, creo que pierdo todo mi buen aspecto y lo sustituyo por una palidez enfermiza. Casi me dan ganas de echarme a reír, pero sería una risa nerviosa y delatora. Mis manos se quedan heladas sobre el teclado, donde estaba apuntando algunas de las ideas que se nos han ocurrido para el ejercicio que nos han mandado.

—¿Qué?

Cuando giro la cara hacia mi compañero, él me está mirando con la cara apoyada en una mano.

—Fanfic —repite—. Eres muy fan de *El caballero del espejo,* te gusta la pareja que hacen Gwen y Lancelot y escribes. Si juntas todo eso…

—No escribo fanfics —lo interrumpo atropelladamente—. Qué tontería.

Blythe frunce un poco el ceño por primera vez desde que lo conozco. No sé si alarmarme o alegrarme, porque al menos es una expresión que sustituye a esa sonrisa permanente que me saca de quicio.

—¿Por qué es una tontería? Yo los escribo.

¡Y lo dice así de fácil! ¡Sí que es un presumido! ¿Va captando a sus lectores así, además de con fotos de alto contenido homoerótico? Pues va listo conmigo.

—Ah, ¿sí? —digo, como si en realidad no supiera perfectamente la respuesta.

—Sí. —Blythe levanta las cejas—. No serás una de esas personas que opinan que los fanfics no son literatura y cosas así, ¿no?

—¡No!

Mi voz suena por toda la clase, acalla los murmullos de los distintos grupos y hace que la propia profesora levante la cabeza de su ordenador. Me encojo mientras, por el rabillo del ojo, veo a Gilbert Blythe esconder otra sonrisa tras la mano.

—Se agradece la pasión en la fase de *brainstorming*, pero sin gritos, por favor —indica la doctora Stacy.

—Perdón —susurro.

Blythe se ríe, aunque lo disimula con un carraspeo, y se inclina un poco más hacia mí.

—Entonces, ¿lees fanfics?

—A veces —confieso a regañadientes.

Estoy deseando que me pregunte si he leído el suyo para decirle un rotundo no.

—Podríamos hacer algo parecido, si te apetece.

Frunzo el ceño y solo entonces levanto la cabeza para mirarlo. Él me está observando con su expresión confiada y tranquila y se inclina un poco más hacia mí, susurrando:

—Tenemos que escribir los dos sobre una misma idea, ¿verdad? Yo digo que lo hagamos sobre Lancelot. No puede ser el Lancelot de la serie, claro, pero… ¿Recontar la historia del caballero de Camelot? Lo han hecho muchas personas antes y lo harán muchas personas después: la literatura es un gran fanfic, todo el tiempo, si lo piensas así. ¿Qué te parece? Elegimos un suceso común y cada uno hace lo que le dé la gana con él.

Es escribir fanfic…, pero de manera disimulada. Sin utilizar exactamente el mundo de la serie, solo las leyendas artúricas. El poema de Tennyson sobre la dama de Shalott hacía un poco eso, ¿no? Admito que la idea me resulta atractiva. Y que las leyendas artúricas siempre dan pie a relatos de lo más románticos, sobre todo cuando corresponden a Lancelot.

Pero lo mejor de todo es que le tendremos que enseñar los trabajos a la profesora. Y nos pondrá una nota grupal, desde luego, pero también, y más importante, una nota individual. Una nota que puede probar que soy mejor que Blythe en un tema no tan distinto del que ocupan nuestros fanfics.

—La jura de Lancelot —propongo, sin darle el gusto de decirle que me parece buena idea.

A Blythe le brillan los ojos castaños cuando esboza su sonrisa de diablillo.

—Perfecto.

Voy a ganar esto.

Nos pasamos escribiendo el resto de la clase y entregamos nuestras historias a través de la plataforma de la asignatura a medida que las vamos acabando. Ya solo quedamos unos pocos en el aula para cuando yo le doy al botón de enviar. A mi lado, Gilbert cierra la tapa de su portátil casi al mismo tiempo.

Finjo no darme cuenta de su mirada mientras recojo mis cosas a toda prisa.

—Ha sido divertido, ¿verdad?

Lo miro de reojo. No voy a admitir que no ha estado mal escribir a su lado. Blythe pone las caras más ridículas mientras mira a la pantalla, pero estaba tan concentrado en su trabajo que ni siquiera se ha dado cuenta de que lo estaba observando. Aunque no ha pasado a menudo. Solo han sido un par de veces, y todo porque sentía curiosidad por saber cómo iba avanzando y porque me encantaba comprobar que es obvio que escribo mucho más rápido que él.

—Sí, bueno… —Me cuelgo la mochila al hombro—. Hasta luego.

Una vez más, no se da por aludido. Se apresura a coger su propia bolsa y me sigue. Yo finjo que no me doy cuenta y pesco mi móvil del bolsillo de mi peto. Diana me ha escrito hace ya un rato diciéndome que había acabado por hoy y que me esperaba para irnos a casa. Habíamos pensado en ser responsables y empezar a estudiar desde el primer día (aunque ambas sabemos que vamos a acabar hablando todo el rato) y, entre semana, Tejas Verdes siempre tiene alguna mesa libre durante las tardes.

—Había pensado en volver a la cafetería esta tarde, con unos amigos. —A Gilbert Blythe, al parecer, le gusta hablar incluso más que a mí—. La tarta estaba buenísima. ¿Trabajas allí a menudo? ¿O solo los fines de semana?

Siento que tras esas preguntas se oculta alguna oscura intención, pero no puedo saber qué trama. ¿Irá si yo voy o irá, precisamente, si sabe que no estoy? ¿Cómo le sentaría saber que Tejas Verdes es mi feudo, mi castillo, y que si decide convertir sus visitas en una costumbre voy a tomármelo como una declaración de guerra?

—Claro que la tarta estaba buenísima, es la mejor de toda Avonlea. Todos los dulces de Marilla lo son. —Lo miro de reojo y añado—: Marilla es la dueña. Y mi madre.

—¿En serio? —La sonrisa de Blythe se transforma, aunque no de la forma que yo esperaba: el hoyuelo se hace más pronunciado si cabe y sus ojos destellan con algo que parece picardía—. Entonces supongo que realmente tienen los mejores dulces, sí.

Odio no tener control sobre mi cuerpo y, sobre todo, odio no poder evitar el rubor que me sube por el cuello y me incendia las mejillas y las orejas. No sé por qué ha dicho eso. No entiendo qué es lo que pretende, pero si esta es su forma de intentar camelarme, de comprarme para que me caiga bien, no lo va a conseguir. Qué truco de donjuán barato. Es un comentario tan poco original como supongo que debe de ser ese fanfic suyo, así que no digo nada en respuesta. Solo alzo la barbilla y me apresuro a cruzar el vestíbulo de la facultad.

Al lado de la puerta, alguien levanta la mano para captar mi atención. Diana parece brillar casi tanto como el pelo de Phil, que está de pie a su lado, hablando con ella.

—¡Di! No hacía falta que vinieras hasta aquí.

Mi amiga sonríe. A su mirada de ojos oscuros no se le escapa la silueta que camina conmigo, y, de hecho, la veo desviar la vista de uno a otro varias veces antes de dirigirse a mí:

—¿Te pasa algo? Estás muy roja…

Eso no ayuda a que dejen de picarme las mejillas. Ni lo hace el comentario de Phil a continuación, que se fija en Blythe con los mismos ojos con los que he visto a algunos clientes mirar los postres de mi madre en Tejas Verdes:

—¿Quién es tu amigo, Anne?

Odio que dé por hecho que es mi *amigo*, pero más odio que Diana también parezca interesada, como si ella no supiera que he tenido que compartir aula y aire con mi archienemigo.

—*Este* —digo, dejando claro que yo no reparto mi amistad a la ligera— es Gilbert Blythe. Va a mi clase de Creación Literaria.

—¿Blythe? —La pregunta de Di sonaría inocente si no conociera a mi amiga tan bien como a mí misma—. ¡Tú eres el chico que sale con Roy Gardner en sus últimas fotos!

Lo dice con una sorpresa que parece casi tan real como la que siento yo al escucharla. ¿Por qué confesarle que sabe quién es? Estoy segura de que su ego nos aplastará. Pero lo único que hace el chico, en realidad, es ajustarse la mochila al hombro. Su sonrisa no desaparece, pero se convierte en una que casi parece tímida.

Ugh, la falsa modestia es claramente peor que el ego.

—Otra fan de *El caballero del espejo*, supongo.

—¿Por qué hay tanta gente guapa en ese fandom tuyo? —me susurra Phil—. Hasta a mí me dan ganas de ponerme a ver la serie.

Yo no le río la gracia. Ni siquiera la miro. Al fin y al cabo, me preocupa más la puñalada que me está asestando Diana al extender su mano, presentarse y decir:

—Me encanta tu fanfic, por cierto. Estoy deseando leer la continuación.

¿Y qué más? ¿Por qué no le pide un autógrafo? ¿Por qué no arrastra el nombre de los Barry por los suelos y le pide matrimonio?

—¡Muchas gracias! —La expresión de Gilbert se ilumina. Por supuesto, ahí está la soberbia—. Escribí el último capítulo en la cafetería de tu amiga, de hecho —añade con los ojos puestos en mí—. Creo que la continuación iré a escribirla allí también. Justo le decía a Anne que iba a pasarme con unos amigos…, y uno de esos amigos es Roy, precisamente.

Tengo que controlarme para no cambiar de expresión. Para mantenerme quieta, también, y no pellizcarme. Hace años que sigo a Roy Gardner, desde que empezó la serie y él hizo su primer cosplay de Arthur, aunque mucho menos trabajado que los que hace ahora. Y no es solo que me parezca guapo (que lo es), sino que siempre me ha dado la sensación, cuando lo leía en redes sociales, de que en él podría encontrar un espíritu afín al mío. Que era genuino y amable, y…, bueno, puede que esa clase de príncipe azul con el que he soñado a veces.

Pero no esperaba conocerlo nunca. No esperaba que fuera posible. Era la clase de persona que admiraba desde lejos y por la que suspiraba, pero que siempre sería inalcanzable para mí…

—¡Qué bien! —Diana entrelaza su brazo con el mío y me da un suave tirón para que baje de las nubes—. Nosotras también estaremos en Tejas Verdes esta tarde.

—¿De verdad? Entonces nos vemos allí —dice Blythe antes de despedirse con la mano.

Yo lo sigo con la mirada, sin ser muy consciente de si le he dicho adiós, como las demás, o no.

—¿Puedo ir yo también a la cafetería? —pregunta Phil con una sonrisa descarada—. Y lo más importante: ¿estará él en la carta?

Hago una mueca.

—Eso es muy desagradable —la amonesto. No me escandaliza que diga eso, exactamente; solo que lo diga sobre *él*—. ¿Habéis visto cómo se ha puesto cuando Diana ha mencionado su historia? Se ha hinchado de orgullo como un pez globo.

Di no parece muy convencida, por cómo me mira. Phil tiene las cejas alzadas.

—Me estoy perdiendo una historia entre estos dos, ¿verdad? —le pregunta a Diana.

Nadie escucha mi protesta.

—Ayer comparó a Anne con una tarta de zanahoria —le resume Di. Yo agradezco que no mencione el tema de los fanfics—. Y ella es un poco... sensible con el color de su pelo.

Ella también lo sería si lo tuviera tan rojo como el mío y no pudiera ponerse nada de color rosa, por ejemplo. Pero Diana es perfecta, con sus bucles negros como la tinta. A mí, en cambio, el pelo oscuro me quedaría ridículo. Por no hablar de lo que pasó la primera y última vez que intenté teñírmelo…

—Pero si tienes un pelo precioso —me consuela Phil, aunque yo sé que solo lo dice por compasión—. Si tuviera tu pelo, no me teñiría nunca… —Duda—. Bueno, no, probablemente me teñiría igual, pero sería por mi gestión de la ansiedad, no porque quisiera cambiarme el color de verdad… Da igual. A lo mejor el chaval solo quería decir que le gustaría darte un bocado.

Siento como si alguien le hubiera prendido fuego a las puntas de mis orejas. Qué locura. Gilbert Blythe no está flirteando conmigo, solo es… un embaucador.

—Si prometes no volver a insinuar nada así jamás, te dejo venir con nosotras a la cafetería.

—Trato hecho.

Resoplo disgustada, pero dejo que Di me arrastre hacia la salida y hacia su coche.

—Hasta tú tienes que admitir que Blythe tiene algo bueno, si va a presentarte a Roy Gardner.

No lo admito, pero pienso detenidamente en ello. En mi cabeza ya están apareciendo montones de posibles escenas, y al menos en la mitad de estas él me besa la mano como si fuéramos los protagonistas de una leyenda. En algunas ocasiones es amor a primera vista. En otras cae rendido ante mi risa.

En todas hay romance, y el mundo tiene que darme la posibilidad de vivir al menos una de todas esas probabilidades, ¿no?

De pronto estoy tirando de Di y de Phil, consciente de que no hay ni un solo minuto que perder.

—Vamos. Tengo que prepararme para eso.

Lancelot del Lago se arrodilló ante su rey siendo el joven que se había criado entre las hadas, vigilado de cerca por la Dama del Lago. Cuando se inclinó ante el soberano de Camelot, se sentía indigno, insignificante, apenas un muchacho que no podía imaginar su vida porque nunca le había pertenecido, porque no sabía lo que significaba forjarse su propio destino.

No sabía si el peso de la espada sobre sus hombros podía cambiar eso. Quería creerlo, sin embargo. Quería aferrarse a la idea de que los ojos azules del rey podían darle un nuevo motivo, de que servir a un bien mayor, a algo más grande que él, al ideal de Camelot y sus caballeros, le daría nuevas fuerzas. Recorrería el mundo con el nombre del reino en los labios y protagonizaría grandes gestas. Usaría su escudo para defender al vulnerable y ofrecería su espada para detener a quienes atentasen contra la paz que querían construir.

Lancelot juró su lealtad con el corazón en la mano porque creía que aquello era lo que siempre había deseado, aunque no conociera a Arthur más que a ningún otro de los allí presentes.

Aquel era su sino.

—Alzaos, sir Lancelot.

Lancelot del Lago se puso en pie ante su rey siendo un caballero de su reino, parte de la famosa Mesa Redonda, un hombre más que un simple muchacho, el héroe de mil leyendas que todavía estaban por contar.

No tenía dudas de que estaba haciendo lo correcto. De que cumpliría con su palabra hasta el final de sus días. De que traicionar a Arthur, su nuevo señor, sería como traicionarse a sí mismo.

Y entonces Guinevere se acercó, con su espada entre aquellas manos blancas como el mármol y la sonrisa de un hada que se hubiera colado entre los humanos. Lancelot se mantuvo muy quieto, apenas sin respirar, mientras ella le ajustaba el arma de nuevo alrededor de la cintura.

El gris de los ojos de Guinevere lo hechizó y lo maldijo. La tormenta que desató en su interior lo sacudió y lo dejó a la deriva.

Por primera vez, se encontró sin lealtades a las que poder aferrarse.

4

—Tienes toda la razón: el principito también está para comérselo.

Phil se echa hacia atrás en su asiento cuando Roy Gardner entra en la cafetería, como si así pudiera disfrutar más de las vistas. Y lo cierto es que, aunque yo no utilizaría esas palabras para describirlo, no le falta razón.

Roy Gardner es incluso más divino en persona.

Su pelo rubio parece refulgir con la luz que entra por los grandes ventanales de Tejas Verdes y es casi como ver una de esas maravillosas películas en las que un encantador caballero de la época medieval aparece por arte de magia en el siglo XXI, como esa de Navidad de Vanessa Hudgens que sacó Netflix hace unos años. Siempre he fantaseado con la idea de que me suceda algo así, pero, por desgracia, la magia insiste en no existir (al menos en mi vida), así que Roy Gardner es lo más parecido que debe de haber.

Se me escapa un suspiro hondo cuando se pasa una mano por esas ondas perfectas para apartárselas de la frente. Las gafas de montura fina con las que nunca aparece en sus fotos le dan un aspecto intelectual que lo hace todavía más perfecto. Tras él, hablando con un tercer chico que parece encogerse sobre sí mismo como si quisiera esconderse en su chaqueta gigantesca, está mi archienemigo. Los tres se acercan a la barra, donde Rachel los atiende.

La única de nosotras que no mira a Roy Gardner es Diana, que le sonríe a Phil como si la encontrase tremendamente divertida.

—¿A ti te gustan todos o qué?

—Claro que no —responde Phil, como si estuviera ofendida. Y después, con gracia, le guiña un ojo—. No solo *todos*.

El flirteo consigue que aparte la mirada de Roy Gardner y su mandíbula perfecta, de su abrigo marrón, que combina de maravilla con el vestido verde de cuadros que me he puesto para la ocasión. Diana le ríe la gracia a Phil y yo levanto las cejas, esperando que responda que a ella, lamentablemente, solo le gustan los chicos, pero eso no ocurre.

—Diana está fuera de tu alcance, Phil —digo.

Y del de cualquiera. Diana es simplemente demasiado perfecta para que nadie esté a su altura.

—Ah, perdón. —La sonrisa de Phil es maliciosa cuando se gira hacia mí y vuelve a acercar la boca a la pajita de su batido—. Olvidaba que para ganarme su mano primero tengo que batirme en duelo con su caballera personal.

Pues sí, un duelo es lo mínimo que merece Diana. De hecho, estoy segura de que yo podría haber ganado a la mayoría de los chicos con los que ha estado. Para ser sincera, ni siquiera entiendo por qué ha salido con ellos: sus relaciones no parecían nada románticas. Siempre funciona más o menos así: sale con ellos unos meses y después, de un día para otro, los deja, me dice que no ha funcionado y se olvida de ellos sin más. Nunca me ha contado muchos detalles porque nunca hay «mucho que contar».

Yo nunca he tenido pareja, pero ¿cómo no va a haber «mucho que contar» en una relación?

Diana se merece a alguien que haga que siempre tenga muchas cosas que contar.

—Ya vienen —susurra Di.

Yo levanto la mirada de golpe. Para mi disgusto, el primero que nos ha visto es Blythe, que levanta la mano y nos dedica esa maldita sonrisa con su maldito hoyuelo. En fin, supongo que no me puedo quejar demasiado, porque al menos trae consigo a Roy Gardner y…

Nuestros ojos se encuentran.

El corazón me da un vuelco. La mente comienza a volar. Es un encuentro perfecto, digno de película, mientras él se acerca a nuestra mesa. Casi escucho la música, los violines y el pianoforte. Estoy segura de que en ese segundo predestinado todo va más lento, que el mundo mismo contiene la respiración mientras asiste a la primera vez que nos vemos cara a cara. Siento que se me encienden las mejillas y aparto la mirada con cierta timidez (pero no demasiada, por supuesto) mientras me coloco un mechón de pelo detrás de la oreja.

—¿Qué hay, Blythe? —saluda Diana, como si él fuera lo más importante—. ¿Has vuelto a pedir tarta de zanahoria?

Phil parece a punto de partirse de risa, mientras yo siento que se me pone la cara del color del pelo. Le lanzo una mirada asesina a mi amiga, pero ella esboza su sonrisa angelical mientras se lleva la taza de té a los labios.

—Al parecer, es la recomendación de la casa, ¿no?

No es Blythe quien responde: la voz que suena es mucho más maravillosa, casi como un coro de ángeles. Grave, pero no demasiado. Con el punto justo de dulzura, con el volumen exacto para hacerse notar pero sin resultar disruptiva con el resto del ambiente.

Cuando vuelvo a levantar la vista, Roy Gardner me está mirando otra vez. Trago saliva. Le digo a mi corazón que se calme, pero en el fondo mi cabeza se llena, sin mi permiso, de las mismas fotos que vi anoche, solo que esta vez Lancelot no es el molesto Gilbert Blythe, sino yo misma. Definitivamente, juraría a sus pies cuando quisiera, sin dejar de mirar en ningún momento esos intensos ojos azules.

—Tú debes de ser Anne —dice, y yo siento ganas de chillar y de ponerme a saltar porque *sabe mi nombre*—. Gil nos ha hablado de ti.

Gilbert carraspea, mientras Phil y Diana comparten una mirada que no sé qué quiere decir.

—Me llamo Roy —se presenta.

—Lo sé. —Se me escapa un suspiro, y para no quedar como una loca carraspeo—. Blythe también nos ha hablado de ti. Diana y yo te conocemos por tus cosplays de Arthur. Bueno, a mí solo me sonaba el nombre, la verdad. Diana es más fan.

Mi mejor amiga casi se atraganta con su té antes de mirarme, pero Roy se vuelve hacia ella con una sonrisa perfecta. Diana da un respingo y pone la mejor de sus sonrisas.

—¿De verdad?

—Oh, sí. Exactamente eso. Superfán.

—¿Qué te parecieron las últimas fotos?

—¡Maravillosas! Y a Anne también, aunque disimule. No se podía creer que hubieras colaborado con su fanficker preferido.

Se produce un segundo de silencio en el que todo el mundo parece asimilar esa información. En el que *yo misma* tengo que asimilar esa información. Toda la sangre agolpada en mis mejillas se me va del cuerpo de repente, pero cuando miro a mi mejor amiga (¿puedo seguir llamándola así después de tamaña traición? ¿Después de que se convierta en mi Judas, en mi Bruto?) ella simplemente bebe su té con calma.

—¿Has leído mis fanfics? —me pregunta Blythe.

Abro la boca y la cierro, pero estoy demasiado bloqueada para responder.

—No me has dicho nada en clase…

—Se moriría de la vergüenza, Gil. —Roy Gardner me sonríe—. ¿No es cierto, Anne? No te preocupes, Gil no muerde. Bueno, no a menudo —añade, y me guiña un ojo.

¿Cómo le voy a decir que no a Roy Gardner, sobre todo cuando está siendo tan encantador conmigo? Así que asiento, con una risa nerviosa, y vuelvo la vista a Blythe, que no parece muy convencido mientras nos mira.

—Sí. Eso es. La vergüenza.

Phil ladea la cabeza, suspicaz.

—¿Pero no te caía…? —Mi compañera da un respingo y se calla de golpe mientras se frota la pierna por debajo de la mesa de forma disimulada. Diana la está mirando por encima de su taza y yo sé, sin lugar a dudas, que ha tenido que darle un buen puntapié—. No, nada.

—¿Y vuestro amigo? —pregunta Di, fijando sus ojos en el tercer chico que va con ellos.

El muchacho da un respingo, como si no estuviera acostumbrado a que se fijen en él, y mira a Diana como si no se pudiera creer que ella lo haya hecho. Lleva una cámara colgada al cuello, y el pelo, tan pelirrojo como el mío, revuelto y despeinado. Tiene la cara incluso más pecosa que la mía y se ajusta las gafas con un gesto nervioso. Resulta obvio que es de esas personas que prefieren estar en segundo plano, las que, como yo, no están destinadas a protagonizar historias, sino que las rebuscan en otros rincones y se quedan al margen para poder contarlas. Supongo que para eso es precisamente la cámara.

—El genio que se esconde detrás de todas mis fotos —responde Roy mientras lo mira y se mete las manos en los bolsillos—. Os presento a Fred Wright.

Fred no dice ni una palabra, sino que levanta una mano con evidente timidez. Diana le sonríe con encanto.

—Tienes un talento increíble, Fred. Un buen modelo no es nada sin un fotógrafo capaz de sacarle todo su potencial.

El chico se ruboriza y baja la mirada para clavarla en sus pies.

—No es para tanto —susurra.

—¡Desde luego que lo es! —le dice Roy, encantador como el príncipe azul que es—. A ver si a ti te escucha, Diana.

—¿Por qué no os sentáis con nosotras? —pregunta Phil, frotándose todavía la espinilla—. Yo voy a por otro batido. Roy, puedes sentarte aquí.

Phil sí que es una buena amiga, al dejar que Roy ocupe su sitio justo a mi lado. No como Diana, que vuelve a su taza de té mientras Fred Wright ocupa el asiento que está junto a ella y la mira de reojo, supongo que un poco hechizado por lo guapa que es. Lo cual no le quita lo traicionera.

Gilbert Blythe se acomoda al lado de Roy, pero siento su mirada sobre mí como si en realidad estuviera muy cerca. Cuando Phil vuelve, sin embargo, ella toma asiento a su izquierda y reclama su atención al ofrecerle un poco de su batido con una pajita extra.

Yo me centro en Roy Gardner.

En el comienzo de mi gran romance.

Roy Gardner es justo como me lo había imaginado. No solo es guapo, sino que es divertido y tiene un don natural para relacionarse con la gente. Es amable, parece adorar a sus amigos (intenta meter a Fred en la conversación, pese a su timidez) y su risa es incluso más encantadora de lo que había esperado, tan espontánea y sincera que parece que todo en él sea tan transparente como esos ojos suyos. No duda en responder a todas mis preguntas, por otro lado, y con cada una siento que todas las piezas encajan en la imagen que me había formado de él. Estudia Arte Dramático y su sueño es convertirse en un gran actor en algún momento; vive con Gilbert y Fred en un piso de estudiantes, pero va a visitar a su familia siempre que puede. Para mi deleite, descubro que ha tenido algunos papeles pequeños en series que he visto, y que, de hecho, apareció en varios anuncios cuando era pequeño. Tengo que insistirle, pero finalmente accede a enseñarme alguno, y debo admitir que si bien es el chico más guapo que he conocido, también era el bebé más adorable del mundo. Cuando se lo digo, mientras lo veo gatear en pañales y reírse, a él se le amplía la sonrisa y tengo la sensación de que su rostro iluminado podría eclipsar al sol.

Aunque no me interese ni la mitad, gracias a él también me entero de que Gilbert Blythe está estudiando Medicina y ha cogido Creación Literaria como una optativa extra, porque siempre ha querido tener una clase así.

—Tardé meses en convencerlo, pero ¿por qué no va a hacer lo que realmente le gusta? La vida es muy corta para amargarse, ¿no? Ya aceptó estudiar la carrera que sus padres querían para él, ¿qué tiene de malo que coja una optativa que le haga ilusión?

Las palabras de Roy casi hacen que pueda ver a Gilbert de otra manera.

—¿Quiere ser escritor?

—Bueno, siempre le ha encantado escribir, y aunque sus padres esperan otras cosas de él, quizá lo apoyarían si supieran lo bien que lo hace. Pero qué te voy a decir a ti, que eres fan suya...

Su sonrisa es tan amplia y tan brillante que algo en mi cerebro cortocircuita y me obliga a asentir, pese a que no tengo ni idea de cómo escribe Blythe. Aunque después de esto supongo que voy a tener que investigar al respecto.

Nunca me había alegrado tanto de ver a Rachel hacerme una seña desde el mostrador para que me acerque. Me disculpo con los demás. Me pide que la cubra cinco minutos y espero que sean suficientes para que todo el mundo olvide lo que Diana ha dicho sobre que lo leo. Es más, aprovecho que apenas hay gente para sacar mi móvil y leerme la sinopsis de su historia. Por si se avecinan más preguntas, ya que ahora no puedo decir que es mentira. No puedo dejar mal a Diana, pero, sobre todo, si ahora dijera que no entraría a un fic de Blythe ni borracha, la que quedaría mal sería yo. Roy pensaría que soy una mentirosa. Que soy...

—¿Me pones otro chai?

Doy un respingo. Gilbert está delante de mí y yo me apresuro a esconder el móvil como si hubiera estado leyendo el fanfic más sucio de todos. Se me escapa un ruidito desde el fondo de la garganta y me encargo de su pedido.

—Parece que tú y Roy os habéis caído bien, ¿eh?

Me alegro mucho de tener una excusa para estar dándole la espalda, porque tengo la sensación de que leería perfectamente en mi cara *lo bien* que me cae su compañero de piso.

—Oh, es… encantador —murmuro.

Intento que no se note el temblor en mi voz, pero no sé si soy demasiado convincente.

—¿Tanto como para decir que lees mis fics cuando no es cierto?

Casi se me cae el cartón de leche al suelo. Me tengo que volver hacia él.

—Eso no…

Gilbert no parece molesto. Tiene los codos apoyados en el mostrador y, por cómo me mira, parece satisfecho de haberme descubierto.

—No sé qué juego os traéis tú y Diana, pero…

—Estás equivocado —lo corto. Porque no le voy a dar la satisfacción de creer que tiene razón en nada—. Si no te he dicho nada en clase es porque… Bueno, no sabía cómo hacerlo, he pensado que sería raro decirte que sabía perfectamente quién eras. Me he puesto nerviosa.

Eso es. A veces me sorprende hasta a mí lo sencillo que me resulta improvisar. Supongo que es una virtud de quien escribe sin tenerlo todo planificado. Y aunque él no parece del todo convencido, al menos no vuelve a abrir la boca hasta que le dejo el té delante.

—¿Algo más? —le pregunto en mi tono más profesional.

—¿Te gusta Roy? —pregunta a cambio, al tiempo que me tiende un billete.

Creo que se me van a incendiar las raíces del pelo.

—¿Qué?

—Casi dejas un rastro de babas en la mesa. Es un efecto que suele tener sobre la gente, no te preocupes —añade, divertido, al ver que de pronto soy incapaz de contar el cambio—. ¿Quieres un consejo?

¿Suyo? Ni de broma.

—¿Un consejo?

—Te diría que no eres… el tipo de Roy. Estás perdiendo el tiempo.

Frunzo el ceño y abro la boca para protestar. ¿Quién se ha creído que es? Ni siquiera me conoce. ¿Me está llamando fea, acaso? Sé que no me puedo comparar con Diana, por ejemplo, con esa elegancia innata en cada uno de sus gestos. Ni siquiera me acerco a Phil, que tiene ese estilo propio tan único y se mueve como si el mundo le perteneciera. Yo solo tengo un pelo muy rojo que es un desastre, un cuerpo más bien escuchimizado y una cara llena de pecas. Sé que no soy una persona a la altura del nivel de atractivo de Roy Gardner, pero eso no significa que vaya a dejar que él me lo diga:

—¿Disculpa? —siseo.

—Eres libre de intentarlo, claro, pero yo te he avisado. En fin, ya me contarás cuál de todos mis fanfics es tu preferido —me dice Blythe con una voz que me demuestra que no se cree ni una palabra—. Cuando no te pongas nerviosa ni te dé vergüenza, por supuesto.

Se aleja sin su cambio. Aprieto las monedas entre mis

manos y después, respirando hondo, las echo en el tarro de las propinas.

Gilbert Blythe no tiene ni idea de nada.

Y voy a demostrárselo.

—No puedo creer que me hayas lanzado a los leones de esa manera.

Diana entra en mi dormitorio detrás de mí, aunque ella es la primera en dejarse caer en la cama, mientras que yo continúo paseando por el cuarto. No parece sentirse demasiado culpable cuando se acomoda entre la decena de cojines que cubren la almohada.

—No puedo creer que *tú* le hayas dicho a Roy Gardner que soy su mayor fan, cuando no soy yo, precisamente, la que tiene un *collage* de sus fotos pegado en la puerta del armario…

Di señala el mueble con un gesto, aunque las fotos están por dentro porque me da vergüenza que mi madre y mi tío las vean.

—¡Me he puesto nerviosa! ¡Tienes que entenderlo! Además, tú sí has visto sus cosplays, mientras que yo no he leído ni una sola palabra de esos fics.

—Supongo que ya tienes deberes para esta noche, entonces.

Si no fuera mi mejor amiga y no estuviera sonriendo de una manera tan adorable, juro que me lanzaría sobre su cuello. En lugar de eso resoplo y me dejo caer en el borde del colchón. Ella se mueve hacia la pared para hacerme sitio y yo me acuesto a su lado. En el techo del dormitorio brillan las pegatinas de estrellas fosforescentes que coloqué cuando tenía once años.

—No sé por qué tienes tanto interés en que los lea. Y no sé por qué tengo la sensación de que estás disfrutando tanto de esto.

Ella se encoge un poco de hombros. Cuando he vuelto a la mesa, después de cubrir a Rachel, parecía estar haciendo muy buenas migas con Blythe.

—Todo está siendo muy divertido de ver. Pero es que, además, creo que es bueno para ti.

Frunzo el ceño.

—¿A qué te refieres?

—A que eres una testaruda, Anne Shirley. A que si no es por las malas, no cambias de opinión. A que se te ha metido en la cabeza que ese chico es tu enemigo y sé que vas a seguir pensando así incluso si te salvara la vida, igual que has decidido pensar que Roy Gardner es tu media naranja aunque no lo conoces de nada más que de unas fotos en las que interpreta a un personaje.

—Eso no…

—Pero sí es así —me interrumpe—. Y adoro todo lo que pasa siempre por tu cabeza y las nubes en las que vives y cómo ves el mundo. Pero, al mismo tiempo, puede ser bastante frustrante para los que estamos a tu alrededor.

Parpadeo. Marilla me ha llamado frustrante en más de una ocasión, pero no creo que se refiera a lo mismo que Di ahora.

—Las cosas en el mundo real no son como en tu mente, Anne —dice. Habla con un poco más de lentitud, con una seriedad impropia en su burla habitual, como si me estuviera diciendo algo tremendamente importante, un secreto que todavía no me había contado—. Estás tan metida en lo que pasa dentro de tu cabeza, en las historias que tienes ahí dentro, que muchas veces no te das cuenta de lo que está pasando delante de tus narices.

No me muevo. Di me mira y yo me he convertido en piedra, incapaz de decir o hacer algo coherente. Sé que tengo que responder, que espera que lo haga, pero ¿qué debo decir? ¿Qué es lo que está pasando delante de mis narices? Aquí solo está ella, como siempre, con las puntas del pelo casi rozándome las mejillas, tan cerca que puedo sentir el calor de su cuerpo.

Separo los labios, insegura. Ella se da cuenta. Una sonrisa aparece en su boca. Se incorpora hasta sentarse.

—¿He conseguido dejarte sin palabras? Creo que no había pasado nunca.

Yo me echo a reír, pero sueno demasiado nerviosa. Demasiado antinatural. Me incorporo también, para sentarme a su lado, y pongo mi mano sobre la suya con cierta duda, como si quisiera asegurarme de que sigue justo aquí, a mi lado, y que no está enfadada conmigo. Su piel es real, como es real el tacto de sus dedos al entrelazarse con los míos.

—Leeré sus historias, sin prejuicios, prometido. Y… conoceré un poco mejor a Roy Gardner, supongo. Pero no entiendo…

Diana apoya un dedo en mis labios y yo me quedo muda más por la impresión que por el gesto en sí.

—Solo piensa en lo que te he dicho, ¿de acuerdo?

Asiento.

Realmente consigue dejarme sin palabras.

Fandom:	***El caballero del espejo* (TV)**
Relationships:	**Lancelot of the Lake / Arthur Pendragon / Guinevere Pendragon**
Characters:	**Lancelot of the Lake, Arthur Pendragon, Guinevere Pendragon**
Additional Tags:	**Trans Lancelot, Smut, Alternate Universe - Canon Divergence, Threesome, No Betas We Die Like Men**
Stats:	**Words: 3.007 Chapters: 1/1 Comments: 1.700 Kudos: 9.340 Bookmarks: 976 Hits: 235.042**

A sus pies; en sus manos

Blythe

Lancelot estaba a sus pies.

No era solo que se hubiera postrado ante ellos en aquel momento, no era solo que lo supieran todo de él y eso lo hiciera sentirse más humilde, no era solo que su labor fuera precisamente servirlos en todo lo que pudieran desear. Era que realmente se *sentía* a sus pies. Deseaba arrodillarse ante ellos, ante los dos, y dejar que decidieran su destino, su vida entera. Quizá aquella fuera su condena por salir de la torre, ninguna otra. Arthur y Guinevere Pendragon tenían un poder sobre él que iba más allá del que tenían como reyes, más allá de la mismísima magia. Tenían el poder de destruirlo o darle vida como ni siquiera lo había tenido la Dama del Lago al permitirle emerger de las aguas.

Por eso, cuando Arthur se acercó y le hizo alzar el mentón, Lancelot volvió a hundirse en aquellos ojos azules, como había hecho la primera vez, justo después de que el rey le tendiera la mano para ayudarlo a salir del lago.

Cuando sintió su pulgar recorriéndole el labio inferior, volvió a quedarse sin aire.

—En esta habitación no tienes que arrodillarte —dijo Arthur, no con la voz del soberano de Camelot, sino con la voz de un simple muchacho.

Guinevere se había acercado también, vestida con aquel camisón tan fino que era imposible no soñar con la piel bajo la tela. La reina los observaba a ambos con la misma curiosidad con la que siempre miraba el mundo, con las mismas ansias de saber más.

—Bueno, yo diría que puedes arrodillarte, pero no precisamente para mostrar respeto —se burló con aquel descaro que mostraba a veces.

Lancelot tragó saliva e imaginó lo que podría hacer de rodillas ante aquellas dos personas. *Deseaba* hacerlo. Sin embargo, Arthur no necesitó más que rozarle el mentón con los dedos para obligarlo a ponerse en pie. Un estremecimiento lo recorrió de arriba abajo cuando Gwen pasó por su lado, rodeándolo, y le rozó con la punta de las uñas el brazo, el hombro, la espalda. Él la siguió con la mirada cuanto pudo, hechizado. Tuvo que cerrar los ojos y tomar aire cuando sintió los labios de la reina sobre su omóplato, incluso por encima de la ropa, y sus manos abrazándole el cuerpo desde atrás. Lo estaba mareando con su aroma, con su calor, que se mezclaba con el del rey justo frente a él.

—Majestades...

—Gwen —lo corrigió ella, como hacía siempre.

Sonaba exigente y Lancelot se preguntó si sería así de exigente con otras órdenes.

—Arthur —dijo el rey también. Lancelot tuvo que volver a abrir los ojos y lo encontró justo frente a él, rozándole todavía el rostro y la boca con la mano—. No somos nada más aquí y ahora, Lancelot.

Aunque en otras condiciones habría protestado, en aquel momento el caballero no pudo siquiera pensar en hacerlo. Quizá fue por la manera en la que el rey había pronunciado *su nombre*, quizá fue porque su reina le arrebató todas las excusas con el mismo movimiento con el que le arrebató el cinto.

Los tres escucharon el sonido que hizo la espada al caer al suelo.

A ninguno le importó.

El primer beso fue para Arthur, que todavía le acariciaba los labios como si no hubiera dejado de soñar con ellos desde la primera vez que los había probado, en un beso que ambos habían terminado lamentando. Esa vez no hubo arrepentimiento por parte de ninguno de los dos. El rey tomó aquella boca con la seguridad y la calma con que lo tomaba todo, y su caballero le ofreció su beso con la misma pasión con la que lo servía en cada batalla. Al principio fue lento, casi anticipatorio, profundo. Los dedos de Arthur se enredaron en el pelo de Lancelot, las manos de Lancelot despertaron en medio de aquel sueño para poder agarrarse a Arthur, para poder aferrarse a esa realidad que le parecía tan precaria e imposible.

El segundo beso fue para Gwen, cuando apenas se había recuperado del primero. Tanto Arthur como él se volvieron hacia la reina, que los miraba con aquellos ojos oscuros tan grandes. La joven se relamió cuando sus miradas se encontraron. Lancelot no sabía cuántas veces la había anhelado desde lejos, así que no podía creer que ahora estuviera tan cerca. Qué confundido había estado, pensando que solo podía amar a uno de los dos, y que cualquiera de esos sentimientos era una imperdonable traición, un pecado que no podía consentir. Qué poco sentido tenían esas ideas ahora, cuando Gwen estaba tan cerca: a la distancia de un suspiro que ella misma se encargó de recortar al tirar de su camisa, demostrándole así que era tan apasionada en sus besos como en todo lo demás. Lancelot no pudo reprimir una exclamación que sonó más a gemido de satisfacción que a queja. Su brazo, antes de que pudiera evitarlo, ya apretaba el cuerpo de la mujer contra sí.

El tercer beso ya no lo contó. No podría haber dicho si fue antes o después del momento en el que los reyes le quitaron la camisa para besarle el pecho y la espalda o el momento en el que fue el rey quien se arrodilló ante el caballero con gesto burlón, como si quisiera decirle que esa noche iba a ser él quien se postraría.

Nadie contó los besos dados más allá de los labios: en el cuello, en el pecho, en lugares mucho más recónditos.

Lancelot estaba a sus pies. Lo estaría siempre.

Pero, aquella noche, simplemente se dejó estar en sus manos.

5

En mi versión romántica y aspiracional de la vida universitaria no me quedaba despierta hasta las cuatro de la mañana leyendo fanfics, pero, sobre todo, no me quedaba despierta hasta las cuatro de la mañana leyendo fanfics en los que los tres personajes principales de mi serie favorita se van a la cama juntos. A la vez.

En esa versión de mi vida tampoco tenía sueños como los que he tenido esta noche. Por supuesto que he tenido sueños eróticos antes, pero hasta ahora mis fantasías involucraban el gestionable y limitado número de una única persona, aparte de mí misma. Hasta ahora, de hecho, mis sueños eran bastante tiernos. He soñado alguna vez con Diana, pero en esas ensoñaciones ella y yo siempre estamos en mi cama, acostadas como tantas otras veces, y una besa a la otra y después tan solo nos acariciamos con dulzura. Son sueños que suelen venir después de que yo misma escriba algo subido de tono. Supongo que mi cabeza relaciona a Di con Gwen y vuela libre.

Son sueños vergonzosos, sí, y luego nunca sé cómo mirar a mi mejor amiga. Pero al menos hasta ahora no me la había imaginado *ordenándome* que me arrodillase ante ella para…

Trago saliva, bloqueando el pensamiento. Casi puedo oír sus exigentes palabras todavía, sobre todo cuando llego al coche y me observa con esos ojos castaños tan profundos (los mismos ojos que en mi sueño brillaban por el deseo de verme entre sus piernas) y dice:

—Menudas ojeras tienes. ¿Ocurre algo?

Yo espero a que se haya reincorporado a la línea de coches que recorren la avenida antes de decir:

—Me he pasado la noche leyendo los fanfics de Blythe, como tú querías.

Di no es de las que apartan la vista del frente cuando conduce, pues siempre está muy pendiente de todo lo que hacen los demás conductores, pero en este caso gira la cabeza un segundo hacia mí.

—Ah, ¿sí? —Dirige de nuevo la mirada al asfalto—. ¿Y qué te han parecido?

Como mínimo, había alguno bastante sugerente. Y todos estaban bien escritos, mal que me pese. Pero mi orgullo no me deja decirle eso, ni entrar en detalles sobre cómo el último me ha obligado a ducharme con agua fría esta mañana. Me cruzo de piernas al recordar esos dedos que aferran el volante agarrándome del pelo en el sueño, la voz que me habla gimiendo órdenes.

Y, peor aún, al recordar otros dedos. Otra voz que me hacía suplicar a mí.

Miro por la ventanilla como si la conversación no pudiera interesarme menos, aunque siento el corazón acelerado en el pecho y la temperatura del coche tan alta que me invade la tentación de poner el aire acondicionado.

—Supongo que los he leído peores.

La risita de Diana me hace encogerme en mi sitio, porque suena como si me hubiera descubierto. O como su risa en el sueño.

—¿Y eso se lo vas a decir a él? Que los has leído peores. Ni borracha.

—Su ego ya es lo bastante grande. Estoy segura de que podrá seguir viviendo sin mi opinión. Sobre todo teniendo en cuenta que ya cree que es mi escritor favorito por culpa de *alguien.*

Diana no parece ni mínimamente arrepentida.

—A lo mejor Lady Cordelia debería dejarle un comentario. Ella sí que sabe cómo escandalizarme, y ni siquiera ha tenido que escribir un fanfic de tres mil palabras para conseguirlo.

—¡Ni de broma!

Mi mejor amiga se echa a reír y deja pasar el tema por esta vez, aunque sé que volverá sobre ello en algún momento.

Diana Barry nunca se rinde.

La siguiente vez que me encuentro con Gilbert Blythe es dos tardes después, en Creación Literaria. Cuando entro en clase, diez minutos antes de la hora, él ya ocupa el sitio de la última vez, en primera fila, justo al lado del que ocupaba yo. Durante un segundo me quedo plantada bajo el dintel de la puerta, sin saber muy bien qué hacer. Me planteo sentarme atrás, evitarlo, pero hacerlo sería como admitir que tengo algo que ocultar, y él es también la única oportunidad que tengo de acercarme a Roy Gardner. Así que, tras coger aire, ocupo mi sitio junto a él.

—Anne con *e* —me saluda con una sonrisa.

—Blythe —digo yo en un tono más neutro y esperando que la conversación termine ahí.

Pero por alguna razón, con él las cosas nunca suceden como a mí me gustaría.

—¿Me llamas así por mi apellido o por mi nick, grandísima fan?

Me pongo del color de mi pelo mientras saco mi nuevo ordenador. Es desmontable, y juro que siento ganas de darle con la pantalla en la cabeza. Si se sigue burlando de mí, quizá lo haga.

—Por tu apellido —gruño—. Y empiezo a arrepentirme de que sepas que conozco tu nick. Eres un presumido.

—No lo soy —protesta, echándose hacia atrás en su asiento y cruzando los brazos sobre el pecho—. Si realmente fueras una fan, no me burlaría de ti. Pero, por si no queda claro, sigo sin creerme ni una palabra.

Me humedezco los labios. En mi interior se libra una batalla: callarle la boca a Gilbert Blythe o negarme a hincharle el ego. Cuando lo miro y veo esa sonrisa un poco descarada, tengo clara la respuesta.

—¿Qué pruebas quieres?

—Veamos, ¿cuál es tu fanfic preferido? —dice, preparado para pillarme.

Yo aprieto los dientes y siento que las mejillas me pican todavía más ante lo que estoy a punto de decir, pero levanto la barbilla con orgullo.

—El de los tres.

Es una gran satisfacción ver cómo a Gilbert Blythe se le borra la sonrisa de la cara, aunque solo un poco. Su mirada se vuelve suspicaz.

—Esa es una definición muy… laxa. Hay muchos fanfics que hablan de los tres de distintas maneras y…

—El de los tres juntos.

—¿Juntos cómo?

—*Juntos juntos.*

En ese momento la sonrisa desaparece del todo. Aunque ni siquiera parece que sea por vergüenza, sino por incredulidad, porque parpadea. Es a mí a quien le sale sonreír entonces, con satisfacción.

—Te dije que te había leído.

Y puede que hace un par de días fuera mentira, pero hoy ya no. Eso tiene que contar.

Blythe se recupera de la sorpresa y levanta las cejas. Su sonrisa reaparece en su boca y a mí me recuerda que en el mismo sueño en el que estaba Diana también estaba él. Del mismo modo que Diana me hizo arrodillarme ante ella, él se arrodilló ante mí después. «Creo que es hora de que alguien se postre ante ti, ¿no?». Lo hizo del mismo modo que Arthur ante Lancelot en su maldito relato, exactamente con esa sonrisa. Diana se reía en mi oído, mi espalda contra su pecho, y ella también hablaba, y sus palabras eran incluso peores que su boca y sus manos mientras Blythe…

Tengo que apartar la mirada de inmediato cuando vuelvo a sentir el calor en mis mejillas.

—Ah, así que te van esas cosas.

Enrojezco hasta las orejas. Otra vez mi mente se llena de partes de un sueño del que lo culpo enteramente a él, porque he tenido muchas fantasías a lo largo de mi vida, de todo tipo, pero nunca había tenido *esa.*

—No tanto como a ti, aparentemente, que lo has escrito.

—*Tag*: «The Author Regrets Nothing» —dice, como si eso le quitase toda la culpa.

Descarado.

—Pensaba que solo te gustaba la idea de Lancelot y Gwen —continúa.

—Me gusta la idea de Elayne y Gwen —lo corrijo ofuscada—. Pero no me cierro a otras posibilidades. La idea de los tres juntos, ya sea como Elayne o como Lancelot, no está mal.

El chico se echa a reír.

—Ah, vale, ya lo entiendo: lo que sea menos lo de mezclar a Elayne con Arthur exclusivamente, como han hecho en la serie. Es una venganza personal, ¿no?

Tengo que permitirme una sonrisa, a mi pesar, y asiento. Cuando le lanzo un vistazo de reojo descubro que Blythe me está mirando con la cabeza apoyada en una mano y un brillo risueño en los ojos castaños. Supongo que en no respetar el queerbaiting de la serie podemos estar de acuerdo.

—Tanto como para ti escribir exclusivamente a Lancelot como trans, ¿no?

—¿Quieres que te haga una disertación de por qué Lancelot es trans? Estoy preparado para ello, te lo advierto. Tengo como para… cinco horas. Bueno, no, si contamos desde la torre, cuando literalmente ve a Lancelot en su imagen en el espejo y está dispuesto a lo que sea por el deseo de ser *esa* persona, puede que tenga para diez.

Carraspeo para no reírme. En realidad, son lecturas muy interesantes. Yo prefiero ver a Elayne como una mujer que escapa de su cárcel, pero he leído los suficientes artículos para entender por qué hay mucha gente que tiene exactamente la misma percepción que Blythe.

La profesora Stacy entra en ese momento y yo abro mi

portátil para poder centrarme en la clase. ¿Nos dará hoy las notas del ejercicio anterior?

—Oye, pero si tu principal ship es Elayne y Gwen, yo no debería ser tu fanficker preferido, ¿no? ¿Supongo que conoces a Lady Cordelia?

Me tenso. Es extraño oír a alguien que no seamos ni Di ni yo pronunciar ese nombre. De alguna manera, se siente como si estuviera diciendo algo prohibido, algo que no ha sido creado para sus labios.

—Conozco a todos los fanfickers que escriben sobre ellas, por supuesto. Y Lady Cordelia es… Bueno, la que más lo hace. —Estaría muy mal que dijera que me encantan sus historias, supongo, dado que soy yo. Pero no negaré que me invade la tentación, solo por ver la cara que se le queda—. Supongo que si la mencionas es porque la has leído…

—Me gusta mucho cómo construye su relación: sabe cómo meterte en lo que están sintiendo —dice él medio escondido tras la pantalla de su ordenador. Yo intento no sonreír con orgullo, aunque ni siquiera me da tiempo porque a continuación añade—: Aunque a veces puede ser un poco…

Frunzo el ceño. ¿Qué vas a decir, Gilbert Blythe?

—Intensa —decide—. Tres párrafos para describir el amanecer es un poco excesivo, admítelo.

—Para tu información, eso es porque le gusta relacionar el mundo exterior con lo que está ocurriendo dentro de Elayne. Tiene muy estudiados el simbolismo y las metáforas que usa. —Blythe alza las cejas y yo cierro la boca como si me hubiera mandado callar. A lo mejor me estoy pasando—. Me lo ha dicho Diana, que la conoce.

Bocazas. Soy una bocazas. Anne, con *e* de estúpida. Anne, la de la lengua más suelta del mundo. Anne sin filtros.

A veces me pegaría de cabezazos contra la pared.

—¿Diana? —repite él, volviendo a parpadear—. ¿Sabe quién es la persona tras la cuenta?

Me remuevo en mi asiento, pero decido mantener la calma y disimular. No es como si fuera a pedirme que se la presente, ¿no? O a Diana, para el caso.

—Bueno, sí. Son... Son amigas. De Internet, ya sabes. —Supongo que eso no es una mentira completa, porque, de hecho, Diana y yo nos conocimos por Internet, pero por si acaso, y para evitar más preguntas, añado—: Y ahora, déjame atender.

Finjo poner toda mi concentración en la profesora. No sé si Blythe se lo cree, pero, al menos, no me dice nada más.

Una parte diminuta de mí desearía que lo hiciera.

Solo porque no suelo tener muy a menudo la oportunidad de hablar de Lady Cordelia y sus historias, claro.

Al acabar nuestra primera clase teórica de Creación Literaria, la profesora nos devuelve nuestros trabajos. Nuestro grupo recibe una entusiasta enhorabuena y una sonrisa que se me contagia enseguida. Y que enseguida se me quita, sobre todo cuando veo la nota de Blythe y puedo compararla con la mía.

Mi notable alto sabe a fracaso cuando él me muestra orgulloso su sobresaliente.

—Creo que no he sacado una nota tan alta en un trabajo en todo lo que llevo de carrera —se ríe.

—Yo no saco nunca menos de un sobresaliente —protesto.

Y puede que suene infantil, pero es que es así. Siempre me he esforzado muchísimo por estar entre las mejores de la clase, para no darle más gastos de los necesarios a mi madre y a Matthew.

—Bienvenida al maravilloso sistema universitario. Yo pasé de tener dieces a dar las gracias por un cinco —me dice él con tranquilidad—. Y esta es la primera nota que recibes. Está muy bien. Deberías alegrarte.

Pero ¿cómo voy a hacerlo, cuando él me ha superado? Si él tiene más nota es porque puedo hacerlo mejor. ¿No me he esforzado lo suficiente? ¿Qué es lo que no le ha gustado a la profesora? No hay ni una sola falta. Y me (nos) ha felicitado por el trabajo.

Cómo me frustra no saber.

—¿Tienes algo que hacer el sábado por la noche?

Me vuelvo hacia Blythe, confusa. Mis protestas quedan en segundo plano en mi cabeza mientras repito su pregunta e intento averiguar qué puede haber tras ella.

—¿El sábado?

El sábado es mi día de actualizar el fanfic. A las diez, sin falta, subo el capítulo que haya escrito durante la semana. No he faltado a la cita, puntual, desde hace meses. Mi público lo sabe. Lady Cordelia es una dama de costumbres, y, de todas formas, ¿por qué iba yo a querer tener nada que ver con él un sábado por la noche?

—Tengo… cosas que hacer.

Empiezo a meter todas mis cosas dentro de mi mochila. Él se lo toma con más calma, como si tuviera todo el tiempo del mundo.

—Ah, vaya. Bueno, otra vez será. Tú y tus amigas les caísteis bien a Roy y a Fred, así que había pensado en invitaros a una fiesta, pero si ya tienes planes…

Me quedo muy quieta. Se me olvida lo que estaba haciendo, de hecho, o por qué tenía que correr. Supongo que es la influencia del nombre de Roy sobre mí.

—¿Fiesta?

—En nuestro piso. Algo pequeño, para celebrar el comienzo de curso.

¿Una fiesta con… Roy Gardner? ¿En su casa?

—Se lo diré a Phil, que me dio su número el otro día —prosigue Blythe, como si no se hubiera dado cuenta de la forma en la que lo estoy mirando—. Aunque seguro que te vamos a echar de menos.

De pronto tengo que pensármelo mejor. Aunque si lo hago no es por él, sino porque es casi como si Roy en persona me hubiera invitado. Le caigo bien, lo ha dicho Blythe, y aunque no me guste mucho, me fío de su palabra.

—Bueno, revisaré mi agenda. A lo mejor tengo un hueco, después de todo.

Gilbert esboza la sonrisa de medio lado, la del hoyuelo, que es de lo más irritante. Es la sonrisa que me hace querer perderlo de vista cuanto antes, la que me hace cargarme la mochila al hombro y salir pronto de aquí. Por algún motivo, consigue que enrojezca como si estuviese leyendo de nuevo su historia.

Como el lunes, él me sigue, aunque supongo que es inevitable porque vamos los dos hacia la salida.

—Oye, no te lo he dicho, pero…, ahora en serio: me hace ilusión que conozcas mis fanfics. La verdad es que no me creía que supieras nada de ellos. Pensé que era algún juego entre Diana y tú. Perdona por eso.

Por muy poco que me guste Blythe, lo cierto es que eso casi consigue que me sienta mal. Porque, en realidad, es exactamente como él sospecha. Si no me hubiera dado un atracón de sus historias en los últimos días (por documentación, para sobrevivir a esta incómoda e indeseable situación, no porque sean *tan* buenas) solo sabría de él su nick y que me había sobrepasado en el número de visitas.

—Confía un poco más en ti la próxima vez.

Es inconcebible que le acabe de decir eso, cuando considero que, en realidad, se lo tiene muy creído. Es obvio que adora que le regalen los oídos. Muestra su cara, habla de sus fanfics, precisamente para que otras personas le halaguen por ello.

Sin embargo, cuando Blythe se ríe no suena a una risa de falsa modestia, y menos cuando hunde las manos en los bolsillos.

—Es complicado, ¿sabes? Cuando todo el mundo te dice que no estás hecho para escribir, cuesta pensar que otras personas te conozcan precisamente por la escritura.

Me quedo un momento sin palabras. Eso es… muy triste, en realidad. Lo miro y recuerdo las palabras de Roy Gardner sobre su carrera o lo que él mismo ha dicho antes sobre sus notas. Blythe, sin embargo, hace una mueca de inmediato y se ríe de verdad.

—He sonado superemo, ¿no?

—Un poco —me burlo—. Pero… lo dices por tu carrera, ¿no? Roy me dijo que estudiabas Medicina, pero vienes a esta clase…

—Una pequeña rebeldía después de un primer año bastante desastroso. —Me sonríe—. Mis padres consideraron que con mis notas era un desperdicio que estudiase algo de letras, y uno de mis tíos tiene una consulta. Como no tenemos mucho dinero, era preferible estudiar algo con más salidas, ya sabes cómo va. No soy el primero ni el último que tendrá estas movidas en su familia, no es tan importante.

—Yo considero que no poder dedicarte a tu pasión es trágico.

Blythe se vuelve a reír.

—Trágico.

Me ruborizo.

—Sí, ¿qué pasa?

—Nada. Me gusta que a veces hables como si estuvieras en una novela.

Levanto la barbilla, pero vuelvo la mirada al frente.

—Creo que deberías tener el derecho a hacer lo que quieras.

—Yo también. Y por eso me matriculé en secreto en Creación Literaria.

Blythe me guiña un ojo, pero no sé si matricularse en secreto en una asignatura optativa es suficiente. Al final, esto será solo una clase. Su vida sigue yendo dirigida a un lugar que él no ha decidido, guiada por las ideas de otras personas. No me importa que considere que la palabra «trágico» es exagerada: eso es exactamente lo que me parece. A mí mi familia nunca ha intentado alejarme de mis deseos de ser escritora. Pienso en Matthew, en mi ordenador nuevo y en todas las veces en las que tanto él como mi madre (¡e incluso Rachel!) se han dedicado a alimentar mis ganas de escribir con regalos como ese o, sencillamente, dejándome el tiempo libre para que yo pudiera trabajar en mis historias.

En el vestíbulo nos encontramos a Diana, que está sentada en uno de los bancos con el cuaderno de dibujo que siempre lleva consigo sobre sus piernas. Sus clases hoy acababan por la mañana, pero me había dicho que se iba a quedar estudiando en la biblioteca con Josie y Ruby hasta que yo saliera y así podría recogerme de nuevo. No puedo evitar pensar, mientras nos acercamos a ella sin que se dé cuenta porque está demasiado concentrada en lo que sea que esté dibujando ahora, que ella también tiene una pasión oculta y un camino predefinido. Aunque las veces que hemos hablado de ello, a Diana no ha parecido importarle.

—Sé lo que hace el dinero con las cosas, Anne, y yo no quiero que eso les pase a mis dibujos —me dijo una vez—. No quiero preocuparme de lo que gano con ellos, porque entonces tendré un poco menos de libertad para dibujar.

Así que ella está decidida a ser la gran heredera de las empresas Barry y reservar su arte para sí misma. O para los *fandoms* en los que esté, si acaso.

—¿Qué hay, Diana?

Es Blythe quien saluda a mi amiga primero, y a mí eso me devuelve las ganas de gruñir. No sé si me gusta que se caigan tan bien. Sobre todo cuando Diana levanta la cabeza y le sonríe con alegría antes de cerrar el cuaderno.

—Hola, Gil. ¿Ha sido muy insufrible hoy Anne en clase?

—Estoy delante.

—Solo lo normal —responde Blythe.

—¡Estoy delante!

Los dos se echan a reír y yo resoplo.

—Hemos hablado de fanfics, para variar.

—Ah, ¿sí? ¿Te ha hablado como fan? —pregunta Diana, que me lanza un vistazo divertido.

A veces quiero matarla.

—No demasiado: al parecer, es más fan de Lady Cordelia. Como tú, ¿no?

Diana abre mucho los ojos, perpleja. Me mira un segundo, cogida por sorpresa, y creo que se tiene que tragar una carcajada. Yo empiezo a entrar en pánico y espero que mi alma gemela haga uso de nuestros poderes de conexión mental, que tantas veces hemos demostrado tener, y entienda que me tiene que seguir el juego. Creo que lo hace, porque carraspea, y su sonrisa se vuelve amable y angelical.

—Oh, sí. Cordelia y yo somos muy amigas. Yo me encargo de la mayoría de las ilustraciones que pone en sus relatos, de hecho.

A Diana no le importa hablar de que es fanartist. Tiene un nick que separa su faceta de artista y su faceta de futura gran empresaria, pero creo que en realidad es para proteger la independencia de sus dibujos, no tanto para protegerse a sí misma.

Gilbert debe de conocerla como dibujante, porque abre mucho los ojos.

—¿Tú eres Lady Di? —Hace una pausa de un segundo y, después, se echa a reír—. Oh, claro. Lady Di. Tiene sentido. Me encantan tus ilustraciones.

Diana hace una reverencia digna de Guinevere.

—A su servicio —dice, tras lo cual le guiña un ojo—. Aunque creo que Cordelia me mataría si supiera que hablo contigo, ¿sabes?

Blythe parpadea.

—¿Y eso?

—Oh, no le caes nada bien.

¡Diana Barry!

—¿Por qué? —dice Blythe, parpadeando de nuevo.

—Le quitaste su récord de lecturas el otro día. Imperdonable, a su modo de ver. Ha empezado una guerra secreta contra ti.

—Si es una guerra secreta quizá no deberías estar diciendo nada, Di —siseo.

—Bueno, considero que es una guerra más justa e interesante si el contrincante sabe que tiene que luchar.

Gilbert nos mira a ambas con las cejas alzadas y cruza los brazos sobre el pecho. Se produce un segundo de silencio y en ese momento su rostro cambia de la incredulidad a esa expresión un poco burlona que parece tener siempre.

—Ya veo —dice entonces con la sonrisa del hoyuelo curvando su boca—. Lucharemos en ese caso, si es lo que quiere.

—¿Qué? —exclamo.

—No digo que no a una pelea. Adjudícaselo a mi masculinidad, si quieres —responde él con los ojos fijos en Diana, que parece estar pasándoselo como nunca en su vida—. Dile a Cordelia que acepto el reto y que le propongo uno más concreto: quinientas mil visitas. El que llegue primero, gana.

—¿Qué?

La voz esta vez me sale una octava más alta. Blythe me mira de reojo.

—¿Qué pasa? ¿Crees que tu Lady Cordelia no va a llegar a esos números?

Me pongo roja.

—Por supuesto que va a llegar, pero no sé por qué querrías dejarte en ridículo de semejante manera. Tienes un ship mucho menos popular, lo sabes, ¿verdad? Tu fanfic ni siquiera estaba tan arriba hasta esas fotos con Roy.

—Ah, me ofendes; así que crees que sin Roy no lo habría conseguido…

Diana deja escapar una risita.

—Se lo comunicaré a Cordelia.

—Magnífico, pero dile esto también: si yo gano, quiero saber quién es. Ella puede reclamar un premio también, por supuesto, en el improbable caso de que venza.

Abro mucho los ojos, pero no me da tiempo a decir nada más, porque Diana asiente por mí, con su sonrisa perfecta, y Gilbert se ajusta la bolsa al hombro.

—Perfecto. El sábado fiesta en mi casa, por cierto. A Fred especialmente le gustaría que fueras, Diana, pero yo no te he dicho eso. Espero que nos veamos allá, y siéntete libre para traer a quien quieras: a Roy le gusta que haya cuanta más gente, mejor. —Me mira una última vez—. Espero verte a ti también, Anne, si te libras de lo que tienes que hacer.

Con un guiño, Gilbert Blythe se aleja y Diana se empieza a partir de la risa.

Yo ni siquiera sé qué decir.

Me acaban de declarar la guerra.

6

Al final, voy a la fiesta. Mi madre no parece muy conforme, pero le insisto y, con el tío Matthew de mi parte, no puede negarse. Incluso Rachel (que al ser la única empleada externa de Tejas Verdes es casi un miembro honorario de la familia Cuthbert) opina que lo suyo es que, ahora que soy universitaria, disfrute al máximo de todo lo que ello conlleva. Además, todos están convencidos de que ir con Diana no es lo mismo que si fuera sola. A ojos de mi familia, Diana es una de las mejores cosas que me han podido pasar y la tienen por una persona responsable y centrada.

A veces creo que no dirían lo mismo de mí, sobre todo mi madre, pero sé que es solo fachada: en el fondo está muy orgullosa y sabe que soy tan responsable como Di. Es solo que en ocasiones tengo la cabeza en otro lado.

Pero no esta noche.

Esta noche mi cabeza está solo en la fiesta, a la que Di nos lleva en su coche.

—No me has comentado nada sobre lo que dijo Blythe. ¿Crees que le gustas a Fred Wright?

Ella se dedica a encogerse de hombros.

—Si le gusto, tendrá que decírmelo él. Sabes que no me valen los mensajeros.

Sé que no. Cuando le dije que, en el último curso del

instituto, un chico de mi clase (con el que no había intercambiado más que un par de palabras en dos años) me pidió salir a través de una amiga en común, Diana me dijo que si no era capaz de declararse por sí mismo, no me merecía. Y supongo que tiene razón. Que hay cosas que es mejor hacer sin intermediarios.

Así que llevo dos días reuniendo el valor para pedirle una cita a Roy Gardner, aunque eso no se lo he dicho ni a Di ni a nadie, por si en el último momento me echo atrás. O quizá debería decírselo, precisamente por eso…

—Oye, Diana…

Pero ella deja escapar una exclamación cuando ve salir un coche de una plaza de aparcamiento, unos metros más adelante, y aprovecha el sitio.

—No me creo que hayamos tenido tanta suerte —me dice con esa sonrisa que estoy segura de que podría hacer que cualquiera se olvidara hasta de su nombre—. ¿Qué ibas a decirme?

Yo niego con la cabeza y decido tomármelo como una señal.

—Nada. Que es un gran comienzo para una gran noche.

Ella sonríe y se inclina para darme un beso en la mejilla.

—Vamos a divertirnos.

Claramente, la idea de Gilbert Blythe de «algo pequeño» no es la misma que la mía. Lo sé en cuanto veo las sombras tras las ventanas desde la calle, donde esperamos a Ruby y a Josie, que, al parecer, se han hecho inseparables con Diana durante esta primera semana de clase. Que esta es una fiesta con todas las de la ley me queda claro en cuanto subimos las escaleras hasta el último piso (un tercero sin ascensor) y, de nuevo, cuando Fred Wright nos abre la puerta de su apartamento. Nos saluda con el rostro encendido, nos sonríe y nos hace un gesto hacia el interior.

La música no está tan alta como en una discoteca, pero hay ruido por todos lados: el de las canciones, el de las conversaciones, el de las risas y los juegos. No hay tanta gente como para que nos choquemos unos con otros, pero es solo porque creo que nunca había visto un salón tan grande. Bueno, tal vez el de la casa de los Barry, pero es que Diana vive en una auténtica mansión.

Aun así, y aunque las ventanas están abiertas, hace calor en la habitación y empieza a oler a sudor y alcohol por encima del perfume de las colonias. Entre los colores de la ropa de los invitados distingo el pelo rosa de Phil, pero ella parece muy ocupada riéndose de lo que se cuenta en el corro de gente en el que está.

—Así que has conseguido un hueco para nosotros en tu apretada agenda.

Me vuelvo. Gilbert Blythe está a unos pasos, con las manos hundidas en los bolsillos de sus vaqueros. Lleva una camiseta negra y luce la sonrisa que ya no puedo dejar de asociar con él.

—Diana insistió —digo yo, porque me parece una buena excusa, aunque no sea del todo cierta: Diana solo dijo que fuéramos, que sería divertido. Y puede que yo no me hiciera demasiado de rogar—. Tenéis una casa enorme.

Es lo más parecido a un halago que estoy dispuesta a decirle.

—En realidad es de los padres de Roy. Él y Fred ya vivían aquí cuando decidieron alquilar la habitación que quedaba libre, y entonces llegué yo.

No me dice mucho más. Diana y sus amigas captan entonces su atención y a eso le sigue una ronda de presentaciones. Al menos, hasta que alguien lo llama desde el otro lado de la sala y él hace un gesto con la mano.

—Hablamos luego. Hay cosas de comer y beber en la cocina.

Nos hace un gesto hacia una puerta, pero yo me quedo mirando cómo se aleja. No lo hacía una persona demasiado fiestera, pero lo cierto es que no parece incómodo en este ambiente. Lo veo saludar a la gente, reírse con los demás, dar abrazos y palmadas en la espalda. Lo veo aceptar un vaso de plástico de la persona que lo ha llamado y decirle algo al oído.

Durante un instante, nuestros ojos se encuentran desde lados opuestos del salón y yo me apresuro a apartar la vista. Lo último que necesito es que piense que quiero mirarlo, así que rápidamente cojo a Diana del brazo y tiro de ella hacia la cocina como si no hubiera pasado nada.

Josie y Ruby no nos siguen, pero no me importa, especialmente cuando al traspasar la puerta veo a Roy Gardner sentado sobre la encimera de la cocina. Está tan guapo como siempre, con un rizo que le cae sobre la frente. Aunque estaba hablando con un par de chicas, cuando entramos nos sonríe. Es un gesto que no parece tener ningún tipo de efecto sobre Diana, pero a mí hace que me tiemblen las piernas.

—¡Anne, Diana! ¡Habéis venido! —dice cuando se acerca, después de que las dos chicas se marchen.

Para entonces, mi amiga ya tiene en la mano un vaso de zumo (tiene que llevarnos a casa más tarde, después de todo) y yo todavía estoy decidiendo qué beber de entre todas las botellas que hay sobre la mesa.

Se me escapa una risa nerviosa. Blythe dijo que le habíamos caído bien, pero no las tenía todas conmigo de que se acordase de mi nombre.

—Roy. Es un placer volver a verte —digo.

—Bonita casa —dice Diana antes de alzar el vaso de zumo como si brindara a su salud.

—No tan bonita como las visitantes —responde con un guiño que estoy segura de que podría hacer que toda la planta se viniese abajo. Después, se fija en mí—. Gil me dijo que no sabía si vendrías, me alegro de que se equivocara.

Roy se alegra de que esté aquí y eso hace que yo me sienta capaz de volar. ¿Y no tiene la sonrisa más bonita del mundo? Creo que podría iluminar la habitación con ella. Diana, a mi lado, se mete un trozo de brownie en la boca. Alguien ha dejado una bandeja en la encimera, aunque los ha glaseado con dibujos de hojas verdes. El aspecto no es de lo más apetecible, pero al parecer Di considera que se pueden comer.

—Diana no me lo habría perdonado nunca si no la hubiera acompañado.

Mi amiga me mira y, por toda respuesta, se mete otro brownie en la boca, probablemente porque así puede limitarse a responder con un simple gesto de asentimiento. Yo agradezco que me siga la corriente.

—Genial —dice Roy—. Pasadlo bien, ¿vale? Aquí tenéis de todo, y Fred ha montado un *photocall* en el salón y está haciendo fotos. *Hashtag: Royal Party*. Si necesitáis algo, buscadme.

Alguien lo llama y él me guiña un ojo antes de salir de la cocina. Yo lo sigo con la mirada y desearía con todas mis fuerzas recordar algo coherente que decirle, pero ese guiño me deja incapaz de conectar dos pensamientos.

—No sé, Anne —me dice mi amiga en un susurro en cuanto él ha salido por la puerta—. La verdad es que hay algo en Roy Gardner que no acaba de convencerme.

Yo me vuelvo hacia ella.

—¿Qué dices? ¿Lo has visto? Es perfecto.

Diana titubea, insegura de pronto, pero acaba por encogerse de hombros.

—No creo que seáis… espíritus afines —murmura, y a mí me parece muy injusto que utilice mis propias palabras en mi contra—. ¿No crees que le gusta demasiado la atención? A mí él me parece bastante más presumido que Blythe, si me preguntas.

Nunca entenderé por qué parece haberle caído tan bien el fanficker. ¿Es solo porque le entretiene verme rabiar cada vez que está cerca?

—No es presumido. Es simplemente que está acostumbrado a las cámaras y a las redes. ¿O consideras que ha sido algo menos que encantador con nosotras todo el rato?

Diana no sabe qué responder a eso, así que niego con la cabeza y la cojo de la mano.

—Venga, quiero que nos saquemos mil fotos. No nos hemos puesto tan guapas para nada.

Al menos, yo me he esforzado en ponerme guapa: he estado media hora delante de mi pequeño armario, haciendo un pase de modelos para Di, antes de decantarme por mi blusa azul de mangas de farol y mi falda favorita. Incluso le he pedido a mi amiga que me haga la raya del ojo, porque yo nunca he conseguido que me queden ni rectas ni simétricas. Ella, por su parte, estaría perfecta incluso en pijama, pero esa camiseta ribeteada de encaje que deja al aire ese hombro de piel de porcelana parece especialmente hecha para ella.

Cojo otro trozo de brownie y se lo meto en la boca antes de que pueda protestar. Después, yo misma me como uno y cojo otro para el camino, junto con un vaso en el que me echo un poco de vino mezclado con algo de refresco. Es la primera vez que estoy en una fiesta: no era la clase de persona a la que invitaban a este tipo de reuniones en el instituto, donde ni siquiera tenía la sensación de conectar con nadie, así que es la primera vez que pruebo esto. La bebida está buena y el brownie, aunque no es el de mi madre, también está riquísimo.

Cuando nos mezclamos en la fiesta de nuevo, descubrimos a Fred haciendo las fotos y yo arrastro a Diana hasta allí. El chico sonríe con esa timidez tan fuera de lugar en un ambiente como este.

—¿Qué tal, Diana?

Dejo escapar una risita por lo obvio que resulta mientras mi amiga le sonríe.

—Nos han dicho que te encargas de que esta fiesta quede para el recuerdo.

Wright se encoge de hombros como si estuviera resignado, pero en el fondo parece contento cuando agarra la cámara y nos apunta con el objetivo, como si estando tras ella ganase confianza.

—A Roy le encanta aprovecharse de mi talento, soy su esclavo.

Nosotras nos reímos y él hace la foto justo en ese momento. Está sonriendo de verdad, con alegría y menos vergüenza, cuando separa la cara de la cámara y le echa un vistazo a la imagen que acaba de tomar. Nos hace un ademán para que nos acerquemos a verla y ahí estamos, riéndonos, en el momento exacto. Como si supiera perfectamente qué segundo quería capturar en cuanto nos enfocó.

—¿Me la envías luego? —pide Diana con una sonrisa muy grande que deja claro que le encanta la foto.

Fred la mira y yo realmente creo que está un poco hechizado por ella, porque asiente muy rápido.

—Claro. Pero venga, esta no puede ser la única. Hoy seré vuestro esclavo, no el de Roy. Será una novedad.

Las dos nos volvemos a reír.

Nuestra primera fiesta universitaria promete ser la mejor de todas.

A las diez de la noche, cuando el móvil me empieza a vibrar por la alarma que había programado, me encierro en el baño para publicar el borrador de mi fanfic y compartirlo en las redes sociales de Lady Cordelia. Me quedo ahí asegurándome de que todo está bien y siento la tentación de abandonar la fiesta para atender las reacciones, porque este capítulo es importante. Es el capítulo en el que definitivamente cambio todo lo que la serie hizo mal cuando Gwen descubrió la identidad de Elayne. No hay desprecio ni desengaño. Solo reconocimiento, comprensión, ganas de saber… y, sobre todo, el entendimiento de que, bajo el nombre de Lancelot o de Elayne, los sentimientos de Gwen no van a cambiar.

En la serie, ese capítulo terminaba con el odio de Guinevere.

En mi fanfic, ambas terminan en la cama, y Gwen besa las heridas de la mujer a la que ama.

Sin embargo, no puedo quedarme aquí dentro a leer los primeros comentarios: alguien golpea la puerta del baño y yo tengo que salir rápidamente. Demasiado, de hecho, porque me choco con una persona y el móvil se me cae al suelo. Mi mano se encuentra con otra al ir a recogerlo, y sería algo extremadamente romántico, digno de una película, un roce fortuito de los que atan destinos… si no fuera porque, cuando levanto la vista soñando encontrarme con Roy Gardner, es Gilbert Blythe quien está frente a mí.

Él me mira con las cejas alzadas y casi me parece que me roza el dorso de la mano con los dedos, pero supongo que son imaginaciones mías. El alcohol, probablemente, aunque no he tomado más que una copa, pero como no estoy acostumbrada es muy posible que se me haya subido rápido a la cabeza, y por eso me siento un poco mareada desde hace un rato y ahora tardo en moverme un segundo más de lo esperado.

Hasta que recuerdo que Gilbert Blythe me ha declarado la guerra y que, justo en la pantalla que ambos sostenemos, está abierta mi sesión de la página de fanfics.

Casi pego un grito antes de separarme con un brinco y proteger mi móvil contra el pecho como si fuera mi mayor tesoro. Algo que, de hecho, es. Blythe se incorpora con mucha más tranquilidad, aunque sigue teniendo el hoyuelo en la mejilla. Parece que va a hablar, pero entonces una nube rosa me placa y me rodea con los brazos.

—¡Anne! —Phil me está abrazando y es obvio que ella *sí* está borracha—. ¡No te había visto todavía, reina! ¡Y he visto a todo el mundo! ¿Dónde te habías metido? Me he encontrado a Diana con sus amigas pijas de la facultad y he pensado: «¡Oh, no! ¡No puede ser! ¡Su cabellera la ha abandonado!» O sea, cabellera no, no se ha quedado calva, caballera, quería decir ca-ba-lle-ra.

Tanto Blythe como yo miramos a Phil antes de echarnos a reír.

—Alguien necesita sentarse y beber menos —le digo a mi compañera de clase.

Ella me mira con los ojos muy abiertos.

—¿Has bebido mucho, Anne? No, mujer, no... Tú no bebas... Eres muy pequeña y delgaducha... Se te va a subir superrápido...

—Creo que no habla de ella, Phil —dice Blythe.

—Entonces, ¿tú has bebido mucho, idol? No, hombre, no...

—¿Idol? —repito yo.

—Antes sonaba una canción de BTS y ha decidido que yo era un idol coreano —explica Blythe—. Se ha inventado toda una historia sobre estar en Avonlea de incógnito para huir de la fama como *k-poper*.

—¡He descubierto la verdad que se esconde tras esa cara bonita! —exclama Phil.

—Le he intentado explicar que mi madre es coreana, sí, pero que yo nací en White Sands, de donde es mi padre, y que está literalmente a dos horas de aquí. Ella opina que eso es solo que tengo mi coartada muy bien montada.

Blythe no parece molesto en absoluto, así que yo no puedo evitar reírme porque en realidad me parece que Phil está muy graciosa, y seguramente cuando espabile y se dé cuenta de todas las tonterías que ha estado diciendo lo estará todavía más.

—Pero ¿qué has bebido, Phil? —le pregunto, cogiéndola de la cintura para guiarla conmigo.

—Creo que no ha sido solo lo que ha bebido —dice Blythe, siguiéndonos—. Creo que no ha visto la advertencia de los brownies que ha traído uno de los amigos de Roy. O que la ha visto, precisamente, y ha ido a por ellos con demasiado entusiasmo, no lo tengo claro.

—Qué buenos estaban… —suspira Phil.

Yo doy un respingo y Blythe se da cuenta de mis ojos muy abiertos y de la risita nerviosa que me sale por la boca.

—¿Qué les pasaba a los brownies?

—¿En serio? ¿Tú también?

—¡Y Diana!

—¿A que estaban buenísimos? —insiste Phil.

—¿Por qué nadie ve el cartel de CUIDADO, MARÍA, bien grande, que hemos puesto justo al lado? ¿Qué pensáis que eran las hojas de encima? ¿Eucalipto?

Yo debería estar nerviosa ante la perspectiva de haber ingerido una droga sin ser consciente, pero solo me sale una risa ahogada.

—Dime que no sube mucho.

—Dime que no has comido mucho.

—¡Yo me he tomado cuatro trocitos! —exclama Phil, tan contenta.

Bueno, supongo que si ella está así con cuatro trocitos, yo con la mitad no puedo estar mucho peor.

—Yo menos. ¿Dos? Diana cuatro. Oh, Diana. Mi pobre Diana.

Los tres levantamos la mirada para buscarla.

En medio del salón, junto a sus amigas de la facultad, Roy Gardner y Fred Wright, Diana Barry se está empezando a quitar la camiseta.

Fandom:	***El caballero del espejo* (TV)**
Relationships:	**Elayne Shalott / Guinevere Pendragon, Lancelot of the Lake / Guinevere Pendragon**
Characters:	**Elayne Shalott, Lancelot of the Lake, Guinevere Pendragon, Arthur Pendragon, Merlin**
Additional Tags:	**Slowburn, Fix-it, Hurt/Comfort, Crossdressing, Elaynevere Canon Queens, Alternate Universe - Canon Divergence, The Author Regrets Nothing, Additional Tags To Be Added**
Stats:	**Words: 75.587 Chapters: 26/? Comments: 3.971 Kudos: 21.021 Bookmarks: 4.010 Hits: 404.888**

La dama del espejo

LadyCordelia

Cuando el silencio se posó sobre el cuarto, Elayne se dio cuenta de que se le habían agotado las palabras. Le había contado a Gwen toda su historia, desde el principio, y ya no había nada más que pudiera decir.

A su lado, la reina también guardaba silencio. No tenía respuestas ingeniosas ni discursos mordaces. Se sentaba en el borde de la cama con la mirada baja y el paño con el que le había limpiado las heridas apretado entre los dedos. Las sombras se habían ido haciendo más grandes en el dormitorio a medida que el día se convertía en noche y nadie se había molestado en encender una luz, de modo que el rostro perfecto de Guinevere era ilegible.

Elayne se sentía siempre así con Gwen, en realidad. Que no la conocía. Que siempre había una parte de ella, por mucho que se adelantara a lo que iba a hacer, que conseguía sorprenderla.

—¿Por qué nunca me lo has dicho?

Porque era más fácil callar. Había llegado a Camelot sin conocer a nadie, con su secreto guardado muy cerca del corazón. Las hadas siempre le habían dicho que el mundo de los humanos era un lugar cruel, que allá donde los colores más brillaban en sus ropas era donde se cometían las mayores atrocidades.

Después de aprender esa lección, una y otra vez, ¿cómo podía confiar?

—Debías de estar aterrada...

La mano de Gwen sobre su mejilla la hizo volverse hacia ella. Nunca había pensado en el miedo, porque los caballeros no tenían miedo de nada y ella se había convencido de que no lo tendría una vez abandonase la torre.

Pero ahora, con la mirada de la reina clavada en la suya y su caricia en el rostro, se sintió temblar de terror y de esperanza.

—Pero ya no estás sola —la escuchó susurrar.

Elayne no sabría, más tarde, en qué momento se había inclinado hacia ella. Se había recordado siempre que Gwen era una mujer casada, aunque su matrimonio fuera de conveniencia. Se había aferrado a la esperanza de que la atracción se diluyera con el tiempo, a la idea de haber confundido la admiración por una mujer fuerte con los signos del amor. Era todo debido a que la reina la trataba con amabilidad y cortesía, a que las manos de ambas se rozaban por casualidad, a que sus miradas se encontraban y temía que pudiese ver dentro de ella.

Pero en aquel momento supo que no se trataba de nada de aquello. No iba a dejar de pensar en ella. No podía seguir luchando contra aquel tirón que la hacía buscarla sin remedio.

Así que se dejó llevar. La buscó, con los ojos y con los dedos, y tocó su rostro. La buscó con los labios, casi aguardando el rechazo, pero la reina de Camelot no se apartó.

El beso de Gwen la revolucionó por dentro como una guerra, como la primera vez que había apartado la mirada del espejo para observar por la ventana hacia el reino más allá de Shalott, como la primera vez que había matado a un hombre en una lucha de verdad. Como del mundo más allá de su prisión, del beso solo podía pensar que no quería que se acabara. Que quería descubrir las mil formas en las que podía ser maravilloso, en las que podía hacerla sentir viva, en las que quería grabarse a fuego aquel momento en la memoria para que sobreviviera al paso del tiempo.

Cuando las manos de Gwen le tocaron los hombros y ella deslizó los brazos alrededor de aquella cintura con la que tantas veces había soñado, solo pensó que quería más. Cuando besó los tres lunares que su dama tenía en el cuello, solo pensó en que nunca tendría suficiente.

Para cuando Gwen le quitó las vendas que le cubrían el pecho, Elayne ya no estaba pensando en nada.

7

Fred es el primero en agarrar a Diana. Pese a que está muy colorado, la coge de la mano y le impide hacer una tontería, lo que le agradezco en silencio mientras me acerco. Lo hago tan rápido, de hecho, que la habitación se inclina un poco, pero estoy dispuesta incluso a arrastrarme si es para llegar hasta mi amiga.

—¡Di! —La cojo de ambos brazos y la sacudo un poco—. ¿Qué haces?

Ella ha empezado a soltar risitas agudas y parece que no puede parar.

—Oh, Anne —dice, apoyando parte de su peso en mí cuando me lanza los brazos alrededor del cuello—. Hace mucho calor. ¿Tú no tienes calor? Mira, Fred está muy rojo.

Diana se vuelve hacia el fotógrafo y estalla en carcajadas nada más verlo. Aunque yo siento mucho que se esté riendo de él, no puedo evitar que se me escape una risita también. Es verdad que está muy gracioso. Y con el color de pelo, no puedo evitar pensar que es el tomate más rojo que he visto nunca. ¿Me veo yo así también cuando me acaloro? Debo de tener una cara graciosísima.

Gilbert toma el control. Nos coge a ambas de la mano y nos guía fuera del salón.

—Vamos a daros un par de vasos de agua para el calor, ¿vale?

Diana deja escapar un gemidito casi infantil de protesta. Yo la verdad es que lo agradecería. No me había dado cuenta de lo seca que notaba la boca hasta que lo ha mencionado. De hecho, no creo que llegue a la cocina y por eso extiendo la mano para coger algún vaso de los que lleva la gente. Roy está lo suficientemente cerca como para que pueda quitarle el suyo, pero antes de que consiga llevármelo a los labios, Fred me lo arrebata y me empuja suavemente tras Gilbert.

Si hubiera bebido de ese vaso, ¿habría sido como robarle un beso a Roy?

Diana se mueve a mi lado con un poco más de pesadez de lo acostumbrado. Siempre me ha parecido que era una bailarina, mucho más graciosa al caminar que yo pese a ser más grande, pero ahora no parece recordar muy bien qué pie va delante para andar.

Yo, en cambio, no tengo ningún problema. El derecho va primero. El izquierdo, después. ¿No es superraro caminar? Ni siquiera necesitas pensarlo y ya lo estás haciendo.

Gilbert y Fred nos llevan a la cocina y mientras uno nos pone vasos de agua en la mano, el otro abre las ventanas para que entre el aire. Diana se queda muy quieta. No sé si sigue teniendo calor, pero está mirando su bebida como si no supiera muy bien qué hacer con ella. O como si en el fondo del vaso algo hubiera captado su atención. En el fondo del mío no hay nada más que mis pies, que se ven a través del cristal, aunque deformados.

—Tengo hambre —se queja mi amiga—. ¿Quedan *brown...*?

—¡No! —exclamamos Blythe y yo a la vez, lo que hace que tanto a mí como a Di nos dé un ataque de risa.

—¡Chispas! —exclamo.

—¿Qué?

—¡Ahora no puedes hablar, Gil! ¡Respeta las reglas del juego!

Gilbert parece estar pasándoselo bien, pero también tan confundido que no puedo evitar echarme a reír con Diana. A lo mejor piensa que somos ridículas. A lo mejor se está arrepintiendo de invitar a su fiesta a gente de primero y siente que de pronto es nuestra niñera. En realidad, yo quiero tirarle de esas mejillas *un poco* adorables que tiene para ver si le vuelve a salir ese hoyuelo suyo. ¿Se puede odiar y adorar algo de una persona al mismo tiempo?

En vez de los brownies, Fred saca de la alacena galletitas de limón. Ambas nos lanzamos sobre ellas como si no hubiéramos comido nada en toda la noche.

—¿Qué hacemos? —pregunta el pelirrojo, como si no estuviéramos delante.

Quiero decirle que no nos traten como si fuéramos niñas, pero tengo la boca llena de galletas y solo farfullo algo incomprensible.

—¿Qué tal un paseo, chicas? ¿Os apetece?

—¡No! —protesta Diana—. Esto es una fiesta. No quiero pasear, quiero bailar.

Mi amiga me coge de las manos. A un movimiento suyo, doy una vuelta sobre mí misma. Me hago un lío con los pies y me caigo contra ella, que a su vez casi derriba a Fred, que, al contrario que nosotras, no se ríe y parece hasta un poco agobiado.

—Vale, bailar —oigo que repite Gil. Y después, se vuelve hacia Fred y añade, más bajo—: Solo necesitan aire, agua y tiempo, les ha subido pero no están tan mal, no te preocupes. ¡Chicas, seguidme! Tengo una sala de baile solo para vosotras.

A Diana se le encienden los ojos y casi me arranca el brazo cuando Gil nos lleva por el pasillo hasta la habitación del fondo. Como todo en esa casa, es grande. Las paredes están cubiertas de un papel pintado azul a manchas que a mí me parece un cielo nocturno y no puedo evitar pensar que a Gilbert Blythe lo persigue la noche, en el pelo, en los ojos y en las paredes de su habitación. Porque es su habitación, ¿no? Lo miro mientras abre la pequeña ventana y enciende todas las luces y, después, pone música en el portátil, al lado del cual deja también una botella de agua y las galletas de limón. La música es la misma que suena en el salón, pero a Diana no le importa y empieza a dar vueltas sobre sí misma. Su risa es tan libre… tan fresca… que me resulta imposible no hacer exactamente lo mismo, así que pronto somos una pareja de baile que ríe y trata de esquivar la cama y los muebles.

Creo que en algún momento pienso «Tenemos que estar muy drogadas», y me invade una oleada de pánico que casi me arranca de los brazos de Diana, pero entonces ella ríe y yo, de nuevo, solo puedo dejarme llevar.

No sé si es que nos caemos o simplemente decidimos descansar sobre la alfombra de la habitación, pero cuando me doy cuenta estamos tiradas en ella con las manos entrelazadas. Tengo la sensación de hundirme en la tela, pero no me importa porque solo quiero saber qué hay al otro lado de la suavidad que siento en el cuello y en los brazos, si será como

Alicia en el País de las Maravillas y caeré entre tarros de mermelada vacíos y mesitas de té, y conejos que llegan tarde.

A mi lado, Diana deja escapar una risita floja y alza la mano. Me repasa con el dedo índice el contorno de la nariz.

—¿Sabes que tienes una nariz perfecta? —me dice casi con sorpresa—. Tiene una forma perfecta y es pequeñita y encaja en tu cara perfectamente.

Creo que hay demasiadas cosas perfectas en esa frase y eso me hace reír.

—No es por ser presumida, pero me he fijado alguna vez —digo mientras levanto la barbilla para apuntar con mi nariz al techo—. Algo bueno tenía que tener, para compensar todo lo demás.

—¡Anne, qué dices! ¡Si eres guapísima! ¡La más guapa!

Yo giro la cara hasta apoyar la mejilla contra la alfombra.

—Ni la mitad que tú. Ojalá tuviera tus bucles y tu color de pelo y los ojos oscuros y... Bueno, te haces una idea. *Tú* eres la chica más guapa.

Es difícil decir si Diana se ruboriza porque creo que lleva un siglo así de colorada, pero sí sonríe más y se acomoda para girarse por completo hacia mí.

—¿Más que Josie? Josie es muy muy guapa.

—Para mí vales más que todas las Josies Pye del mundo.

Diana ríe de nuevo, esta vez más bajito. Es adorable incluso así, con el pelo revuelto y el maquillaje un poco corrido, bajo la horrible luz amarilla de la habitación de Gilbert Blythe.

Al volver a pensar que estamos en su cuarto me doy cuenta de que no sé cuándo se ha ido, y hasta llego a buscar con la mirada para comprobar que no está. Claro que no está.

La puerta está entornada, pero nosotras estamos solas y no puedo recordar siquiera cuándo ha pasado.

—¿Y soy más guapa que todos los Roys Gardner del mundo?

La pregunta me toma por sorpresa y tengo que volver a girarme hacia mi amiga. Aunque mantiene la sonrisa, se está mordiendo el labio y me mira con la cara llena de expectación.

—Aunque es un duro competidor, voy a decir que tú eres más guapa, porque te he visto con tu vestido de Gwen y no hay nada que Arthur pueda hacer contra ella. Ya sabes que creo que Elayne debería…

—Anne.

Diana pronuncia mi nombre y me callo inmediatamente porque hay algo en su voz que me insta a hacerlo. Creo que se acerca más a mí, y yo, tras un parpadeo, vuelvo a fijarme en que se está mordiendo el labio inferior. Su pintalabios era muy rosa, aunque se le ha ido borrando con las horas.

Creo que el tiempo pasa más lento a continuación, o a un ritmo extraño, mientras vuelvo la mirada a sus ojos. Percibo lejana la caricia de sus dedos en mi mejilla, en mi pelo, en mi oreja cuando me recoloca un mechón. Creo que siento todo el doble o el triple, porque la sensación de su roce nunca había sido tan intensa o tan real como en este momento, y me parece una cosa muy extraña, pero para nada desagradable, y no me apetece que se acabe. Por primera vez, me siento muy cómoda en el silencio, con la mano de Diana en mi cara mientras yo contemplo sus pupilas, que están dilatadas.

Sin poder evitarlo, comparo sus ojos con los de Roy y decido que, por muy azules y especiales que sean los de él, los de ella son mucho más bonitos, porque siempre sé qué hay tras ellos.

Aunque no sé qué hay ahora, mientras los entrecierra y se acerca un poco más a mí.

—¿Puedo besarte? —pregunta muy bajito.

Yo parpadeo, despertando, y me vuelven las ganas de reír. Diana casi se sobresalta cuando lo hago, pero es que no entiendo que haga esa pregunta. Nos hemos besado montones de veces antes. En las mejillas, en la frente, en las manos...

—Tú puedes besarme siempre que quieras.

Di frunce un poco los labios y entonces se inclina hacia mí. Ni siquiera parece ser consciente de lo que he dicho. Su mano se ha quedado olvidada sobre mi mejilla y yo pienso que eso es algo que también hacemos constantemente: cogernos de la mano o del brazo, acariciar la cara de la otra, abrazarnos... Nos tocamos tan a menudo que en ocasiones casi parece que Diana sea una extensión de mí. A veces me olvido de que no estamos conectadas, porque es fácil sentir lo mismo, pensar lo mismo, decir lo mismo, cuando pasas tanto tiempo como puedes con una persona.

Su beso, sin embargo, no parece una extensión de mí esta vez.

Cuando sus labios rozan los míos, tienen un regusto a las galletas de limón que hemos seguido comiendo, a los restos de su pintalabios y a todo lo que me gusta de ella.

Es como si no me estuviera pasando a mí. Como si no fuera yo la que está en este cuarto, en este momento, y estuviera viendo esta escena como una espectadora, como lo que soy siempre. La de las mejores amigas que de pronto se besan en medio de una fiesta es el tipo de escena que podría protagonizar un personaje de una serie de televisión o de un libro, pero no yo.

Y cuando se separa lo hace demasiado pronto como para que pueda terminar de asimilar qué ha sucedido.

—¿Has pensado en lo que te dije el otro día? —susurra entonces Diana.

Su voz es como una niebla, porque me cuesta desenredar las palabras y darles sentido.

¿Qué intenta decirme? ¿Que no me estaba dando cuenta de… *esto*? ¿Y qué es *esto*, en realidad? ¿Ha querido besarme antes? ¿Por qué no me había dicho nunca nada? ¿Quiere volver a hacerlo? Yo a lo mejor quiero que lo haga de nuevo. No estaba preparada. Ni siquiera sé todavía si me ha gustado… Es como si un velo me separara de mis pensamientos y todos se me escapan entre los dedos antes de que pueda alcanzarlos. En la boca, la lengua me pesa y soy incapaz de darle forma a las palabras que por lo general vienen en torrentes.

Noto un cosquilleo en los labios, por su beso, y en la mejilla, donde todavía apoya la punta de sus dedos.

Me ha besado.

Diana realmente me ha besado.

Cuando quita la mano de mi cara, siento tanto frío que, en un acto reflejo, le agarro la muñeca para impedir que se aparte.

—No…

La petición suena más a súplica de lo que esperaba, aunque ni siquiera yo sé qué quiero decir. Que no se aparte. Que no me deje. Que no quiero estropearlo. Que es mi amiga más querida, mi alma gemela, y tengo miedo de que esto complique las cosas.

No quiero que nada cambie entre nosotras.

Y, al mismo tiempo, no sé si el cambio se puede evitar ya.

Diana mira los dedos que le sujetan la muñeca con aire despistado, como si no supiera cómo han llegado ahí. Yo tampoco lo tengo muy claro, igual que no sé cómo hemos llegado a este momento ninguna de las dos.

—¿Puedo besarte, Anne? —pregunta de nuevo.

Esta vez sí entiendo a lo que se refiere y tengo que tomar aire. Tengo que tomar conciencia de que no estoy en mi cabeza ni leyendo un fanfic.

Estoy en el mundo real, mi mejor amiga me ha besado y me está preguntando si puede volver a hacerlo.

Y yo quiero que lo haga.

—Sí.

Diana sonríe. Lo hace con suavidad, con esos labios con el carmín medio borrado que no puedo evitar mirar. El corazón me late muy rápido y no sé si es por el alcohol, por los brownies, por ella o por todo. Es Di quien vuelve a acercarse, y yo pienso en todos los besos que he narrado y las maneras en las que los he descrito y me doy cuenta de que ahora, cuando más necesito saber cómo funcionan, no tengo ni idea, ni se me ocurre ninguna metáfora para comparar la manera en la que se siente el momento en el que nuestras bocas vuelven a encontrarse.

Solo puedo cerrar los ojos.

Suspirar.

Dejarme llevar.

No hay grandes descripciones.

Solo silencio y besos que saben a limón.

8

Cuando despierto ya no hay música tras la puerta ni en la habitación; tampoco hay luces encendidas, a excepción de una lámpara con forma de libro abierto. Al principio me cuesta ubicarme, porque no recuerdo dónde estoy ni cómo he llegado aquí y todo resulta de lo más confuso, pero entonces mis ojos encuentran a Diana frente a mí y un montón de imágenes inconexas empiezan a apilarse unas sobre otras. Los brownies. Las fotos. Blythe y Fred en la cocina. Vueltas en la habitación. Las dos rendidas sobre la alfombra, como tantas otras veces en su cuarto o en el mío.

Los besos.

Vinieron muchos, tras el primero. No sé cuántos. Me vienen imágenes de su mano en mi mejilla. De mis dedos en sus bucles. Su boca en mi mentón. La mía en su cuello. Mis piernas enredadas con las suyas. El sonido de nuestras respiraciones mezcladas. Caricias por encima de la ropa.

Creo que hablamos algo. Creo que nos reímos. Creo que nos miramos durante un siglo entero.

Y en algún momento nos quedamos dormidas, supongo. Así, con su brazo alrededor de mi cintura, lo cual no debería tener nada de novedoso porque nos hemos dormido mil veces así de cerca, incluso más, en su cama o en la mía. Hace años que ella se queda en mi casa o yo me quedo en la suya y compartimos colchón y nos abrazamos para dormir. Hasta esta noche eso no tenía nada de particular, pero de pronto siento la necesidad de separarme como si fuera algo que estuviera completamente de más.

Me incorporo, inquieta, pero con cuidado de no despertar a Di, aunque quizá me gustaría que no estuviera dormida sobre la alfombra, por cómoda que resulte. Alguien ha dejado la colcha de la cama vacía sobre nosotras.

Palpo a mi alrededor para encontrar mi teléfono y lo encuentro olvidado a un lado. Son las cinco y media de la mañana y tengo mensajes de mi madre de más allá de la una, preguntándome sobre qué hora llegaré. Después, un par de llamadas perdidas que hacen que se me encoja el corazón al pensar en lo preocupada que debe de haber estado. Aunque me sorprende que no haya insistido más y que no tenga también mensajes y llamadas de tío Matthew.

Me van a matar, si es que no les ha dado algo a ellos de la preocupación.

Me pongo en pie con nerviosismo y lanzo un vistazo a mi alrededor. Tengo la boca seca y la botella de agua que tenemos cerca está casi vacía, así que salgo de la habitación con ella en la mano. El pasillo está oscuro, desierto y silencioso, y siento que todo da vueltas mientras me dirijo a tientas hacia la cocina. La mente me juega varias malas pasadas con las sombras, pero está demasiado aturdida para inventarse historias sobre ellas, lo que agradezco. Por una vez, solo se concentra en que necesito beber algo.

Por suerte, encontrar la cocina no es complicado, porque sale una ligera claridad por su puerta abierta. Tanteo la pared en busca del interruptor y, aunque la luz me ciega por un segundo, agradezco que el mundo vuelva a tener unas formas definidas, incluso si todo se vuelve mucho más mundano. Hay restos de la fiesta por todas partes: vasos abandonados en la encimera, botellas junto al cubo de la basura, manchas algo pegajosas en el suelo y bolsas de aperitivos a medio terminar.

—¿Anne?

La voz es demasiado inesperada, pero más inesperada es la mano en mi hombro, así que antes de que mi cabeza entienda qué está pasando y a quién pertenece esa voz, ya he gritado, ya he empuñado la botella como un bate y ya he golpeado con todas mis fuerzas.

El impacto es tan fuerte que Gilbert Blythe, ante mí, trastabilla y se tiene que apoyar contra el marco de la puerta de la cocina mientras se lleva una mano a la cara. Lo veo parpadear y fruncir el ceño.

—¡Oh, Dios! ¡Blythe! ¡Qué haces!

—¡Eso pregunto yo! —masculla él, frotándose la mejilla—. ¿Sigues colocada o qué? Sabes que eres Anne, no Arthur blandiendo a Excalibur, ¿no?

Me siento enrojecer mientras bajo la botella. Él levanta las cejas mientras se sigue acariciando la zona magullada. La oreja está empezando a enrojecérsele por el golpe.

—Soy perfectamente consciente, gracias.

—Bien, es una mejoría con respecto a hace unas horas —se burla.

Cruzo los brazos sobre el pecho, ofendida, pero no hay mucho que pueda decir para defenderme aparte de:

—Para empezar, lo de hace unas horas no habría pasado si no dejarais que en vuestra casa hubiera drogas.

—O si alguien se hubiera molestado en leer. Con lo bien que se te da escribir, ¿eso no tanto?

Su dedo señala a la encimera y yo me doy cuenta de que tiene razón: el mensaje que señala los brownies (de los que casi no quedan, por otra parte) es bastante claro. No sé cómo no lo vimos. Bueno, puede que sí lo sepa: cuando entramos en la cocina, al principio de la noche, Roy estaba en ella. Yo solo tenía ojos para él. Diana cogió un trozo y yo la imité. No miramos más allá.

Boqueo, como un pez fuera del agua, en busca de algo, pero él se limita a sonreír y se acerca al fregadero para ofrecerme un vaso de agua.

—La próxima vez id con más cuidado. Nos hemos preocupado un poco.

Y por su expresión es obvio que es cierto. Yo intercambio la botella por el vaso que me ofrece y él, como una especie de reprimenda al golpe que le he atizado, me da suavemente con la botella en la frente. Voy a quejarme, pero entonces continúa:

—Siento que pasara eso. Es cierto que no habría ocurrido si no hubiera habido drogas. Se lo he dicho a Roy: la próxima vez, nada de repostería original por parte de sus colegas. —El hoyuelo en su mejilla aparece cuando se echa hacia atrás y se apoya en la encimera—. Además, yo prefiero la tarta de zanahoria de Tejas Verdes.

Algo en su frase, o quizá en su manera de mirarme, o en su sonrisa, hace que se me vuelvan a encender las mejillas, pero en vez de responderle solo bebo agua y finjo no prestarle atención a él ni al hecho de que lleva un pijama con el blasón de Lancelot y Excalibur.

Escondo la sonrisa tras el vaso. Gilbert Blythe es un verdadero friki, tanto o más que yo misma.

—Gracias por dejarnos el cuarto —murmuro—. Es el tuyo, ¿no?

—Quise despertaros para que os metierais en la cama, pero no hubo manera. Os abrazasteis la una a la otra y la verdad es que llegué a temer por mi vida cuando me gruñiste.

En otro momento me habría reído, porque supongo que es bastante cómico pensar en gruñirle en sueños a Blythe, pero ahora solo puedo pensar en que nos ha visto a Diana y a mí abrazadas de esa manera. En si sabrá que… ¿Qué? No ha sido nada, ¿no? Apenas éramos conscientes de lo que estaba pasando. Y aunque lo fuéramos, no va a volver a ocurrir, ¿no? Ha sido algo entre amigas. Una noche un poco absurda de más, pero solo una noche. Solo unos cuantos besos.

Aunque pensar así en los besos no tiene nada de romántico y no me gusta la idea. Por eso quizá tampoco había regalado besos a nadie. Esperaba a Roy Gardner o a alguien como él. Al príncipe azul, no a mi mejor amiga.

Al mismo tiempo, la idea de que sea ella quien se haya quedado esos besos tampoco me molesta en absoluto.

—¿Anne? —me pregunta Blythe—. ¿Todo bien?

Doy un respingo y lo miro. Asiento y trato de volver a centrarme.

—Sí. Perdona. O sea, por todo. Os hemos causado muchas molestias, ¿verdad?

—He visto a gente peor —dice divertido—. He hablado con tu madre, por cierto.

—¿Con mi madre?

Él se encoge de hombros y su sonrisa casi parece convertirse en una disculpa cuando me explica:

—Estaba llamándote justo cuando entré para ver cómo estabais y os encontré dormidas. Intenté despertarte, pero como no había manera, y ella seguía llamando, simplemente… descolgué. Le dije que estabas bien, que os habíais quedado dormidas. Al principio estaba bastante nerviosa, pero Roy dice que se me da bien parecer el chico bueno, así que conseguí tranquilizarla; le hice hasta una videollamada. Al principio quería venir a buscaros, pero dudé de que quisierais que vuestras familias os vieran así.

Mi madre me habría matado si me hubiera visto así. Aunque eso no es nada en comparación con lo que habrían hecho los padres de Diana. Serían capaces de prohibirle salir para siempre, cuando no de prohibirle verme.

La idea hace que se me revuelva el estómago.

—Quizá debería irme —digo entonces, en un momento de lucidez.

Si me voy ahora, además, no tendré que volver a la habitación con Diana.

Blythe parece sorprendido.

—¿A estas horas? No digas tonterías. Vuelve a mi cuarto, despierta a Diana y meteos en la cama. Yo ya estaba durmiendo en el sofá, así que…

—Si me voy ahora llegaré a casa para cuando abran la cafetería —lo interrumpo—. Mi madre tiene que estar muy preocupada, con videollamada y todo. Y no quiero despertar a Diana, no creo que esté en condiciones de conducir. Además, me vendrá bien que me dé el aire.

Comienzo a moverme. No sé cómo mirar a Diana. No sé

cómo sentirme. Así que huir de este lugar me parece una respuesta razonable, mientras preparo exactamente lo que quiero decir y hacer. Necesito aclararme las ideas antes de enfrentarme a ella. O a lo mejor Di no le da ninguna importancia: es así con los chicos también. Está con ellos un rato y después los deja a un lado. Nunca me ha dicho que le gusten las mujeres, aunque sabe que a mí sí, así que a lo mejor solo fue algo que hizo por culpa de los brownies.

¿Lo hice solo por eso? ¿Me arrepiento?

Creo que no.

—Espera.

Me vuelvo hacia Blythe, que se encoge de hombros.

—De aquí a Tejas Verdes son casi veinte minutos andando y no vas a ir sola a estas horas, cuando ni ha amanecido. Te acompaño.

—No es necesario que…

—No lo hago por ti, ¿eh? Lo hago porque así vas a tener que invitarme al desayuno. Quiero tarta de zanahoria y chai.

Es obvio que es mentira, pero me guiña un ojo y sale de la cocina para cambiarse de ropa. Lo sé porque cuando echo un vistazo hacia la puerta lo veo cruzar el salón mientras se quita la camiseta del pijama. Enrojezco y aparto la mirada de la imagen de su espalda al descubierto, sobre todo porque me recuerda al sueño en el que yo clavaba las uñas en esa misma espalda mientras Diana, precisamente Diana, besaba la mía. El recuerdo repentino hace que me sienta tan mareada como si hubiera vuelto a comer un trozo de brownie.

Aunque quiero repetirle a Blythe que no hace falta, me hago un lío con mis propias palabras y, para cuando consigo volver a abrir la boca, su voz ha vuelto:

—¿Nos vamos?

Me asomo de nuevo desde la cocina. Gilbert Blythe se ha vestido con la misma ropa que llevaba anoche, supongo que para no molestar a Diana en su propia habitación, y en ese momento se pone una chaqueta negra que coge de la entrada. Él me mira con calma, como si no fueran casi las seis de la mañana tras una noche en la que no ha debido de dormir casi nada. A mí me pone de los nervios que parezca estar perfecto a estas horas, mientras que yo todavía siento el cuerpo machacado y tengo la cabeza hecha un caos.

Y pese a ello puede que, cuando me tiende mi propia chaqueta y me abre la puerta, me sienta un poco agradecida.

En cuanto mamá nos oye llegar, sale de la cocina con una manopla del horno en la mano y cara de haber dormido todavía menos que yo.

—¡Anne! —Me repasa de arriba abajo con la mirada, como si quisiera asegurarse de que sigo igual que ayer y, en cuanto lo ha hecho, endurece la mirada—. Ya hablaremos de esto.

Sé que no va a ser una charla agradable, que me llamará irresponsable y que me dirá que si no he pensado ni por un momento en lo preocupados que estaban en casa. Pero eso no va a ser ahora, porque Blythe ha entrado justo detrás de mí y mi madre debe de haberlo reconocido de esa videollamada que tuvieron:

—¡Tú eres Gilbert! La única persona responsable que veo por aquí, por lo visto —puntualiza, lanzándome otro vistazo antes de volver a él—. Muchas gracias por cuidar de

Anne. ¿La has acompañado hasta aquí a propósito? Es todo un detalle.

Resoplo, aunque sé que lo es. A lo mejor es porque no he dormido más que unas horas y mi cerebro no termina de funcionar demasiado bien, pero Blythe no me ha parecido tan desagradable mientras caminábamos hacia aquí como si las calles desiertas fueran nuestras. Me he sentido un poco como una ladrona, en realidad, hablando en susurros por miedo a que la noche se rompiera en mil pedazos si alzábamos demasiado la voz. Él, por su parte, se ha limitado a contarme los mejores momentos de la noche: al parecer, vio a Ruby liarse con un amigo suyo de la facultad de Medicina, y Phil, cuando se le bajó un poco la mezcla de sustancias que llevaba en el cuerpo, le pidió disculpas aproximadamente setecientas veces por haber insistido toda la noche con la teoría del *k-poper* fugado. Ella fue de las últimas en marcharse.

De Roy no me ha dicho nada, y cuando le he preguntado disimuladamente qué tal sus compañeros de piso (porque en el fondo quiero saber qué impresión se llevó Roy de mí), él ha hecho una pequeña mueca.

—Fred estaba preocupado por vosotras, pero se relajó. A él las fiestas de Roy no le hacen demasiada gracia, se agobia si se van de las manos, lo cual sucede muy a menudo. Respecto a Roy… Bueno. En su línea.

Y después ha cambiado de tema, sin decirme qué significa exactamente «en su línea», para hablarme de otras personas que terminaron haciendo una competición de baile.

Ahora, ante mi madre, lo veo sonreír y entiendo por qué Roy Gardner dice que se le da bien parecer el chico bueno:

—No tiene importancia. Estaba despierto, de todas formas, así que…

Mi madre parece a punto de construir un templo en su honor.

—¿Y has desayunado ya?

Y así es como Blythe y yo ocupamos mi mesa favorita. Así es, también, como mi madre decide poner un auténtico bufé de dulces delante del chico, algunos de ayer y otros recién hechos. Yo, con un dolor de cabeza creciente, preparo té para él y café para mí y me siento a devorar un *muffin* de manzana. En este momento, además de sed tengo un hambre voraz que no intento esconder. Al fin y al cabo, no me voy a preocupar ahora de que él piense que no soy una dama, cuando me ha visto colocada.

—Tu madre es la mejor pastelera que he conocido nunca —me dice, tras tomar un sorbo de su chai latte y darle un mordisco a un cruasán—. Y sus dulces son mucho más sanos que los de anoche, ¿no crees?

Yo sé que en parte se está burlando de mí y por eso lo fulmino brevemente con la mirada. Me cuesta enfocarlo porque me pesan los párpados y porque delante de mis ojos, como un filtro, se ha posado esa neblina que aparece cuando has dormido poco y que hace que todo parezca un poco irreal. Y Blythe parece un sueño, sentado frente a mí, iluminado por las luces de Tejas Verdes y las farolas de la avenida.

—Marilla lleva más años haciendo dulces de los que tienes tú —le digo, cuando vacío la boca lo suficiente como para hablar—. Tejas Verdes fue de sus padres antes que de ella y de mi tío Matthew. Aunque él no cocina y apenas aparece en la cafetería. Suele estar detrás, en la oficina, llevando las cuentas y todo lo administrativo.

—Entonces, ¿tú vas a romper la tradición familiar? —me pregunta.

—Digamos que hornear no es para mí.

Mamá lo ha categorizado muchas veces como «desastre natural», pero en realidad se llama «tener la cabeza en las nubes». Y cuando estás soñando en vez de estar atenta a un bizcocho, al parecer lo normal es que te equivoques con el tipo de harina, que no recuerdes si has echado las cantidades de ingredientes que deberías o que se te olvide que tienes algo en el horno. Lo cual considero que es especialmente normal, porque ¿cómo puedo recordar que estoy haciendo un pastel a la media hora cuando siempre se me olvida que me he hecho un té y lo he dejado enfriando en la cocina?

Gilbert deja escapar una risita, como si comprendiese por qué no se me da bien, y yo aparto la vista para mirar por la ventana.

—Mi madre cree que debo hacer lo que me haga feliz —le confío, aunque no sé si es injusto, porque sé que sus padres no opinan lo mismo—. Pero Tejas Verdes es mi… plan B. Sé que ser escritora no es algo fácil. Y sé que no es probable que escriba el próximo *Harry Potter* y me haga rica con el primer libro que publique. Sé que es complicado incluso que llegue a publicar.

—Pero quieres intentarlo.

Vuelvo la vista hacia él. Blythe me está observando por encima del borde de su taza y yo me pregunto si se enfada alguna vez o se molesta, porque aunque suela tener ese brillo burlón en los ojos, siempre está tan tranquilo que a veces no parece real. Diana es parecida, como si la envolviese un aura de serenidad, pero a ella la conozco y sé que a veces se frustra o se enfada o se pone triste, aunque no lo comunique tanto como yo.

Pero, al parecer, no la conozco tan bien como yo creía, ¿no?

Esa idea me afecta de inmediato y algo en mi cara debe de delatarlo, porque Blythe de pronto hace un ligero mohín.

—No quiero meterme donde no me llaman, pero… ¿va todo bien?

Me meto un *macaron* en la boca para no tener que contestar con palabras y simplemente me encojo de hombros, aunque lo cierto es que siento una tirantez en la garganta y los ojos me pican como si fuera a llorar.

—Ha sido una noche muy larga —le digo, sin saber si sueno muy convincente—. La verdad es que solo quiero ducharme y dormir dos días enteros.

Él sonríe con algo demasiado parecido a la compasión y me acerca un plato con un rollito de canela.

—Come. Y trata de hidratarte. Para la resaca —añade en voz más baja, como si creyera que mi madre puede oírnos desde la cocina.

—Nunca había tenido resaca —le confieso antes de acabarme el dulce en cuatro bocados.

Gilbert apoya la cara en la mano y no sé si le divierte más tener esa información sobre mí o la forma en la que me estoy chupando los dedos.

—Felicidades, ahora podrás ser una verdadera escritora del romanticismo. Espero que te quedes solo con el gusto por el alcohol y los estupefacientes y no con las ganas de morirte.

Abro mucho los ojos, pero es imposible que no se me escape una risita después de eso.

—Qué estúpido.

Blythe ni siquiera se molesta. Me guiña un ojo y se acaba su té.

—Ya, pero te has reído —dice. Después se pone en pie y coge su chaqueta—. Será mejor que te deje descansar. Nos vemos mañana en clase.

Me pongo de pie con tanta prisa que estoy a punto de tirar mi taza.

—Pero…

—El desayuno estaba increíble: ten cuidado o pronto me tendrás aquí todos los domingos por la mañana.

Gilbert empieza a sacar su cartera del bolsillo, pero yo lo detengo.

—El desayuno era el pago, ¿no? Por traerme.

Él no protesta y yo aprovecho para apartar la mirada a la menor oportunidad, llamar a mi madre y decirle que Blythe ya se marcha.

—Ven siempre que quieras —le dice, tras insistir en que se lleve lo que ha sobrado del desayuno para él y sus compañeros de piso—. Y perdona por todos los quebraderos de cabeza que te ha causado Anne. A veces puede ser muy inconsciente.

Creo que no es nada justo que diga eso, pero estoy demasiado ocupada poniéndome roja para contestar. Me siento como cuando era pequeña y mi madre hablaba de (y por) mí como si yo no estuviera delante.

—No me ha dado ningún quebradero de cabeza —dice Blythe, aunque sé que se lo está pasando en grande viendo cómo quedo en evidencia—. Y volveré seguro. Gracias, Marilla. Hasta mañana, Anne.

Lo acompañamos hasta la puerta y lo vemos alejarse por la avenida mientras saca el móvil del bolsillo.

—Parece un buen chico —comenta mi madre—. ¿Así que va a tu clase?

Yo gruño. Puedo entender por qué dice que parece bueno, pero eso no significa que me moleste menos que ahora sea un santo a ojos de mi madre. No olvido que hace unos días me declaró la guerra, incluso sin saberlo del todo.

—Solo a una clase.

—Pues es un encanto. Ayer fue muy amable por teléfono. Y menos mal que alguien me lo cogió, porque a tu tío le estaban entrando todos los males, ¿lo sabes?

Me encojo un poco, aunque sé que eso no va a hacer que la tormenta pase antes o sea más benigna. No sé por qué he llegado a pensar que quizá mamá estaba tan hechizada por Gilbert Blythe que no iba a echarme la bronca.

—Yo… —empiezo.

Pero la borrasca Marilla no se detiene ante nada ni nadie, así que me pide que me calle y me siente y, durante la siguiente media hora, antes de que sea el momento de abrir, se lanza a un monólogo que ha debido de preparar mientras miraba al techo y se desvelaba por mi culpa, así que puede que me merezca un poco el enfado. Yo agacho la cabeza y aguanto con muecas las embestidas de sus palabras, aunque en el fondo me gustaría decirle que ya tengo más de dieciocho años y que ya no soy una niña. Sin embargo, sé que empeoraría las cosas y quiero demasiado a mi madre como para iniciar una guerra, sobre todo teniendo en cuenta que tiene cierta razón en todo lo que dice: que debí avisar, que los preocupé, que soy una inconsciente, que si llevo el móvil es para algo, que si me encontraba mal tendría que haber pedido un taxi… Al menos no me pregunta si bebí (porque debe de olérselo) ni me echa la culpa por ello, aunque sí que dice que esperaba más sentido de Diana Barry, porque prometió que me traería de vuelta a casa en su coche.

Yo, ante eso, aprieto los labios. Aunque parece esperar que le diga algo al respecto, no pregunta directamente, así que yo tampoco le digo que ella estaba durmiendo y no he querido despertarla, por eso no he vuelto con ella. Tampoco le digo que ella no bebió, porque casi es mejor que piense eso.

El veredicto de mi madre es implacable: tres semanas sin salir y la limpieza de la cafetería al cerrar durante quince días.

Lo acepto porque solo quiero irme a dormir.

Fandom:	***El caballero del espejo*** **(TV)**
Relationships:	**Elayne Shalott / Guinevere Pendragon, Lancelot of the Lake / Guinevere Pendragon**
Characters:	**Elayne Shalott, Lancelot of the Lake, Guinevere Pendragon, Arthur Pendragon**
Additional Tags:	**First fic about this series, im so excited, Bisexual Elayne, I may be projecting into this, dont mind me**
Stats:	**Words: 1.285 Chapters: 1/1 Comments: 20 Kudos: 499 Bookmarks: 75 Hits: 18.368**

El hechizo de sus ojos

LadyCordelia

Elayne había visto mil cosas a través del espejo de la torre de Shalott. Había visto criaturas de todo tipo, fieras y hermosas, humanas e inhumanas. Había visto maravillas y horrores. Se había visto a sí misma mil veces. Lo había visto todo y todo lo había cosido, una y otra vez, como las hadas le habían dicho que debía hacer.

Sin embargo, nada de lo que había visto podía compararse a su belleza.

Nada estaba a la altura de Guinevere Pendragon, reina de Camelot.

Lo supo cuando se tuvo que inclinar ante ella. Cuando se miraron por primera vez, con Elayne postrada a sus pies y la reina junto a su esposo, sentada en su trono con la mirada más clara y profunda que la muchacha había visto nunca. Elayne sintió que se volvía a ahogar, como si aquellas pupilas fueran unas nuevas aguas que ningún marinero podía surcar sin correr peligro.

La dama de Shalott supo en aquel momento, sin ningún ápice de duda, que ni siquiera la Dama del Lago podría salvarla de aquellos ojos.

9

La primera vez que Diana y yo interactuamos fue por uno de mis fanfics. Ella hizo un dibujo, el primero de muchos, y yo me enamoré de la manera en la que su ilustración plasmaba todo lo que yo había querido decir con mis palabras. Por aquel entonces, *El caballero del espejo* llevaba solo una temporada y apenas se empezaba a adivinar todo el movimiento que finalmente generaría. A mí me había fascinado con el personaje de Elayne desde el primer momento,

y había contenido la respiración en el mismo segundo en el que ella y Gwen habían compartido su primera escena, cuando la dama de Shalott se arrodillaba ante la reina de Camelot, y esta, embelesada, miraba a quien creía caballero como si hubiera caído en un profundo hechizo.

Puede que fuera ahí, en aquella mirada, cuando entendí de verdad que además de con príncipes azules también podía soñar con princesas.

Mi primer fanfic de *El caballero del espejo* vino precisamente de ese momento. Ya había escrito fanfic antes, pero nunca nada me había golpeado con tanta fuerza como aquellos ojos encontrándose, con esa manera de detener el plano y ese *crescendo* de la banda sonora que tenían que indicar un momento marcado por el destino. Por aquel entonces, por supuesto, viendo cómo se había grabado aquel instante, todo el mundo tuvo esperanzas de que aquello se resolviera como la propia leyenda marcaba: Guinevere y Lancelot y su apasionado romance. No ha ocurrido (y no hay esperanzas de que ocurra en la última temporada, que todavía está por salir), pero esa es otra historia.

La historia aquí fue que a raíz de aquel primer encuentro yo escribí mi primer fanfic. En él tan solo explicaba cómo se sentía Elayne al ver a otra mujer por primera vez en su vida, después de toda una existencia encerrada, y cómo reconocía en sí misma sentimientos que hasta el momento ni siquiera había concebido más que en los centenares de libros que había consumido siempre. Era la historia, en parte, de cómo me había sentido yo misma al ser consciente de que una parte de mí había estado oculta sin que yo me diera cuenta siquiera. El descubrimiento de la atracción. La apreciación de una mujer desde la perspectiva de otra. El sueño idealizado de un alma gemela que se encuentra en una mirada.

Todo eso lo atrapó Di en su dibujo, aunque por entonces no era ni la mitad de buena de lo que es ahora. Y yo me enamoré de todo lo que expresaba. No, no solo eso: lo que me dejó sin palabras fue lo bien que me había entendido. Lo que me hizo decidir que teníamos que conocernos fue ser consciente de cómo nos habíamos comprendido a través de unos personajes, sin hablar, solo mediante una historia y unos trazos.

Cuando la conocí, esa comprensión parecía estar en todas partes.

Hoy sueño de nuevo con la primera vez que la vi. Con aquel primer relato. Con su dibujo, que cuando abro los ojos me recibe colgado en el mismo corcho en el que lleva ya cinco años, cuando nos conocimos y ella me regaló el original.

En la neblina del sueño, con el dibujo apenas iluminado por la luz del atardecer, Guinevere y Elayne casi parecemos Diana y yo.

Tardo todavía unos minutos en despertar de verdad. La cabeza ya no me duele, aunque sigo sintiendo la boca seca y tengo que incorporarme para beber algo de agua. Me paso la mano por los ojos, intentando ubicarme. Mi cuarto lo reconozco: en él todo sigue igual que anoche, pero yo tengo la sensación de que es lo único que no ha cambiado.

Cuando tanteo a mi alrededor para coger el móvil, descubro que lo tengo lleno de notificaciones. Un par de conversaciones de WhatsApp. Twitter. Instagram. No sé si me siento preparada para leer los mensajes, sobre todo cuando veo que una de las conversaciones es la de Diana.

La dejo para lo último, mucho después de las notificaciones de redes sociales de Lady Cordelia. Nunca había agradecido tanto tener una segunda identidad, una segunda vida, porque en la existencia de Lady Cordelia todo permanece como siempre: sigue siendo la escritora anónima de la que nadie sabe nada y que actualiza sin falta una vez a la semana. Mi público más fiel echa en falta que no haya dado señales de vida desde que informé de la actualización, y algunas personas han hecho memes sobre cómo he soltado el capítulo bomba y después he desaparecido. A mí me parece una narrativa que estoy dispuesta a seguir, como si mi desaparición hubiera estado más que planificada, así que solo tuiteo ese gif tan gracioso de la mujer que hace una entrada triunfal con su bolsa y después pongo:

Lady Cordelia @LadyCordelia
Entonces, ¿os ha gustado?

Sé que no debería estar mucho en Twitter mientras ignoro los mensajes de todo el mundo, así que me armo de valor y finalmente, cogiendo aire, abro WhatsApp. Abro primero los mensajes de Phil:

Phil
Desde hoy declaro los brownies enemigo nacional y archienemigo particular
Mañana no voy a clase, paso
Tú qué tal estás???

Me acabo de despertar

Responde eso a tu pregunta?

Phil

jsjsjsjs

Sí, bastante

Espero que al menos solo hayas dormido como una muerta en vez de convertirte en la niña del exorcista como me ha pasado a mí

Muy desagradable, la verdad

0/100 would not recommend

Aunque lo siento por Phil, no puedo evitar que se me escape una risita, sobre todo cuando me manda una foto desde su propia cama con un aspecto de lo más demacrado pero haciendo el signo de la victoria, como si considerase una proeza haber sobrevivido a la noche. Considerando que ella había bebido y comido más que nosotras, puede que sí que lo sea.

Tras enviarle una foto en respuesta, no me quedan más excusas para no mirar la otra conversación con varios mensajes sin leer. Tengo que coger aire porque no sé si estoy preparada para lo que me voy a encontrar en ella. ¿Vamos a hablar de lo que pasó anoche? ¿Vamos a hablar de si significó algo para alguien o si fue una tontería? ¿Algo que pasa una noche en una fiesta y que después recuerdas entre risas? Sé que no tiene por qué tener importancia, pero ¿la tiene? Si me pregunta si la tuvo para mí, ¿qué le voy a responder? Ni siquiera he podido pensarlo.

Diana Barry es mi mejor amiga. Es mi alma gemela. No me imagino la vida sin ella.

Pero ¿significa eso más de lo que yo he dejado que significase?

Abro la conversación sintiéndome incluso más mareada que anoche.

Di ♥

Así que has invitado a Gil a desayunar
y ha conocido a tu madre…
Para ser tu archienemigo, lo consientes
un montón, ¿no crees?
Si alguien te pregunta, yo he dormido
esta noche en tu casa 🤫 😇

¿Eso es todo lo que va a decirme? Después de haber esperado alguna mención a lo que ocurrió anoche, ahora no sé muy bien cómo sentirme. Si ella no dice nada, ¿debería sacar yo el tema? Quizá no se acuerde ni siquiera de lo que hicimos. Y en ese caso, ¿debería decírselo?

Pensar en hacerlo me da dolor de estómago.

A los mensajes les acompaña una foto, en su caso de su desayuno, en el que alguien ha incluido los dulces que Blythe se ha llevado de la cafetería esta mañana. Roy y Fred, un poco desenfocados, se ven al otro lado de la mesa. Parecen estar riéndose de algo.

¿Ni siquiera va a mencionar que la he dejado sola? Es algo que he hecho sin pensar, pero de pronto siento la necesidad de disculparme por ello, aunque necesito bastante más tiempo de lo que querría para decidirme a enviar alguno de los mensajes que he reescrito por lo menos quinientas veces. En ese tiempo, Diana está en línea y se vuelve a desconectar al menos tres veces: yo me paralizo cada una de ellas al pensar que sabe que estoy tardando una eternidad en escribir lo que luego será una línea de texto.

Mi madre estaba muy preocupada,
así que tenía que volver si quería llegar a
ver un nuevo día
Blythe estaba despierto y
me ha acompañado para que
no fuera caminando sola
Mamá lo ha llamado *caballero* 🥹
Luego me ha castigado tres
semanas sin salir
Siento haberte dejado sola,
estaba en pánico
Estás ya en casa?

Di ♥
He llegado para la hora de la comida
y luego me he echado la siesta del siglo
Gil también me ha contado que le
arreaste con una botella
Ya te vale

Así aprenderá a no acercarse
a una chica por la espalda
Cómo te encuentras?
Yo me acabo de despertar
Tengo la lengua que parece un estropajo

Di ♥
Con ganas de no pisar una fiesta
nunca más
Pero es mentira, porque me lo pasé genial
Si no hacemos estas cosas con 18
no sé cuándo las vamos a hacer
Mira, fotos de ayer, me las ha pasado Fred

A ese mensaje le sigue una oleada de fotografías de nosotras haciendo el tonto, sonriendo a la cámara, haciendo muecas, abrazándonos. Hay una en la que parece que estamos bailando y Diana me ha inclinado hacia atrás. Hay otra en la que nos hemos puesto el pelo de la otra como si fuera un bigote. Mi favorita, al final, resulta ser una en la que ni siquiera somos conscientes de la cámara, sino que simplemente estamos hablando. Diana me mira con una sonrisa de oreja a oreja y los ojos brillantes. Yo me estoy riendo a carcajadas de algo, con los ojos cerrados y la boca abierta, completamente ajena a todo. El fondo de la foto está un poco borroso, pero los colores son tan vivos en el resto de la imagen que es como si volviera a estar en ese salón, entre toda esa gente que tan bien parecía estar pasándoselo. Con Diana, sin ninguna preocupación en el mundo…

Se me encoge el estómago, pero finjo que es de hambre y me obligo a responder con un montón de emojis de corazones, aunque lo cierto es que eso es precisamente lo que me hace sentir ese aluvión de imágenes nuestras. Me fijo en que Diana, de hecho, se acaba de cambiar su foto de perfil para poner una en la que está sonriendo ampliamente, enseñando sus dientes perfectos y blancos. Parece realmente feliz, como si nunca se lo hubiera pasado mejor que anoche.

Al menos, supongo, hasta que se le subió el brownie.

Fred es un auténtico artista

Di ♥

¿A que sí?

Es muy buen chico, aunque sea un poco tímido

Y creo que puede ser verdad que le gusto

A lo mejor salgo con él, si se atreve a decirme algo

Trago saliva, sin saber qué responder a eso. ¿Quiere salir con Fred Wright? ¿Significa eso que no se acuerda de lo de anoche? ¿O que realmente no significó nada?

No sé qué esperaba sentir, pero juraría que ahora lo único en lo que puedo pensar es en lo miserable que me hace que haya decidido convertir a Fred en su próxima pareja. No es que esperase que me pidiera salir *a mí*, no es que quiera algo así, pero…

No. Está bien. Es mejor así, ¿no? Si no ha significado nada, es mejor que no lo hablemos. En el fondo, debí suponerlo: Diana lleva haciendo esto mucho más tiempo que yo. Sé perfectamente que ha estado con chicos y después, simplemente, deja de estar con ellos. A lo mejor eso cambia con Fred. A lo mejor empiezan saliendo una temporada y finalmente le gusta de verdad. Y en ese caso, debería alegrarme.

Me gustó besarla. Me gusta la idea de que Diana Barry me pidiera mi primer beso y que se quedara también el segundo, el tercero y el cuarto. Pero eso no significa que tenga que ocurrir nada más.

Somos amigas. Las mejores amigas. Eso es lo único que importa.

Como para convencerme, me cambio la foto de perfil y pongo esa que tanto me ha gustado.

Fred Wright no va a
creerse su suerte

Di ♥

¿Sabes quién tampoco se cree su suerte?

Josie. O Roy, no lo tengo claro todavía

Al parecer, Roy y ella hicieron buenas migas

¿Has visto Insta?

El cambio de tema consigue sorprenderme y distraerme un segundo porque no, no he abierto mi cuenta personal de Instagram hoy, pero de pronto sé que necesito ver qué ha pasado. Me meto en el perfil de Josie y veo que, efectivamente, en su *feed* hay una foto junto a Roy. Él tiene el brazo alrededor de su cintura y los labios en su mejilla, y ella sonríe como una actriz en la alfombra roja. Ambos llevan coronas de cartulina en la cabeza, pero las lucen como si fueran tan reales como las de Arthur y Guinevere. Gimoteo. El pie de foto no deja demasiadas dudas sobre las buenas migas que han hecho:

apple_pye ¡Los reyes de la fiesta!
#RoyalParty #NoFilters #Queen #King
#Modeling
roygardner Mi reina!! 🖤🖤🖤🖤🖤
RubyNotRose Tanta belleza en una sola foto...
Dejad algo para el resto, ¿no?
Phil_Adelphia Sabéis que la reina de la noche
fui yo pero you guys can dream i guess

El resto de los comentarios son de los innumerables seguidores de Josie, que mencionan lo guapos que son y algunas personas incluso se atreven a utilizar sus nombres de manera conjunta para dejar claro que opinan que hacen una buenísima pareja. Por supuesto que la hacen. Los dos modelos, los dos guapísimos. Roy ha respondido con su cuenta personal, la que usa para trabajos de actuación y modelaje profesional, en vez de con la dedicada específicamente al cosplay. Tiene todo el sentido del mundo. Juntos parecen la imagen perfecta de los reyes del baile en una película estadounidense.

Yo solo puedo recordar a Gilbert Blythe advirtiéndome de que no era el tipo de Roy Gardner. Por supuesto que no lo soy, sobre todo en comparación con Josie Pye.

Suspiro. Bueno, ya suponía que no tenía ninguna oportunidad, pero confirmarlo no duele menos. Sobre todo cuando veo las stories de Josie y de Roy y los veo bailar juntos y cantar a voz en grito varios éxitos de moda. En el último de los vídeos, Josie y Ruby están en un taxi comentando lo bien que se lo han pasado y Josie le envía un beso al «magnífico anfitrión».

Supongo que puedo conformarme
con mirarlo de lejos
Los amores no
correspondidos pueden ser
muy románticos 😔
Me quedaré en Tejas Verdes castigada
y languideciendo por él
Mientras llueve
contra la ventana
Por favor, imagíname con
un precioso vestido de época verde
en vez de con el mandil de trabajo,
que le quita mucho la magia

Di ♥

Bueno, si te sirve de algo, tú siempre serás

la reina, Anne Shirley

La reina del drama

Pese a todo, se me escapa una risa, porque eso ha sonado a lo que Diana diría normalmente. Hasta puedo imaginarla dejando los ojos en blanco, incrédula por mi actitud. Después, me pregunta por el fanfic. A partir de ese momento, la fiesta, los brownies, los besos, Roy Gardner, Fred Wright, Gilbert Blythe y todo lo demás deja por fin de importar.

Mientras pueda seguir hablando así con Diana, todo está en su lugar.

10

Pensar que todo estaría en su lugar fue muy atrevido por mi parte.

Para empezar, tengo la sensación de que Diana y yo nos movemos en una rutina precaria. Objetivamente, nada va mal. Seguimos yendo a la facultad juntas y la mayoría de los días volvemos también en su coche, aunque en muchas ocasiones ella tiene que quedarse más rato en la facultad. También dedica mucho de su tiempo a sus nuevos compañeros, con los que yo siento que no tengo demasiado que ver (a excepción, quizá, de Ruby, que siempre se muestra encantadora y parece compartir mi gusto por las buenas historias de amor). Sé que a veces queda con Fred, con quien ha estado yendo a exposiciones y museos donde ambos pueden compartir el gusto por el arte, y cada una de esas veces que están juntos yo me pregunto si realmente va a salir con él.

Mi mejor amiga se pasa por Tejas Verdes al menos una tarde a la semana y nos mandamos mensajes cuando no estamos juntas, así que el problema tampoco está en que dejemos de hablar. Pese a esto, no puedo decir tampoco que todo vaya bien. Hay una tensión extraña entre nosotras, como si algo estuviera enquistado bajo la piel, algo que necesita ser dicho pero que ninguna de las dos se atreve a pronunciar en voz alta. A mí me parece que es casi como una premonición o un hechizo que, si alguna de las dos recita, nos llevará a la condena. Al mismo tiempo, parece que es algo que solo me pasa a mí, porque no podría asegurar que Diana haya cambiado ni una centésima su actitud. Yo cada día tengo más claro que no recuerda nada de la fiesta o que no le ha dado la más mínima importancia. Y, cuando lo pienso, no sé cómo me siento.

En segundo lugar, mi fanfic batalla por el primer puesto contra el de Blythe casi a diario, y él insiste en molestarme con ello, aunque no sepa que cuando me habla de su competición con Lady Cordelia se lo está diciendo directamente a ella. En cuanto a mis notas en Creación Literaria, al menos he conseguido empatar con él y supongo que eso me ayuda a conservar al menos algo de mi dignidad.

Por lo demás, las semanas simplemente pasan. Los árboles de la avenida delante de la cafetería se tiñen de dorado y naranja y empiezan a perder sus hojas sobre la acera, mientras Tejas Verdes huele más que nunca a café recién hecho y a especias, bizcocho de castañas y tarta de calabaza. El verano se marcha por completo y parece que Avonlea se duerma un poco, disfrutando de los últimos rayos de sol antes de que el tiempo empeore, encogida entre la ropa de abrigo que la gente empieza a sacar del armario.

Pese a mi ligera incomodidad con Diana (que a veces pienso que está solo en mi cabeza) y la rivalidad con Gilbert Blythe, el mundo sigue girando. La universidad nos da a todos una nueva rutina, y la mía está llena de tardes de biblioteca y trabajos (que hago con Phil siempre que puedo) y escritura. Mamá me levanta el castigo a los diez días y yo aprovecho ese viernes para ir al cine con Phil, Ruby y Diana, que por alguna razón considera que es buena idea invitar también a Blythe y a Fred. Josie y Roy, por su parte, no vienen porque ya tienen planes juntos *a solas*, y todos empezamos a suponer que es cuestión de tiempo que la pareja perfecta se haga realidad. Algo que, por alguna razón, no parece hacerle demasiada gracia a los compañeros de piso de Roy, porque cuando el tema sale ese día, Fred solo esboza una sonrisa incómoda y es oficialmente la primera vez que veo a Blythe algo que podría llegar a definirse como molesto, porque resopla y dice:

—Pues si sois amigas de Josie, yo le diría que no le conviene.

Pero cuando le preguntamos por qué, tan solo se encoge de hombros y vuelve a decir lo mismo que me dijo a mí:

—No es su tipo.

—No os preocupéis: Josie siempre sabe cuidarse muy bien sola —indica Ruby, que la conoce desde el instituto.

La conversación se queda ahí y yo empiezo a preguntarme cuál es el tipo de chica inalcanzable que le gusta a Roy Gardner, pero se me olvida en cuanto alguien propone cenar todos juntos y acabamos sentados alrededor de dos pizzas familiares, hablando y riendo como, si de alguna manera, lleváramos siendo amigos media vida.

Por lo demás, no está entre mis planes pasar tiempo con Blythe más allá de las clases de Creación Literaria (y los trabajos que a veces tenemos que hacer, porque lamentablemente la profesora y mis compañeros consideran que estamos unidos como un equipo hasta que la muerte nos separe), pero al parecer estoy condenada a aguantar su presencia. Tejas Verdes parece ser su nuevo sitio favorito para escribir, y en esas tardes en las que viene (para mi desgracia pero también para la alegría de mi madre e incluso la de Rachel, que ya ha empezado a cotillear) es imposible que yo no lo observe desde la barra con atención, no porque me interese lo que hace, sino porque me distrae con las muecas que pone al escribir. A veces incluso me pregunta por su capítulo semanal después de publicarlo o sobre esos fanfics cortos que escribe aparte, normalmente bastante subidos de tono. Es así de engreído y está deseoso de que le regalen los oídos, porque *sabe* que escribe bien.

Al final, veo tanto a Blythe que llego a la conclusión de que, para ser un alumno de Medicina que tiene más asignaturas de lo que corresponde, todavía le queda mucho tiempo libre. Eso o, al contrario que yo, no duerme por las noches.

Aparte de en las clases y en Tejas Verdes, para mi desgracia, parece que el destino (tan cruel conmigo, siempre tan trágico) también quiere que lo vea en otros lugares. Solo así se explica que, cuando está a punto de cumplirse un mes desde la fiesta, Diana me escriba un día para ofrecerme los mejores planes del mundo… y él esté incluido.

Di ♥

Fred me ha invitado a una sesión de fotos

que va a hacerle a Roy

También viene Gil

He pensado que te gustaría

Hay algún lugar de Avonlea en el que
no esté Gilbert Blythe??
Siento que lo veo más que a mi familia

«Siento que lo veo más que a ti», quiero escribir. Pero eso no lo pongo, porque suena a reproche, suena a un montón de cosas que no quiero ser. Suena, además, a algo que podría abrir una brecha más entre nosotras.

Di ♥
Céntrate, Anne Shirley
Roy Gardner
Vestido de Arthur
En medio de un paisaje otoñal con un lago

Me muerdo el labio. Reconozco que esa imagen es muy potente. Reconozco, también, que desde que he llegado a la conclusión de que Josie y él están destinados a ser pareja, y desde que vi a Blythe tan molesto por ello, puede que no haya estado tan obsesionada con él y que ni siquiera haya sentido un poquito de esa desazón que dicen que es el amor no correspondido. Pero su Arthur sigue siendo el mejor que he conocido y ver una de sus sesiones siempre me ha parecido un sueño.

Un sueño que ni siquiera la presencia de Blythe puede empañar.

De hecho... Se me ocurre una idea. Una idea un poco loca, pero que, precisamente, tiene que ver con Blythe y Roy y Arthur... y Elayne.

Si no he dicho que no quiera ir
CLARO que quiero
Pero Gilbert Blythe es
mi enemigo declarado
Él mismo se inventó
esa absurda competición

Que va ganado. Porque hizo trampas con una sesión como esta.

Di ♥
Para ser justas, tú ya tenías una guerra abierta contra él antes siquiera de que ALGUIEN le dijera que yo conocía a Lady Cordelia

Irrelevante
Céntrate, Diana Barry
Esta es mi oportunidad de igualar las cosas
para que la competición sea más justa
Si él tiene una sesión de fotos para
promocionar su fic, por qué
no puede tenerla Lady Cordelia?

Di ♥
¿En qué estás pensando?

Desempolva tu vestido
de Guinevere
Nosotras también vamos
a hacernos fotos.

El GPS de Diana nos saca de la ciudad y nos lleva por carreteras de un solo sentido que pronto se convierten en caminos apenas asfaltados, pero las sacudidas del coche tienen como recompensa un paisaje de cuento de hadas: el verde de los pinos y los abetos se mezcla con el rojo de los arces y los marrones y dorados de los abedules y los robles. El camino discurre junto a un río y, si el mapa del GPS está en lo cierto, este nos guiará hasta un gran lago en el que ya me imagino haciendo las mejores fotos posibles. Ni siquiera me importará empaparme si a cambio puedo hacer de Elayne saliendo a la superficie tras casi morir ahogada. Me puedo ver con su mirada curiosa, con su fascinación por lo que la rodea, con la forma que tiene de apreciar el mundo que no ha podido ver nunca más allá de su espejo.

Y encima tendré conmigo al Arthur y a la Guinevere más perfectos que existen.

Parece que la suerte sí puede llegar a sonreírme, después de todo.

Aparcamos junto al coche de Fred y bajamos hasta el lago. La sesión ya ha empezado para entonces y, como suponía, Roy no podría estar más guapo, sentado junto a la orilla, con las aguas centelleantes a su espalda. Lleva la corona de rey y la túnica de Arthur. Hoy no va con armadura, aunque lleva la espada colgando de la cintura. Parece un caballero de verdad, escapado de un libro o de una de mis fantasías.

En comparación, Fred y Blythe parecen demasiado reales. Fred ni siquiera parece darse cuenta de que llegamos: solo aparta la mirada para cambiar el objetivo o para comparar lo que ve en la pantalla de su cámara con lo que nos rodea. Blythe, por su parte, aunque lleva su cosplay de Lancelot, jamás estará a la altura de su amigo. De hecho, en este momento está un poco apartado, mirando la pantalla de su móvil. No podría ser más anacrónico. Si yo tuviera la oportunidad de vestirme así tan a menudo como él y de estar al lado de Roy Gardner como si realmente fuéramos los protagonistas de una historia de caballerías, juro que me tomaría mi papel mucho más en serio.

Aun así, él es el que se da cuenta de que nos acercamos, ya vestidas y recogiéndonos las faldas.

—Si son lady Guinevere y lady Elayne —dice mientras se le forma el hoyuelo en la mejilla.

—Sir Lancelot —saludo yo, aceptando su juego.

—¡Anne! ¡Diana! —nos llama Roy, que ya está avanzando para reunirse con nosotras—. Esto va a ser divertido. Todo Arthur necesita una corte.

Abro la boca para decirle que en realidad la historia no va sobre el rey de Camelot, que eso ya se ha hecho mil veces, pero decido que es mejor no mencionarlo. Al fin y al cabo, si esa es su forma de verlo, no creo que haga mal a nadie.

—Me alegra que hayáis podido venir —nos dice Fred, tras disparar la cámara en nuestra dirección—. Diana, estás preciosa con ese vestido. —Parece que el comentario le sale del corazón, pero reconozco el segundo en que se da cuenta de lo que ha dicho porque se pone de todos los colores—. Y-y tú también, Anne —añade con un tartamudeo.

—Oh, pero Diana más, puedes decirlo. Es más perfecta como Gwen que la actriz de la serie.

Diana ríe.

—¿Habéis venido a hacerme la pelota o a sacaros fotos?

Y con eso nos pone manos a la obra. O más bien lo hace Fred, que parece convertirse en una persona completamente diferente cuando tiene la cámara en las manos. Yo ya lo imaginaba, porque en la fiesta lo había visto ganar confianza cada vez que se concentraba en fotografiar a alguien, pero ahora que hay menos gente a nuestro alrededor es mucho más obvio. Parece que su cabeza funcione a otro nivel y vea cosas que a los demás se nos escapan por completo. Para él, el mundo debe de ser un gran decorado por el que nos va moviendo, como si nos hubiéramos convertido en sus muñecos. Nos dice dónde y cómo tenemos que posar, nos hace sonreír con facilidad. A cambio, él se mueve con paso seguro y se lo toma tan en serio que incluso llega a subirse a un árbol (con ayuda de Roy y Blythe) para probar con diferentes ángulos.

Yo me he puesto unas mallas y una camisa por debajo del vestido para poder cambiarme de Elayne a Lancelot cuando quiera y eso a Fred le encanta porque le da el doble de posibilidades. Hacemos varias fotos y grabamos diversos vídeos entre todos, y puede que me ponga un poco nerviosa cuando me toca posar con Roy, como si ambos batalláramos espalda contra espalda, mientras que a Blythe le tocan las situaciones en las que están más cerca, y yo tengo que admitir, al verlos en acción, que hacen que la pareja funcione. Es como si existiera una química real entre ellos, aunque Blythe siempre pone más distancia cuando casi parece que se vayan a terminar besando. Roy es un actor perfecto, sin embargo, porque no le cuesta ningún esfuerzo representar la atracción hacia su caballero.

Cuando el turno de ellos acaba, Fred parece tener una idea de golpe y se vuelve hacia mí.

—Ahora tú —me dice, y yo asiento— y tú.

Blythe mismo parece sorprendido cuando se vuelve hacia él.

—¿Yo?

—¡Claro! ¡El antes y el después! ¡La dama de la torre y el caballero de la Mesa Redonda! Puedo editar algunas como si hubiera un espejo entre vosotros y…

—¡Pero si no nos parecemos en nada físicamente!

—¡Lo que importa es el concepto! ¡Elayne tampoco se veía a sí misma como la persona que le presentó el espejo!

Abro la boca para volver a protestar antes de que Fred continúe, pero Diana deja escapar una risita y me empuja hacia delante. Estoy a punto de trastabillar.

—Esto no estaba en…

—¿Vas a darle el disgusto a Fred?

La verdad es que decepcionar a un Fred Wright tan emocionado está al mismo grado de maldad de poner triste a un cachorro. Y tengo que admitir que es una buena idea. Estoy segura de que puede hacer unas fotos magníficas.

Blythe se humedece los labios cuando finalmente nos encontramos frente a frente.

—Bueno, supongo que Diana le puede decir a Lady Cordelia que esta parte de la sesión también representa nuestra guerra. La dama y el caballero: su visión del personaje y la mía. A lo mejor hasta podemos promocionar los dos fanfics a la vez con estas fotos.

Su sonrisa vuelve a ser un poco burlona y yo levanto la barbilla.

—¿Quieres alimentarte de su fama también, además de la de Roy? ¿Es eso?

—¿No querrás decir que yo le doy la oportunidad de aprovecharse de mí? Porque hasta donde yo he visto hace diez minutos, sigo ganando en esta competición —se regodea.

Dejo escapar un gruñido.

—No por mucho tiempo.

Blythe abre la boca para responder, pero Fred nos dice que nos centremos y empieza a darnos directrices mientras él se mueve a nuestro alrededor. Primero, de espaldas. Después, uno al lado del otro, con poses que debemos imitar. El momento más incómodo llega, sin duda, cuando nos obliga a ponernos de nuevo frente a frente y levantar las manos hacia el otro.

Gilbert Blythe y yo parecemos titubear a la vez mientras Fred nos dice que somos el uno el reflejo de la otra. Que imaginemos el espejo entre nosotros. Que acerquemos más las manos. Que nos toquemos mientras nos miramos. Por alguna razón, el momento en el que nuestras yemas se encuentran noto una descarga de electricidad estática. Nunca había visto a Blythe tan de cerca como en ese momento y no era consciente de lo oscuros que son sus ojos, casi tan negros como su pelo, o de que tiene un pequeñísimo lunar en la ceja izquierda.

Él también me está mirando y yo experimento la repentina necesidad de salir corriendo, sobre todo cuando el roce de la yema de sus dedos se convierte en toda su palma apoyada en la mía.

Desde la fiesta, he intentado no volver a pensar en aquel sueño que tuve con él y Diana, pero en ese momento es como si estuviera en él de nuevo. Como si ahora que conozco el tacto de la mano de Gilbert Blythe pudiera sentirla en todos los sitios que ya ha acariciado en mi cabeza.

—¡Perfecta! —exclama Fred.

Doy un respingo y me echo de golpe hacia atrás. Siento que se me incendian las mejillas y tengo la sensación de que, a mi alrededor, el mundo se había distorsionado por un segundo y ahora le cuesta reenfocarse. Blythe también parece sobresaltarse, y cuando baja la mano le veo pasársela por el jubón como si quisiera limpiársela. Bien, porque yo siento ganas de hacer lo mismo. Me alegro de que el desagrado sea mutuo.

—Yo creo que ya hay suficientes fotos de ellos —dice Roy entonces.

Cuando lo miro está apoyado contra un árbol, con los brazos cruzados, y parece menos contento de lo que estaba hace un rato.

—¿Celoso, Arthur? —dice Diana con una sonrisa perfecta.

Roy se echa a reír.

—En absoluto, pero creo que será mejor para esa Lady Cordelia vuestra que haya más fotos de la pareja principal de su fic, ¿no? Adelante, esposa mía: no miraré para no ser consciente de tu traición.

Roy Gardner le guiña un ojo a Diana mientras le hace un gesto invitador hacia mí. Mi mejor amiga duda un segundo, pero no puede negarse ante la sonrisa de Fred.

—Es muy refrescante no tener que fotografiar al mismo de siempre.

—¡Te quejarás! —exclama Roy.

Fred nos pide que lo sigamos para encontrar una nueva localización. Con Di las fotos resultan mucho más sencillas, porque estamos más acostumbradas y porque no se diferencia demasiado de otras mil veces que hemos hecho esto mismo, aunque fuera de un modo mucho menos profesional, en convenciones o en nuestra casa.

Al menos, es fácil al principio. Pero cuando Fred nos pregunta cómo de sugerentes queremos que sean las fotos, yo no puedo evitar recordar nuestro beso, algo que parece no ocurrirle a Diana, que ríe como si no pasara nada y dice:

—Todo lo posible, ¿no? Blythe tiene su buena publicidad: Lady Cordelia también merece la suya.

—Ah, ¿ahora tú quieres ganarme en homoeroticismo? —replica el aludido.

—Por Lady Cordelia, lo que haga falta —declara mi amiga, como si jurase.

Yo, sin embargo, trago saliva sin saber qué responder o qué hacer, sobre todo cuando Diana se vuelve hacia mí y extiende la mano hacia mi mejilla tal y como Fred le dice que haga.

Fred también dice:

«Anne, pon la mano sobre la de ella».

«Anne, la otra sobre su cintura».

«Anne, mírala a los ojos».

Y yo hago todo eso, pero mientras lo hago no puedo evitar recordar el último momento que estuvimos así de cerca, y las manos me empiezan a picar como si en vez de mi mejor amiga, alguien reconocible y confiable, tuviera entre ellas de nuevo a Gilbert Blythe.

Sin que Fred le indique que lo haga, cuando estamos tan cerca que a mí ya me ha empezado a picar todo el cuerpo, Diana me mira la boca.

Y yo no sé si lo hace para la foto o por algo más.

No importa, porque entonces Fred vuelve a gritar:

—¡Perfecta!

Diana se separa riendo, como si todo fuera un juego de lo más divertido.

Yo vuelvo a quedarme con el cuerpo frío y raro y con un montón de electricidad dentro.

Fandom:	***El caballero del espejo* (TV)**
Relationships:	**Lancelot of the Lake / Arthur Pendragon**
Characters:	**Lancelot of the Lake, Arthur Pendragon, Guinevere Pendragon, Morgan Le Fay, Merlin, The Lady of the Lake**
Additional Tags:	**Trans Lancelot, Slowburn, Angst, Alternate Universe - Canon Divergence, Additional Tags To Be Added**
Stats:	**Words: 62.816 Chapters: 24/? Comments: 3.583 Kudos: 18.535 Bookmarks: 3.945 Hits: 414.743**

Todo lo que tengo

Blythe

El rey estaba ante él. El mismo que el espejo le había mostrado durante años, tantos que creía conocerlo a la perfección pese a que nunca jamás se habían encontrado. Había visto su infancia, había visto el mismo momento en el que había sacado a Excalibur de la piedra, había visto el día en que se había convertido finalmente en rey.

Ante Lancelot estaba aquel hombre que siempre había considerado más leyenda que realidad, aquel cuyo rostro y gestas había tejido en mil ocasiones. Lo miró, sin palabras, sin poder creerse que quien tan solo le había parecido un personaje de mil historias de caballerías y magia estuviera ahora agarrándole el brazo, tirando de él para sacarlo del agua.

Lancelot sabía que eso no era una imagen más que añadir a su telar. Sabía que no tendría que coser nunca más, porque había huido de aquella vida, de aquella misión, de aquella soledad.

Aun así, tuvo la sensación de que había hilos a su alrededor.

Hilos que lo atarían de manera irremediable, desde aquel momento y en adelante, a Arthur Pendragon.

11

Ya llevamos varias horas aquí cuando Fred descubre la barca que le da la idea para las fotos de Elayne. Está escondida debajo de un sauce llorón y no sabemos cuánto tiempo llevará ahí: el fondo está cubierto por una capa de hojas secas y parece encallada en el barro de la orilla, pero cuando la sacamos vemos que se mece plácidamente sobre las aguas del lago. Los remos están abandonados sobre la hierba, un poco más lejos.

—Podríamos usarla —sugiere.

Cuando me mira, sé automáticamente qué es lo que se le pasa por la cabeza, y me encanta: la dama de Shalott en su barca, liberada de los confines de su torre, cantando mientras marcha hacia Camelot. Eso sería *tan* romántico… Y teniendo en cuenta que mi fic empieza justamente con esa escena, sería la mejor publicidad. Casi tan buena como las fotos del romance con Guinevere.

Como no tenemos flores para adornar la barca, me tengo que conformar con un montón de hojas de diferentes formas y colores que Diana me ayuda a recoger. Eso será adorno suficiente, supongo, aunque no quedo del todo convencida hasta que Diana las deja caer sobre la barca como un manto. Algunas quedan flotando sobre el agua y producen el mejor efecto del mundo.

Bajo por unos escalones que hay en el antiguo muelle de

piedra del lago y, no sin cierta dificultad a causa de las faldas del vestido, consigo sentarme sobre las hojas. En la serie parecía mucho más cómodo e ideal, la verdad, pero supongo que estaré bien mientras no piense en la de bichos que podría haber debajo de mí. En lugar de eso, extiendo la tela del vestido a mi alrededor y finjo que soy Elayne a punto de partir de su isla, de su prisión, de todo lo que ha conocido siempre.

—¿Alguien puede empujar la barca? Esto tiene que ser lo más real posible.

—¿Estás segura, Anne? —pregunta Diana con el ceño fruncido.

—Volveré con los remos —la tranquilizo—. Solo será un momento.

Roy tiene el honor de empujar la barca con fuerza desde los escalones. La madera cruje, yo contengo la respiración y me aferro a los bordes mientras la estructura se bambolea. Durante un momento pienso que se va a deshacer todo en mil astillas, que me caeré al agua y será el momento más embarazoso de mi existencia, pero finalmente gano estabilidad y casi parezco moverme con la brisa.

Respiro hondo y les hago un gesto de conformidad a los demás. Diana parece un poco ansiosa, pero Fred ya tiene la cara oculta tras la cámara y se sienta en el borde del embarcadero. Yo pienso en todas las veces que he visto el primer capítulo de la serie y trato de imitar la expresión de decisión de Elayne, su aire ensoñador, su miedo y todas sus dudas.

Yo, al fin y al cabo, también me he sentido muchas veces como ella: atrapada en un lugar demasiado pequeño, en una rutina demasiado estrecha. Yo también sé lo que es echar de menos algo que nunca he tenido todavía.

Supongo que todo el mundo lo ha hecho.

Me inclino sobre el borde de la barca y dejo que la mano roce la superficie del agua. Aquí es cuando Elayne ve el fondo del lago, cuando los peces suben a la superficie a besarle los dedos y oye por primera vez la llamada de la Dama del Lago, como un eco de lo que va a ocurrir cuando una mano salga del agua y los espíritus que ha mandado Morgan en su busca tiren de ella hacia abajo. Lo único que puedo ver yo, en cambio, son las sombras de los peces que se apartan de mi camino y el reflejo de mi propia cara.

—¡Anne! ¡Ya tenemos suficientes! ¡Puedes volver!

Los gritos de Fred me devuelven a la realidad y me doy cuenta de que estoy cada vez más lejos de la orilla. Nada, por suerte, que no se pueda solucionar remando. El primer impulso es mucho más difícil de lo que pensaba, sobre todo cuando me empuja en sentido contrario.

En las películas siempre lo hacen parecer mucho más sencillo.

Vuelvo a intentarlo, pero cuando meto el remo izquierdo en el agua, oigo un claro crac que me hiela la sangre, justo antes de que un pedazo de madera se aleje flotando.

«No hay necesidad de entrar en pánico».

Me lo digo con mucha más seguridad de la que siento, sobre todo cuando oigo las exclamaciones desde el embarcadero. Gritan mi nombre como si eso fuera a arreglar algo, pero estoy segura de que este no es el fin del mundo, que no hace falta armar jaleo. O eso creo, al menos, hasta que intento moverme en la barca y noto que los pies se me hunden en el agua. Algunas de las hojas que hemos echado sobre el fondo de la barca han empezado a flotar.

—Ay, Dios.

Quizá sí sea buena idea empezar a entrar en pánico.

Primero intento usar el remo que me queda para moverme. Cuando me doy cuenta de que solo doy vueltas y de que me estoy hundiendo más rápido si cabe, intento achicar el agua con las manos, lo que no sirve de mucho.

Y entonces tengo la brillante idea de ponerme de pie y todo se mueve, y el mundo mismo parece perder pie.

Ni siquiera creo ser consciente del momento en el que caigo al lago. Sé que grito y que el sonido se me queda atrapado en la garganta. Sé, también, que el agua está más templada de lo que esperaba y que hay sombras que escapan de mí. Trago agua y salgo a la superficie, pero es como si una fuerza más grande que yo tirara de mí hacia abajo y vuelvo a sumergirme al cabo de un segundo, y de pronto no sé dónde está arriba o abajo, ni siquiera sé si existe arriba y abajo en el agua. Mi cuerpo se mueve como en un sueño, pero mi mente no para y el pánico hace que el corazón me lata más rápido. Sin embargo, no puedo coger aire o me ahogaré. La ropa flota a mi alrededor y yo lucho contra ella, porque estoy segura de que pesa incluso más que yo, de que ralentiza mis movimientos todavía más, y el aire que me queda dentro me quema, igual que me queman los músculos de las piernas por la fuerza con la que pataleo y los brazos por la fuerza con la que intento mantenerme a flote.

Pero me canso y me hundo, y ni siquiera puedo gritar o pedir auxilio o…

Oigo mi nombre por encima de mis movimientos desesperados, de mis latidos desesperados, y una mano me alcanza. Me revuelvo, en pánico, y durante un momento somos dos los que nos estamos hundiendo. Me parece que veo una mata de pelo moreno y una camisa blanca. La cara de Gilbert Blythe aparece un momento ante mí y, de pronto, me tiene cogida de nuevo. Ya no lucho y él consigue arrastrarme hacia la superficie.

Ambos tosemos. Yo escupo agua. El aire me parece diferente al respirarlo. Su voz suena diferente cuando, tras pasar un brazo por debajo de los míos, susurra, muy cerca de mi oído:

—Está bien, Anne. No pasa nada. Te tengo.

Asiento, con nerviosismo, y me agarro con fuerza a él. Me tiembla el cuerpo, y yo ya no sé si es de frío o de terror.

En la orilla, cuando volvemos, todos se echan sobre mí. Roy me pregunta si estoy bien, Fred se lamenta por su idea, Blythe dice que me dejen respirar. Nada de eso importa, porque lo único que sé es que de pronto Diana Barry me está abrazando, empapándose la ropa conmigo, y creo que la oigo sollozar.

Tras el susto, Diana dice que va al coche a buscar mi ropa de calle para que pueda cambiarme y Fred la acompaña. Yo apenas puedo hacer más que asentir, mientras que Roy se ofrece a preparar las cosas para la barbacoa que pensábamos hacer como cena para el final de la jornada. Al final, no sé cómo, me quedo sola, cubierta con uno de los manteles que en un principio íbamos a usar para sentarnos en el césped. Mi mirada se pierde en la manera en que el sol empieza a esconderse en el horizonte, en los reflejos que hace el agua, en la forma en la que esa gran estrella se empapa y se hunde tanto como he estado a punto de hacerlo yo.

No ha sido nada romántico. No ha sido, en absoluto, como en todas las historias en las que al hundirte en las aguas solo encuentras paz y quietud mientras el agua te abraza. Ha sido horrible, y todavía siento el cuerpo pesado y tembloroso, aunque estoy segura de que ya estoy seca. De pronto, todas las metáforas que he escrito con el ahogamiento a lo largo de mi vida me parecen estúpidas.

—Te dije que esperaba que no te quedaras con la fascinación de los románticos por la muerte, ¿recuerdas?

La voz de Gilbert Blythe hace que prácticamente dé un salto en mi sitio. Ya se ha cambiado de ropa y se ha puesto la que llevaba en su mochila, por lo que ahora se sienta a mi lado seco del todo. Todavía tiene el pelo mojado, sin embargo, y la imagen es un recordatorio de que se ha echado al agua por mí, aunque él hace como si eso no hubiera sido nada. Tan solo me mira con esa sonrisa de siempre y bromea, pero no parece que trate de ponerme en evidencia por haber estado a punto de tener una muerte tan absurda y tan poco poética.

—¿Qué puedo decir? Quería sentirme realmente como Elayne.

—¿La próxima vez puedes elegir un pasaje de su historia un poco menos mortal? Tiene muchos. Si quieres, te ayudo a valorar opciones.

No puedo evitar que se me escape el principio de una sonrisa.

—Creo que la mayoría de las opciones en la vida de Elayne son bastante peligrosas, no sé cómo voy a conseguir sentirme como ella y estar a salvo al mismo tiempo.

—No sé, puedes probar a tejer. Aunque, con tu suerte, igual te clavas la aguja en un ojo.

—¿Me estás llamando torpe, Blythe?

—No, no, para nada, tú no tienes la culpa —exclama él al tiempo que me muestra las manos, aunque su sonrisa sigue en la boca y parece afilarse incluso más—. Es obvio que eres la marioneta de un destino cruel al que le gusta jugar contigo.

Pues sí, eso mismo soy. Pero aunque sé que se está burlando de mí, me ha salvado la vida (que te salve tu acérrimo enemigo, ¿acaso no es eso ser una marioneta del destino?), así que se lo permito y tan solo asiento con una inclinación de cabeza.

—Ese es mi trágico sino —declaro.

Gilbert Blythe se ríe y yo, pese a todo, no puedo evitar sonreír un poco. Nos quedamos callados por lo que parece un minuto entero, viendo los últimos vestigios del sol hundirse en el agua, hasta que el silencio se rompe cuando nuestras voces vuelven:

—He pasado un poco de miedo.

—Gracias por salvarme.

Esta vez no soy la única que se sobresalta cuando nos oímos hablar a la vez. Nos volvemos hacia el otro y yo siento la electricidad de antes cuando nos miramos, justo en la punta de los dedos, como si volviera a estar tocándome, aunque hay al menos una separación de un metro entre nuestros cuerpos. No me gusta la sensación. Me hace sentir casi enferma.

Es todavía peor cuando sonríe con la sonrisa más suave que le he visto hasta ahora, sin burla ni picardía. Es una sonrisa de otoño, de defensas caídas como las hojas de los árboles.

—¿Puedo pedirte algo en pago por el rescate?

Dirijo la mirada de nuevo al lago y me encojo sobre mí misma, arrebujándome bajo el mantel. He sentido un estremecimiento que me recorría la espalda, y supongo que me está entrando el frío. No sé cuánto más va a tardar mi ropa en venir, estoy segura de que el coche no estaba tan lejos, pero es obvio que la necesito o terminaré cogiendo una pulmonía o algo peor. Ya me siento destemplada y febril.

—Los caballeros no deberían pedir nada por salvar a las damiselas en apuros.

Aunque hay muchas historias sobre caballeros que piden una prenda o... un beso. Siento calor en las mejillas y mi cabeza va a más velocidad que la realidad. Gilbert Blythe pone una mano sobre la mía, se inclina hacia mí y...

—Llámame Gil.

Parpadeo y vuelvo al presente, donde Gilbert Blythe mantiene la distancia y tan solo me mira con esa calma suya.

—¿Qué?

—Siempre me llamas Blythe. Excepto en la fiesta, que me llamaste Gil un momento. Me gustó, ¿sabes? Me gusta llamarme Gilbert y me gusta que mis amigos me llamen Gil. Así que... ¿qué te parece? No es un pago demasiado caro por salvarte la vida, ¿no?

Su sonrisa vuelve, divertida, y yo solo puedo fijarme en el hoyuelo. Ni siquiera soy consciente de en qué momento lo llamé Gil. Para mí era Blythe, mi contrincante. El chico del nick. Gil es, definitivamente, más que un nick. Gil es algo que suena más real y más cercano. De Blythe me puedo hacer mis propias ideas, pero, de alguna manera, con Gil no parece tan sencillo.

Pero me ha salvado la vida. Y aquí, ahora, no siento que sea solo el chico que escribe fanfics que se llevan más visitas que los míos y tiene una idea totalmente diferente de la que tengo yo sobre la serie que adoro.

Quizá por eso asiento. Porque en este mismo momento, me cuesta ver solo a Blythe.

—Está bien.

Él sonríe. Lo hace como si le hubiera dado una grandísima alegría, y es la primera vez que el gesto de su boca enseña los dientes de esa manera. Cuando sonríe así, se le forman hoyuelos en las dos mejillas y son incluso más pronunciados de lo normal.

—Ya que vas a llamarme por mi nombre, supongo que ahora puedo decir, oficialmente, que es un placer conocerte, Anne con *e*.

No sé por qué sigue recordando ese primer estúpido momento cuando nos conocimos, y por eso resoplo, como si me pareciera ridículo en vez de un poco tierno. Me tiende la mano y yo la miro un segundo antes de acceder a estrechársela. Vuelvo a notar electricidad en sus dedos cuando nos damos un apretón que creo que se extiende más que la media de apretones de presentación del resto del mundo, pero no me importa mucho mientras digo:

—Encantada, Gil.

12

Siempre he considerado que un pícnic con amigos es un gran plan y sigo pensándolo una vez que estoy seca y con ropa limpia. Con el olor del humo de la barbacoa y de la comida recién hecha todavía en el aire, nos sentamos en círculo sobre un par de manteles y tomamos bocados sin dejar de hablar. Como si las últimas semanas no hubieran sido más que un mal sueño, Diana se queda muy cerca e incluso desliza su mano dentro de la mía y yo vuelvo a ser consciente de lo mal que lo ha pasado. Quiero decirle que estoy bien, que no ha ocurrido nada, pero en lugar de eso lo único que hago es apretar un poco más sus dedos entre los míos y apoyar la cabeza en su hombro.

Me da la sensación de que, después de eso, mi mejor amiga apenas me suelta hasta que estamos de nuevo en su coche. Los chicos son los primeros en ponerse en marcha. Diana, por su parte, parece recordar, un minuto más tarde, que tiene que encender el coche para arrancar.

El silencio en el que nos quedamos tiene la consistencia del agua y resulta casi igual de opresivo.

—Oye, Di…

—Fred me ha insinuado que le gustaría salir conmigo.

Cierro la boca tan repentinamente como si me hubiera golpeado. El coche se pone en marcha al fin, pero no sé qué decir mientras avanzamos por el camino, con los puntitos rojos que son las luces del coche de Fred delante de nosotras.

«Di algo».

—Me alegro. —Y siento que no es eso, en realidad, lo que quiero decir—. Era lo que querías, ¿no?

A mi lado, ella aprieta los dedos en torno al volante.

—Le he dicho que no. —Tiene la mirada fija en la carretera, pero hay tensión en su voz—. Fred es un buen chico. Es... dulce y atento y... se merece a alguien a quien le guste de verdad.

Tiro de las mangas de mi jersey, incómoda.

—Oh.

Para ser la persona más locuaz que conozco, parece que últimamente Diana consigue dejarme sin palabras con demasiada facilidad. Y con mi respuesta, además, el silencio vuelve. Es un silencio lleno de cosas que no nos hemos dicho todavía, pero no sé si quiero sacar el tema. Quizá de verdad Elayne y yo no tengamos nada en común. Al fin y al cabo, yo nunca seré tan valiente. Ella salió de su torre y dejó atrás todo lo que conocía para enfrentarse a un destino incierto. Yo ni siquiera puedo hablar de verdad con Diana Barry sobre lo que pasó en la fiesta sin que me empiecen a temblar las piernas.

—Lo siento, Anne —suspira tras un titubeo—. No me he portado bien contigo.

Tengo la tentación de abrir la puerta y tirarme del coche en marcha. Una parte de mí quiere taparse los oídos y fingir que no puedo oírla o que no sé a qué se refiere. La otra, una muy pequeña pero tenaz, al final gana la batalla.

—Recuerdas perfectamente lo que pasó en la fiesta, ¿verdad?

Diana asiente. Noto que se vuelve un poco hacia mí, pero finjo no darme cuenta.

—¿Y por qué no me has dicho nada? Si no significó nada, si simplemente... estabas colocada, podrías habérmelo dicho. ¿Tenías miedo de que no lo comprendiera? ¿Pensabas que...?

Callo, porque Diana pisa el freno con tanta fuerza que el cinturón de seguridad casi me estrangula cuando salgo disparada hacia delante. El coche de delante se pierde tras una curva y yo abro la boca para quejarme, pero mi amiga simplemente enciende la luz sobre nuestras cabezas y se vuelve hacia mí.

—Realmente no entiendes nada, Anne Shirley —declara, y parece que le cuesta decirlo, porque tiene que tomar aire justo después—. Y tú también podías haber dicho algo. ¿O es que no se te ha ocurrido pensar en cómo me sentí cuando me desperté y tú no estabas allí? ¡Huiste! Pensé que... Pensé que te arrepentías. ¡Sentí que me había aprovechado de ti! ¡No sabía qué hacer!

—¡No te aprovechaste de mí!

—Te pedí un beso y tú no sabías de lo que estaba hablando, y además estabas borracha o colocada o...

Siento que se me encienden las orejas de la vergüenza.

—Tú tampoco estabas muy lúcida.

—¿Y crees que eso es excusa?

No, supongo que no lo es. Pero yo no creo que se estuviera aprovechando de mí. No son los besos la parte que ha estado dándome vueltas en la cabeza. No son los besos lo que me preocupa. Me preocupa que se haya alejado. Me preocupa todo el tiempo que no hemos hablado de esto cuando siempre hemos podido hablar de todo. Me preocupa que esa noche estropease lo que en años enteros no había abierto ni una sola brecha.

—No… No estoy arrepentida de eso. Y sabía lo que hacía más de lo que piensas. Quizá al principio no, pero luego sí y… Está bien. Es… —Me froto los brazos, como si estuviera recién salida del lago, helada por dentro de una forma que no creía posible—. En realidad no soy nada valiente, ¿de acuerdo? Me desperté y no sabía cómo mirarte y… Me asusté. Yo tampoco sabía qué hacer. No sabía dónde nos dejaba eso y no quería pensarlo y… Solo quería que todo siguiera como siempre, Di. Y, al mismo tiempo, no sabía si era eso lo que quería en realidad. ¡Es demasiado complicado!

Ella me está mirando con los labios apretados y los ojos grandes y húmedos. Sé de antemano que si se echa a llorar, yo también voy a hacerlo.

—¿Crees que yo no tengo miedo también? No quiero que nada cambie. No quiero que dejes de hablarme como lo haces y de contarme secretos, o de dormir en mi casa, o de llamarme a las tres de la mañana porque se te ha ocurrido una idea para el fanfic y necesitas contárselo a alguien. No quiero que dejes de ser mi mejor amiga, Anne.

Extiendo las manos. Ella deja las suyas sobre las mías, cálidas y un poco temblorosas. No sé cuántas veces habremos hecho esto. No sé cuánto tiempo a lo largo de los años hemos pasado así, con los dedos entrelazados como si fuéramos una extensión de la otra, pero ahora, de alguna manera, me parece más solemne que nunca.

—Pase lo que pase, siempre serás mi mejor amiga, Diana Barry, y nada ni nadie va a poder cambiar eso.

Ella tiene que volver a tomar aire antes de hablar con la voz más temblorosa que nunca y decir:

—¿Incluso si esos besos sí significaron algo para mí?

El corazón me da un vuelco. De todas las veces que he fantaseado con declaraciones de amor, nunca imaginé una de labios de Diana y en forma de pregunta. He visto suficientes películas y he leído las suficientes novelas de romance contemporáneo para formarme mi propia idea de que las declaraciones se hacen con flores, con un atardecer de fondo, con un abrazo y el beso más dulce en la boca, no bajo la luz de cortesía del coche, en medio de un camino oscuro de montaña.

Me obligo a dejar mis manos en las de ella, aunque no sé si quiero huir o quedarme.

—Yo-yo no sé… —tartamudeo insegura.

—No tienes que contestarme —me corta ella—. No quiero que te sientas obligada ni necesito… nada, en realidad. Solo… —Diana aparta la mirada—. Solo quería que lo supieras, supongo. Creo que me he callado demasiado tiempo y… Antes me he asustado por muchas cosas, y una de ellas ha sido pensar que, si te pasaba algo, yo nunca te habría dicho la verdad. No quiero que sea así, pero tampoco necesito más que esto: ya soy feliz con lo que tenemos… Por eso no lo decía, tampoco. Por eso no hacía nada. Porque me asustaba la idea de que algo cambiara. Y porque… En fin, supongo que era más fácil seguir como siempre, ¿no? Es más fácil estar con chicos, obligarme a que me interesen aunque en el fondo no sea así, que les gusten a mis padres y que me entretengan un rato. Y después dejarlos, y a ti… A ti tenerte siempre cerca como mi mejor amiga.

¿Por qué siempre me fallan las palabras cuando realmente las necesito? ¿Por qué no soy capaz de decirle lo mucho que me importa? ¿Cómo de injusto es que ni siquiera sepa qué contestarle? No sé si la quiero de esa forma. Siempre he pensado en el amor como algo que se sabe, como una vocecita en el corazón o una sensación que hace que el resto del mundo desaparezca mientras te alza en volandas para hacerte volar. Pero aquí, ahora, sigo notando los pies clavados en el suelo y la cabeza me da vueltas sin llegar a decidirse, recordando todos los años que he pasado a su lado, todas las certezas de que ella es y siempre será mi mejor amiga.

¿Podríamos ser algo más?

¿*Quiero* serlo?

Claro que me gusta Diana. Claro que los besos estuvieron bien. Claro que quiero pasar todo mi tiempo con ella y hacer cosas juntas y abrazarla.

Pero no sé si quiero simplemente que todo vuelva a estar como antes o si quiero algo más.

Lo único de lo que estoy segura es de que no me gusta cuando la voz de Diana suena tan triste. No me gusta saber que lo ha estado pasando mal y yo ni siquiera me había dado cuenta. ¿Me convierte eso en una mala amiga? ¿Tenía que haberme fijado más? ¿Tenía que haberle preguntado por esos chicos, preguntarle más cosas…?

Diana no aguarda por mi respuesta. Retira sus dedos de entre los míos y, de pronto, ese gesto me da tanto miedo…, me hace sentir tan indefensa… tan perdida que lo único que puedo hacer es lanzarme hacia delante y rodearla con los brazos. Ella se pone tensa, pillada por sorpresa, pero pronto me está abrazando.

—Lo siento —digo contra su chaqueta. Y, de alguna manera, se me llenan los ojos de lágrimas y suena como un sollozo—. Tenías razón. Tenías razón cuando me dijiste que no me daba cuenta de nada de lo que pasaba a mi alrededor. Nunca había imaginado... Yo...

Diana me separa un poco de ella, lo justo para poder mirarme a los ojos.

—Tampoco fui del todo justa con eso, en realidad. No puedes saber lo que pasa por la cabeza de los demás si no te lo dicen.

—¡Podría haber preguntado!

De pronto soy consciente de todas las veces en las que la conversación iba sobre mí y Diana simplemente escuchaba y yo tan solo asumía que ella hablaba menos porque era más reservada y tranquila. Debería haberme preocupado un poco más por ella...

—Quizá ambas podríamos haberlo hecho mejor —murmura antes de pasarme las manos por la cara para limpiarme las lágrimas. El gesto me hace sentir absurdamente pequeña y muy tonta, porque parece que, de nuevo, soy yo la única que necesita consuelo—. Pero todavía podemos hacerlo mejor en el futuro.

Asiento, pasándome la mano por los ojos, y ella me besa en la frente con la misma ternura de siempre. Yo cierro los ojos y nos quedamos así, con sus labios sobre mi piel, durante los segundos que ambas necesitamos para respirar hondo y recuperar la calma.

De alguna forma, ese gesto, junto con la conversación, es casi liberador.

—Vámonos a casa, Anne —susurra, antes de apretarme

la mano por última vez y a continuación volver a arrancar el coche.

Casa, definitivamente, suena a algo más grande que Tejas Verdes. Suena a que todo puede estar bien de nuevo.

A que, después de todo, quizá podamos seguir siendo las mismas, pase lo que pase.

Fandom:	***El caballero del espejo* (TV)**
Relationships:	**Elayne Shalott / Guinevere Pendragon, Lancelot of the Lake / Guinevere Pendragon**
Characters:	**Elayne Shalott, Lancelot of the Lake, Guinevere Pendragon, Arthur Pendragon, Merlin**
Additional Tags:	**Slowburn, Fix-it, Hurt/Comfort, Crossdressing, Elaynevere Canon Queens, Alternate Universe - Canon Divergence, The Author Regrets Nothing, Additional Tags To Be Added**
Stats:	**Words: 75.587 Chapters: 30/? Comments: 3.971 Kudos: 21.021 Bookmarks: 4.010 Hits: 426.189**

La dama del espejo

LadyCordelia

A Elayne le habría gustado que el mundo hubiese cambiado después de aquella noche con Gwen. Le habría gustado que el tiempo se hubiese parado en aquella cama, donde lo único que importaba eran sus besos y sus caricias y las curvas de sus cuerpos bajo las sábanas. Habría supuesto que, una vez que sus labios se tocaran, una vez que el nombre de su amada se convirtiera en una oración en su lengua, todo el mundo podría ver en su rostro el amor que le profesaba a la reina de Camelot. Que habría algo indescriptible que la delataría.

Pero nada de eso sucedió. El mundo siguió tal y como estaba antes de que la esposa de Arthur Pendragon entrara en su alcoba. Nadie descubrió nada nuevo en su rostro. El amor no dejó marcas visibles tras de sí y nadie podía oír lo rápido que le latía el corazón cada vez que volvían a encontrarse a solas.

Por mucho que Elayne quisiera, el mundo no iba a detenerse ante ellas ni ante sus sentimientos. Los problemas y las dificultades asociadas a ese romance que era secreto e invisible seguían allí. De ellas dependía poder manejarlo o hundirse bajo su peso.

13

Fred nos envía los resultados de la sesión varias semanas más tarde, cuando noviembre apenas acaba de empezar. Ese mismo día, Phil está conmigo en casa, preparando un trabajo que tenemos que entregar juntas (que yo he conseguido que trate sobre *El caballero del espejo* y para el cual nos hemos dado un maratón juntas), y ve cómo me cambia la cara cuando abro el e-mail y las veo.

—¿Qué pasa? No te veía tan roja desde el *brownie gate*.

Antes de que pueda responder, Phil ya se está asomando por encima de mi hombro para cotillear y yo tengo la necesidad de esconder la pantalla contra mi pecho. No porque no me fíe de Phil, sino porque me siento demasiado avergonzada.

La situación no mejora cuando mi nueva amiga sonríe como el diablillo caótico que es y me arranca el teléfono de las manos para verlas bien.

—¡Phil!

—Honestamente, si ser fan de la serie esta significa hacerse fotos así con Diana y Gilbert, me pongo unas mallas y hasta un gorrito de bufón de la corte si hace falta.

Intento recuperar mi móvil sin éxito, mientras Phil se echa hacia atrás en el suelo y sigue pasando las fotos como si fuera lo más entretenido del mundo.

—Ooooh, mira esta, ¡parece que Diana esté deseando comerte la boca!

—¡No digas eso!

—¿Y esta? Me parto: Gil te mira como si realmente fueras un trozo de tarta de zanahoria que devorar.

—¿Qué? ¡No, claro que no lo hace!

Phil se carcajea cuando me echo encima de ella y, a mi pesar, aunque siento muchísima vergüenza, yo también lo hago, porque creo que solo se está riendo de mí y siendo un poco bufón de la corte, como ella misma ha dicho. Cuando por fin recupero mi móvil, mi amiga se queda tirada en el suelo, con las manos detrás de esa mata de pelo rizado (morado en estos momentos), que ha ido creciéndole en las últimas semanas.

—Bueno, y entonces, ¿qué? ¿A ti quién te mola?

La pregunta hace que se me congele la risa en la boca. Yo la miro incrédula, y ella levanta las cejas.

—¿Qué?

—No «me mola» nadie. Y yo a ellos...

Iba a decir «tampoco», pero al menos en el caso de Diana sé que estaría mintiendo. Desde el día del lago no hemos vuelto a hablar de ello. Ella simplemente apareció al día siguiente por la tarde en la cafetería, fingiendo que no había pasado nada, y me preguntó si me apetecía subir a la habitación a pasar el tiempo juntas mientras yo escribía y ella dibujaba, una costumbre nuestra que no se había repetido desde el día de la fiesta. Una manera de recuperar nuestra normalidad. Sé que no soy la única persona con la que actúa así, manteniendo todo tal y como estaba: ha seguido quedando con Fred y yo creo que, pese a que ella lo ha rechazado claramente, al menos pueden seguir siendo buenos amigos.

Con respecto a mí, cuando tengo miedo de acercarme

demasiado, cuando no sé si podemos ser las mismas, Diana siempre finge que no ocurre nada y se acerca para indicarme que no se va a romper. Al final, poco a poco, vamos recuperando también la cercanía física, porque no sabía cuánto podía echar de menos los dedos de Diana entre los míos, los abrazos de Diana, los besos de Diana, hasta que casi me he quedado sin ellos.

Tampoco sé si eso significa que me gusta y me aterra la idea de volver a estropear las cosas entre nosotras, así que quizá por eso tampoco estoy intentando descubrirlo. Aunque, en el fondo de mi cabeza, cada día he seguido pensando en nuestro beso y en la declaración de Diana.

—Venga ya —dice Phil.

Trago saliva.

—Diana es mi mejor amiga.

—Ya he oído esto antes.

—Y Gil es un chico insoportable al que le encanta sacarme de quicio.

—¿Sacarte de quicio? Pero si solo le falta ronronear cada vez que le haces un poco de caso.

—¿De qué estás hablando?

Phil se lleva una mano a la cara.

—Por Dios, qué espesa eres, pecas. —Mi única respuesta es darle en el hombro con mi cuaderno—. ¡Vale, vale! Pero, venga, solo como un caso hipotético: si les gustases como yo digo, ¿saldrías con alguno de los dos?

Hago una mueca ante la pregunta, pero me tumbo a su lado en la alfombra y cruzo los brazos sobre el pecho.

—Si quisiera salir con alguno de los dos, simplemente lo sabría, ¿no?

Mi amiga levanta las cejas y me mira al girar la cabeza hacia mí.

—¿Qué entiendes tú por «simplemente lo sabría»?

—No sé. Pues que notas el corazón desbocado, sientes una felicidad absoluta, casi puedes oír la música a tu alrededor...

Phil se echa a reír y yo vuelvo a enrojecer. Cuando la miro con el ceño fruncido, ella se defiende levantando las manos y mostrándome las palmas descubiertas.

—Perdón, es que parece que creas que el amor es realmente como en las películas o los libros.

Me siento estúpida cuando pregunto:

—¿No lo es?

Phil no parece creer que hablo en serio cuando me observa y parpadea.

—Pues..., no —dice. Después, se encoge de hombros—. El amor es una emoción real, pecas, y como todas las cosas reales, siempre es más complicado que la ficción. El amor ni siquiera funciona igual para todo el mundo.

—Y entonces, ¿cómo lo sabes? ¿Cómo sabes que alguien te... gusta? ¿Y cómo sabes a qué nivel te gusta? Yo diría que a mí me gusta Roy, aunque yo no le guste a él, porque es el chico perfecto, ¿no? Es guapísimo, amable y...

—Y gay.

—No es gay.

Phil se echa a reír.

—Hazme caso: ese tío es gay y está más metido en el armario que la niña de *Las crónicas de Narnia.*

—Pero...

—Alexa, pon *Gay or European.*

—¡Alexa, no lo hagas! —digo, pero ya es tarde y la canción del musical de *Legally Blonde* empieza a sonar en el cuarto y Phil se desternilla—. Eres lo peor.

Mi compañera de clase todavía se está riendo y yo dejo que la canción siga sonando, porque en realidad me gusta, aunque me incorporo y me vuelvo hacia mi ordenador para continuar con el trabajo. Phil no se mueve, ni siquiera cuando ya ha dejado de carcajearse, sino que se queda quieta, con las manos sobre el estómago.

—Creo que se sabe cuando dejas de intentar aplicarle la lógica.

Me vuelvo hacia ella, sorprendida de que realmente esté respondiendo a mi pregunta. Phil no parece estar burlándose ahora, sino que tiene una sonrisa que me recuerda que, aunque está en primero de carrera, es un par de años mayor que yo y sabe mucho más del mundo.

—A lo mejor piensas demasiado, pecas, y puede que sea hora de dejar de fantasear y dejarse llevar más.

Abro la boca, pero unos toques en la puerta nos hacen levantar la cabeza. Puesto que no le gusta molestar, Matthew se asoma con su timidez característica, pero Phil se incorpora y le sonríe con ganas porque más de una vez me ha dicho que cree que mi tío es adorable.

—Anne, siento interrumpir, pero hay un chico en la cafetería que pregunta por ti.

—¿Gil? —pregunto yo.

Es el único chico que viene a la cafetería habitualmente preguntando por mí. Matthew niega con la cabeza y Phil y yo nos miramos un segundo.

—Ve, yo termino esto. Y tráeme tarta, ya que estás.

Pongo los ojos en blanco, pero me levanto y voy con Matthew, que me revuelve el pelo con cariño cuando paso por su lado. No me relaciono con demasiados chicos, así que a no ser que sea algún compañero de clase que haya pasado por aquí y quiera saludar, no se me ocurre quién puede querer verme en la cafetería un jueves por la tarde.

La sorpresa es mayúscula cuando me encuentro a Roy Gardner apoyado en la barra. Me pongo nerviosa de inmediato, sobre todo cuando me sonríe con ese gesto suyo de modelo de portada de revista. Me paso las manos por los pantalones, temerosa de que me suden de repente, y compongo mi mejor sonrisa.

—Roy.

Considero todo un éxito que no me tiemble la voz. Creo que es la primera vez que nos vemos a solas desde que nos conocemos: a nuestro alrededor siempre han estado nuestros distintos grupos.

—¿Qué hay, Anne? Espero no molestar.

—No, no, para nada. —Intento arreglarme el pelo, aunque cuando me doy cuenta de lo obvio que es que estoy nerviosa, paro de inmediato—. ¿Querías algo?

El chico se echa hacia delante con un ademán confidente, acercándose tanto a mí que puedo oler perfectamente su colonia. Qué suerte tiene Josie Pye de poder oler esa colonia a menudo, porque es obvio que pasan mucho tiempo juntos, en las condiciones que sean.

—Me preguntaba si podrías prestarme tu ayuda para una pequeña trastada que estoy planeando.

Roy Gardner me guiña un ojo y entonces yo balbuceo, porque es como si el propio Arthur Pendragon me estuviera proponiendo acompañarlo en una de sus grandes aventuras.

Me doy cuenta de que Rachel nos está observando desde el otro lado de la barra y, cuando se acerca con la excusa de coger unos vasos que están justo detrás de mí, sé que está poniendo la oreja. Por eso carraspeo y señalo una mesa libre. Roy coge su café y me acompaña.

—¿Qué clase de trastada? —le pregunto, una vez que sé que la amiga de mi madre no puede espiarnos, para su más que probable disgusto.

—Creo que te gustará. Escucha.

Phil baja a la cafetería al cabo de un rato y creo que le sorprende tanto como a mí encontrarse a Roy Gardner hablando conmigo, pero es justo la genia del mal que necesitamos para terminar de atarlo todo. Al final, no mucho más tarde, ambos se marchan juntos, hablando animadamente. Mientras los veo salir, no puedo evitar recordar lo que Phil opina de Roy, pero lo descarto: creo que, para Phil, simplemente todo el mundo es gay hasta que se demuestre lo contrario.

Como no me había bajado el móvil, cuando vuelvo a mi cuarto me encuentro con un montón de notificaciones. Cientos de ellas, en realidad, de mis redes sociales y de las de Lady Cordelia. Creo que nunca había tenido tantas y la cabeza me da vueltas solo de pensar en responderlas. Incluso tengo que recordarme que hoy no es sábado, que no es día de subida de contenido, que no hay ninguna razón para que esté sucediendo esto. A menos, claro, que alguien me haya descubierto…

Me entra el pánico durante un breve instante, hasta que accedo a Instagram y veo la foto en la que me han etiquetado con las dos cuentas. Una de esas fotos que yo misma estaba viendo en mi móvil hace ya un rato.

Blythewrites «Elayne alzó la mano y la apoyó contra el cristal. Desde el otro lado, el caballero hizo otro tanto. La estaba mirando con sus mismos ojos, una réplica exacta y, a la vez, diferente, y no solo por la ropa. De pronto, al verse así vestida al otro lado del cristal, se sintió más encerrada que nunca.
Y supo que era hora de ser libre». Fragmento de *La dama del espejo*, fanfic de @LadyCordelia que seguramente ya conozcáis. Y si no lo hacéis, no sé a qué estáis esperando para leerlo:
yo estoy bastante enganchado.
La preciosa Elayne de la foto es @AnneGreenGables y el talento del fotógrafo es del siempre genial @FredButNotWeasley. ¿Qué os parece? ¿Habéis leído el fanfic de Lady Cordelia? ¿Cuál es vuestro fanfic preferido de la serie?

Tardo más de la cuenta en reaccionar. En ser consciente de lo que estoy viendo. Blythe se ha adelantado y no solo ha publicado nuestra foto juntos, sino que me ha hecho publicidad. Me ha mencionado a sus seguidores y ha recomendado mi fic.

Y me ha llamado preciosa, aunque eso probablemente no sea más que un halago vacío. Un intento de…, bueno, no sé muy bien de qué. Creo que todavía no comprendo del todo a Gilbert Blythe.

Por suerte para mí, mi mejor amiga le da muchas menos vueltas a las cosas:

Di ♥
ANNE
Anneeeeeee
¿Sigues con ese trabajo de Lingüística?
NECESITO que vayas a tus redes
ANNEEEE

Lo acabo de ver!!

Di ♥
¿Y a qué estás esperando para responder?

Titubeo. No lo sé. Está claro que debería decir algo, sí, pero una parte de mí teme que… ¿Qué? ¿Que me descubra por un agradecimiento? No es como si me conociese tan bien. Y tampoco quiero quedar como una ingrata. Las escritoras desagradables nunca caen bien.

Tardo alrededor de cinco minutos en convencerme de que tengo que seguirlo en redes sociales después de esto (y descubrir que él ya me seguía a mí) y otros veinte en enviarle unas seis opciones de respuesta diferentes a Diana, que promete que está a una más de bloquearme y dejarme ir andando a la universidad todos los días. Supongo que está de broma, pero, por si acaso, decido no tentar a la suerte y contestar con la que más le ha gustado. Decido cerrar los ojos a la hora de darle a enviar, aunque eso no hace que sea más fácil:

LadyCordelia ¡Anne y tú sois los mejores Elayne y Lancelot que hay! Gracias, Blythe, por recomendarme. Aunque *Todo lo que tengo* no se queda atrás (de hecho, juraría que va por delante en el número de visitas 😉)

Eso es. Elegante y que parezca que no me importa ir perdiendo. A ojos de los demás, esto no es una competición. Lady Cordelia siempre tiene que parecer una dama, modesta y simpática. Nunca ha perdido las formas, así que no lo va a hacer con él.

Doy vueltas por el cuarto mientras espero a que responda. Me tiro en la cama. Me levanto y me tiro sobre la alfombra. Después, me siento en el escritorio y abro todas mis redes sociales desde el portátil, sin dejar de consultarlas también en el móvil. Parece que la respuesta de Blythe no llega nunca, así que me concentro en los otros comentarios. Alguien tiene la osadía de decirnos que *los dos* somos sus autores favoritos. Otra persona considera que sería un sueño que hiciéramos una colaboración en un fanfic. Como si no tuviera suficiente con escribir cada lunes y jueves con él en clase… Aunque eso ni siquiera Blythe lo sabe.

Finalmente, cuando estoy pensando en ir a la cocina a

por galletas para intentar calmar mis nervios (¿nervios por una respuesta de Blythe? ¿En qué clase de simulación estoy viviendo?), recibo un mensaje privado. Y, justo después, marca mi comentario como favorito, antes de dejar el suyo:

Blythewrites Solo recomiendo lo que realmente me gusta y hacía tiempo que nada me tenía esperando los sábados por la noche con tantas ganas, aunque Lancelot x Arthur siempre será superior ;)

Adulador… Un adulador con un gusto terrible, pero un adulador al fin y al cabo.

Abro los mensajes privados. Ahí está otra vez, siendo encantador o intentando sacarme de quicio, no lo sé muy bien:

He visto que me has seguido y espero
que no te hayas sentido obligada
Diana me dijo que no te caía demasiado bien
Pero también me dijo que aceptabas
mi pequeña apuesta

En otro tiempo, probablemente lo hubiera criticado con Diana hasta hartarme. Ahora que lo conozco, sin embargo, no puedo ver a Blythe —a Gil— como enemigo. Al menos, no del todo. Sobre todo teniendo en cuenta que me ha salvado la vida.

Puede que se merezca el título de «digno rival».

Yo nunca le digo que no a un reto
Aunque creo que con esta publicación has lanzado piedras contra tu propio tejado
¿No temes que te adelante?

Así es más emocionante, ¿no?

Presumido. Realmente cree que va a ganar, ¿verdad? Por eso lo ha hecho: porque supone que recomendar mi historia no va a suponer ningún cambio.

Y resulta que yo solo necesitaba estos mensajes para recuperar con más fuerza mi espíritu competitivo.

Pareces muy seguro de ti mismo
Pero ya veremos qué ocurre al final
Que gane el mejor, Blythe

Que gane el mejor, Cordelia ;)

14

Hay más mensajes durante las dos semanas que siguen a ese primer intercambio. Blythe (no pienso en él como Gil, me esfuerzo en no pensar en él como Gil, porque así es más sencillo resistirme a no hablar con él por mensaje privado) me saca conversación a veces, y no solo por los números. Un día me manda un fanfic que cree que podría gustarme. El domingo por la mañana me encuentro un mensaje larguísimo hablando del capítulo que he subido el sábado por la noche y que, según me asegura, le ha encantado. El domingo siguiente soy yo quien le escribe, diciéndole que es «un delito» acabar un capítulo con ese final, como ha hecho él. Otro día, no sé cómo, acabo pidiéndole que me cuente por qué apoya que Lancelot es trans y él me manda una presentación en PowerPoint de unas cincuenta diapositivas.

Diana no hace comentarios al respecto cuando se lo cuento. Simplemente sonríe como si le hubiera contado un chiste y me dice que, ya que somos tan amigos, le pregunte de dónde salió la inspiración para escribir su fanfic del trío entre Arthur, Gwen y Lancelot. Creo que lo dice simplemente porque sabe que yo me pondré roja como un tomate.

Pese a todo, y aunque no lo vaya a admitir, los mensajes de Blythe me hacen un poco feliz. Lo achaco a que hacía tiempo que no disfrutaba tanto con otro fan. Es cierto que hay gente que me sigue y lee mi fanfic y escribe comentarios superlargos para contarme sus momentos favoritos y sus teorías sobre lo que va a ocurrir. Es cierto, también, que me he pasado media vida en foros y en redes sociales. Conozco a mucha gente, especialmente a las cuentas más activas. Pero supongo que hacía mucho que no interaccionaba con alguien nuevo y de manera tan cercana. Al final, tengo un círculo asentado en el que me muevo. Blythe, de alguna forma, se ha colado en él cuando menos lo esperaba.

Así que, como todo lo nuevo, es emocionante. Supongo que se me pasará con el tiempo.

Pero, desde luego, no este mes.

—Pecas, ¿estás escuchando?

Le doy a enviar a mi último mensaje y me apresuro a guardar el móvil en el bolsillo del mandil que le he cogido prestado a mi madre.

—Sí, claro.

Phil y Diana intercambian una mirada que me deja claro que no me creen.

—Pues esos huevos no se van a batir solos —me reprende mi compañera de clase.

Yo cojo las varillas y empiezo a batir con mi cara más inocente. Nada más terminar de comer, nos hemos metido en la cocina a intentar hornear una tarta de zanahoria. Diana parece tener más idea de lo que hace que yo, mientras Phil trata de descifrar la receta que hemos encontrado en Internet.

—Es muy fácil —insistió ayer Di—. Y será más importante si la hacemos nosotras en vez de tu madre.

—Podríamos…

—No, Phil, tampoco vamos a comprarla.

Y así fue como acabamos las tres en la cocina de mi casa.

Porque en el fondo hemos tenido que darle la razón. Aunque estoy segura de que mi madre tiene los suficientes electrodomésticos abajo, en la cafetería, como para que haya uno que lo haga todo por nosotras.

Tardamos en hacer el pastel mucho más de lo que dice la receta y acabamos cubiertas de harina, pero nos lo pasamos bien. Mejor de lo que esperaba, desde luego, y mejor de lo que nos lo pasamos después haciendo guirnaldas y, sobre todo, limpiando la cafetería tras el cierre. Fue la condición de mi madre para que la usáramos: tiene que quedar todo inmaculado antes y después de la fiesta.

—El sábado por la mañana la quiero tal y como la dejé, Anne Shirley —me advirtió.

Pero seguro que no le importará que deje un par de guirnaldas de hojas de las que hemos elaborado. De hecho, estoy segura de que lo agradecerá. Le dan más personalidad a la cafetería. Además, dentro de nada tocará adornarla para Navidad, así que tendrá menos cosas que colgar.

La gente empieza a llegar a la hora acordada. Cuando nos queremos dar cuenta somos alrededor de veinte personas y solo falta la estrella de la noche.

—La verdad, si alguien me hubiera dicho que ibas a acceder a esto al final del primer día de curso, me habría reído como nunca —me dice Di, apoyada conmigo tras la barra mientras le da un sorbo a su café.

Yo intento no ponerme colorada.

—No te confundas, es que no podía negarme a una petición de Roy.

Diana pone los ojos en blanco. Phil parece estar leyendo algo en la pantalla de su móvil.

—¡Ya vienen! —exclama.

Alguien apaga las luces. Todos nos escondemos, la mayoría agachados o sentados tras el mostrador. La gente que estaba hablando se queda callada, excepto por algunas risitas nerviosas. Yo también siento ganas de reír. Diana, como si lo supiera incluso sin necesidad de verme la cara, me chista.

Oímos la puerta abrirse un par de interminables minutos después.

—¿Qué…? —pregunta la voz de Gil.

La puerta se cierra a sus espaldas y, justo en ese momento, la luz se enciende y todos aparecemos entre gritos y aplausos. Gilbert abre la boca, pero parece tan sorprendido que es incapaz de decir nada, lo que viene perfecto para que lo avergoncemos todavía más cantándole «Cumpleaños feliz». Roy le pasa un brazo por los hombros mientras canta. Blythe no parece saber dónde meterse y creo que hasta se ha puesto un poco rojo mientras mira alrededor.

Reacciona a tiempo, sin embargo, de que le acerquemos la tarta. Hay diecinueve velas clavadas en el glaseado.

—¡Recuerda pedir un deseo! —le dice Fred.

Gil ríe y me mira de frente, lo que es lo más lógico porque yo estoy sosteniendo la bandeja, pero la intensidad con la que se fija en mí me hace sentir extraña. Es a mí, de hecho, a quien parece dirigirse, con el hoyuelo asomando en la mejilla y los ojos brillantes, cuando dice:

—Lo tengo.

Y me sonríe ampliamente antes de romper el contacto visual para apagar las velas de un soplido.

Sigue una tanda de aplausos y otra de felicitaciones. A nuestro alrededor, todo el mundo empieza a moverse: Fred

le da un par de palmadas en la espalda a Gil y Roy le revuelve el pelo, mirándolo con lo que a mí personalmente me parece casi idolatría.

Supongo que todo el mundo quiere a Gilbert Blythe, por alguna razón que puede que haya empezado a entender.

—¡Tarta! —grita entonces Phil.

Es ella, de hecho, quien me la quita de las manos para cortarla y repartirla entre la gente, y yo casi lamento no tener nada más que hacer, aparte de quedarme delante del cumpleañero, retorciéndome los dedos a la espalda, mientras el resto de la gente también se dispersa.

—Feliz cumpleaños —le digo.

—¿Roy te ha liado para esto? —me pregunta, como si la idea le hiciera mucha gracia y supiera que solo ha podido ser cosa de su compañero.

Roy, precisamente, se ha ido directo a la bolsa que ha traído, antes de venir con Gil, llena de botellas que he intentado que ni mi madre ni mi tío vieran.

—No me hice demasiado de rogar. Pero he puesto de condición que nada de drogas. Ni brownies.

Gil se echa a reír.

—Gracias, Anne con *e*.

—Era lo mínimo que podía hacer por mi salvador, pero que no se te suba a la cabeza.

No sé por qué siento la sonrisa tan tensa. No sé por qué, de pronto, soy tan consciente de mí misma, de mi postura, de mi ropa. Me quiero retorcer la punta de las trenzas. Siento un agujero en el estómago que achaco al hambre y a que tengo miedo de decir algo que me descubra y sepa que la persona con la que ha estado hablando a ratos durante las últimas semanas soy yo.

Trago saliva, pero por suerte no tengo que decir nada más: una compañera de la facultad le da un toquecito en el hombro y él se vuelve, cosa que aprovecho para huir de forma muy poco sutil. Y para distraerme de mi súbita torpeza social, me acerco a Phil y Diana, que están discutiendo al lado de la tarta.

—¿Y por qué no preguntaste? —protesta Diana.

—¡Pero si me acabo de enterar hoy mismo de que a los dulces se les echa sal! Pensé que era la única que se había dado cuenta.

—¿Qué ha pasado? —pregunto.

—Phil ha echado una cucharada de sal al pastel —murmura Diana con el ceño fruncido—. Cuando yo ya lo había hecho.

—Ha sido sin querer. Pero está incomible —confirma Phil.

Se produce un segundo de incomodidad. Un segundo en el que yo pienso «oh, no», y siento que me sube el rubor a las mejillas cuando confieso:

—Yo también le he echado.

—¿Qué?

—¡Pensé que os habíais olvidado! No veía la sal con los demás ingredientes, así que añadí una cucharada.

—¡Pero si tú siempre te olvidas de la sal cuando intentas cocinar! —me reprocha Diana.

—¡Pues precisamente por eso esta vez me concentré mucho en no olvidarme!

Todas nos miramos y somos demasiado conscientes de que hemos metido la pata hasta el fondo. Después bajamos la mirada a la tarta. Creo que el bizcocho se está riendo de nosotras.

—¿Nos hemos quedado sin tarta de cumpleaños? Pero…

Gil y Fred se acercan a la mesa justo en ese momento.

—Entonces, ¿de qué es la tarta? —pregunta el cumpleañero.

—¿Tarta? ¿Qué tarta? —exclama Phil, y se apoya en la mesa como si no la tuviera justo detrás.

—De zanahoria, pero…

Gil me mira con expresión divertida.

—La especialidad de la casa. ¿La ha hecho tu madre?

—La hemos hecho nosotras.

No soy consciente de la mala idea que es decirlo hasta que se le ilumina el rostro y aparta a Phil a un lado para pellizcar un trozo de tarta con los dedos.

—¡No, Gil, espera! —exclama Diana.

Es como ver la escena de un trágico envenenamiento. Casi estoy esperando a que Roy, en calidad de guardaespaldas, surja de la nada y se interponga entre la comida y la boca de Gil, pero eso no ocurre y el desastre es finalmente inevitable: Gilbert Blythe prueba la tarta. Creo que todas nos quedamos blancas y yo desearía que el suelo me tragase, sobre todo cuando veo el momento exacto en el que empieza a masticar y se le cae la sonrisa.

No sé cómo consigue tragárselo sin correr a beber algo al momento siguiente, pero todas podemos ver su sufrimiento.

—Tiene un sabor… original —dice tras paladear.

Creo que ninguna sabe cómo reaccionar. Al final, como siempre, Di es la que está mejor preparada para todo.

—Oh, Dios, Gil, lo sentimos.

—Fue un malentendido —se disculpa Phil—. Pero para compensarte puedes darme un bocadito a mí, si quieres, que puedo ser muy dulce.

—¡Phil! —la recrimino, y después me vuelvo de nuevo hacia él—. Queda tarta de mi madre, estoy segura de que podemos…

Gil, sin embargo, solo nos mira por turnos… y luego se echa a reír. Realmente se ríe, como si algo en nuestras caras fuera una broma divertidísima y la boca no le supiera a rayos. Algunos de sus amigos se nos quedan mirando, supongo que preguntándose qué puede ser tan gracioso, y creo que ni yo misma lo entiendo muy bien. Al final, tan solo sacude la cabeza, como si no tuviera mayor importancia.

—Gracias, chicas —nos dice—. Es todo un detalle.

Como si quisiera demostrar que no lo dice solo por cumplir (aunque todas sabemos que sí), se mete otro trocito de tarta en la boca y nos guiña un ojo antes de volver a alejarse.

Y yo, de nuevo, creo que entiendo un poco más por qué todo el mundo quiere a Gilbert Blythe.

El momento de la noche en el que me cruzo con Roy Gardner es, otra vez, uno de esos momentos que podrían aparecer en una novela romántica. Nos encontramos justo en la puerta de los baños, cuando él está saliendo y yo voy a entrar. Estamos a punto de chocar de frente y nuestras miradas se encuentran y yo me quedo momentáneamente sin respiración. Él está guapísimo, con los rizos rubios un poco pegados a la frente porque ha estado bailando y en el local hace mucho calor. Cuando me sonríe, sin embargo, aunque me parece un ángel caído del cielo, el corazón no se me acelera; la única música que hay es la que suena de fondo.

—¡Anne! Eres la mejor. Muchas gracias por todo, de verdad. Ha quedado una fiesta genial.

Empiezo a ponerme nerviosa y tengo que meterme las manos en los bolsillos y retorcerlos desde dentro.

—No ha sido nada.

—Es más de lo que crees: Gil está mucho más contento últimamente y creo que este cumpleaños compensa con creces el del año pasado.

Eso me sorprende. Al otro lado de la sala, Gilbert Blythe se ríe, acompañado de Fred y Diana, y yo no me lo puedo imaginar de ninguna manera que no sea exactamente así: de buen humor, con el hoyuelo en la mejilla y rodeado de gente que lo adora de inmediato, como le ocurrió a mi madre. Así que cuando me vuelvo hacia Roy de nuevo, la vergüenza que me da hablar con él se ve sustituida por algo mucho más fuerte: curiosidad.

—Creía que Gil siempre estaba contento.

Roy chasquea la lengua y se apoya en la pared de al lado del baño con los brazos cruzados. Yo me pongo justo a su lado y me fijo en cómo dirige la mirada hacia su amigo, frunciendo el ceño ligeramente.

—Da esa impresión, ¿verdad? Se le da bien. Y es verdad que últimamente está más feliz, pero…

—¿Qué le pasa?

—Es su familia.

Una idea me pasa por la mente y se me encoge un poco el corazón.

—¿Por ser trans…?

—¿Qué? —Roy parpadea y me mira como si hubiera dicho algo que simplemente no tiene sentido—. ¡No, no, para nada! En su familia lo apoyan por completo en eso. Pero supongo que ya podían apoyarlo igual en otras cosas.

Roy se encoge de hombros y yo no necesito que me diga nada más, porque sé a lo que se refiere.

—¿Es por la carrera?

—Sobre todo, sí. Gilbert no sirve para estudiar Medicina: para él el primer año fue horrible, aunque él se reirá y te dirá que no fue para tanto. No solo por estar estudiando algo que no quería, sino porque realmente… solo hacía eso: estudiar. Se encerraba en su cuarto, no salía, y aun así sus notas no se correspondían con lo que él quería. Se fustigaba muchísimo. Fred y yo nos enteramos de que había sido su cumpleaños con una semana de retraso y por casualidad. No hablaba apenas con nadie; bueno, supongo que con gente de la carrera, pero no con nosotros. Tampoco escribía: no tenía tiempo. Creo que eso lo terminaba de matar.

Los dos nos quedamos callados, con la mirada puesta en el mismo lugar, en la misma persona. De pronto no me parece que Gilbert Blythe sea tan presumido, con todas esas menciones a sus propias historias y su constante petición de opinión sobre ellas. De pronto entiendo que es solo que realmente es lo más importante para él. ¿Cómo tiene que ser no poder escribir? Yo siempre he tenido la suerte de poder hacerlo. Me guardo el tiempo, e incluso cuando coincide con mis turnos en la cafetería, mamá acostumbra a hacer la vista gorda. Toda la gente que me rodea cree en mi sueño de ser escritora.

¿Quién creía antes en los sueños de Gil?

—Quería compensarle el cumpleaños del año pasado —murmura Roy—. Los exámenes empiezan pronto y sé que va a volver a agobiarse, pero antes de eso… Que al menos tenga un día como este, ¿no?

Vuelvo la mirada hacia Roy Gardner. Sigue observando fijamente a nuestro amigo: su expresión es un poco distinta de la que le he visto en otras ocasiones, sin la sonrisa brillante, y su mirada es de las que esconden mil cosas y dicen incluso más. El tipo de mirada que tiene como Arthur Pendragon en las fotos en las que mira a Lancelot.

Y así es como recuerdo las palabras de Phil y pienso que quizá podría tener razón.

No sé si Roy Gardner es gay, pero de pronto estoy segura de que le gustan los chicos.

Y, en concreto, le gusta Gilbert Blythe.

15

—¿Vas a dárselo antes de que se marche?

Diana se deja caer sentada a mi lado en el sillón que hay al final de la cafetería, donde llevo ya un buen rato. Yo me acomodo y pongo las piernas sobre su regazo, sin importarme compartir el asiento, y alzo la mirada de la pantalla. Le he enviado un mensaje a Gil como Lady Cordelia para desearle un feliz cumpleaños. Me digo que es porque forma parte de la personalidad que le he creado, por supuesto, porque Cordelia, al fin y al cabo, es una chica amable que no le guarda rencor por el hecho de que ahora mismo tenga *diez* visitas más que yo.

—Sí, claro.

Se refiere al regalo. Al que le hemos preparado Di y yo, juntas, y que tengo guardado debajo del mostrador. Pero es que todavía no he encontrado el momento. Siempre ha estado con gente o bailando o nos han interrumpido cada vez que he reunido el valor para acercarme.

Aunque no es que necesite valor para acercarme. Solo es Gilbert Blythe, ¿no? Lo veo hablar con Fred y dos de sus amigos de Medicina. Lo veo reírse. Como Roy quería, parece estar pasándoselo bien. Roy, precisamente, no está demasiado lejos de él, haciéndose fotos con Josie Pye, y de pronto soy consciente de que eso es todo lo que los he visto hacer desde que se conocen: aparecer juntos en vídeos y fotos, siendo la pareja de modelos que son, guapísimos y populares.

—Ya encontraré el momento —le digo a Diana mientras me fijo en Phil, que, con alguna copa de más, está bailando con una achispada Ruby—. ¿Por qué no se lo das tú?

—Pero si yo apenas he hecho nada —me dice Diana mientras pasa los dedos por encima de mis medias a cuadros. Es un gesto distraído, porque ella también está mirando a la gente—. Además, estoy segura de que se alegrará cuando sepa que le has escrito algo. —Me mira—. Aunque quizá deberías escribirle también alguna historia como Lady…

Le pongo una mano sobre la boca antes de que pueda terminar de pronunciar ese nombre. Ella levanta las cejas, aunque con una mirada burlona, y deja un beso sobre mis dedos. Yo me azoro un poco, porque todavía es imposible no hacerlo cuando sus besos me recuerdan a los de la fiesta, pero no digo nada al respecto. En su lugar, susurro:

—Ahora que hablamos, más que nunca, no debe saber que soy ella o pensará…

Callo. ¿Qué pensaría? Me es muy difícil meterme en la mente de Gil. A lo mejor piensa que me estoy divirtiendo a su costa. Y aunque es cierto que hay algo un poco satisfactorio en que no sepa quién soy y poder tener una doble identidad, no es solo eso.

—¿Que le estás mintiendo? —pregunta Diana, cogiendo mi mano—. Bueno, eso es lo que estás haciendo.

Diana se encoge de hombros cuando le lanzo una mirada acusadora. No estoy mintiendo. Estoy… eligiendo con mucho cuidado qué partes de mí enseño. Son cosas ligeramente diferentes.

—A lo mejor deberías decírselo —sigue—. No creo que fuese tan terrible.

—No me fío.

—¿De verdad te ha dado alguna razón para no hacerlo? Porque la verdad es que, desde que lo conocemos, no ha hecho más que portarse bien contigo.

Abro la boca, pero la cierro casi de inmediato. Sé que tiene razón. Pero no me gusta la idea de que nadie lo sepa. Y no porque Gil vaya a quitarle valor a lo que escribo porque sea fanfic, ya que él está en la misma situación y ya ha demostrado que es un gran defensor de los fanfics. Es más porque… me hace sentir un poco expuesta, en realidad. Estoy proyectando mucho en Elayne, soy consciente. Siempre lo he hecho. Y supongo que me asusta que alguien sea capaz de ver más allá del personaje. Además, me he acostumbrado a que este sea mi secreto, a la libertad que me da tener dos partes de mí completamente separadas. Con Di no pasa nada, porque es mi mejor amiga. Pero con los demás, si puedo evitarlo…

—¿Sabes lo que necesitas? —me dice mi amiga ahora, al ver que me quedo callada.

—¿Qué?

Diana sonríe como un diablillo y yo me doy cuenta de que empezamos a pasar demasiado tiempo con Phil, porque ella también sonríe así. Al ponerse en pie me arrastra con ella y lo siguiente que sé es que estamos bailando como aquel día en la habitación de Blythe, pero ahora ambas estamos sobrias y rodeadas de gente, y en los altavoces suena una música que nunca habríamos elegido.

Con Diana es fácil dejarse llevar, así que eso es lo que

hago. Durante la siguiente hora (aunque parece mucho menos) reímos, bailamos y disfrutamos con nuestros amigos. Estoy tan metida en simplemente pasarlo bien que ni siquiera me doy cuenta de que la gente ha empezado a marcharse hasta que la propia Ruby mira el reloj y dice que ella tiene que volver a casa. Phil se ofrece a acompañarla, puesto que Josie ya se ha ido.

—Nosotros también nos vamos —me dice Gil después de que las chicas se marchen—. Gracias de nuevo, Anne, Diana; ha sido genial.

Di me da un toque en la parte baja de la espalda, tan inesperado que tengo que dar un paso hacia delante para no caerme.

—Nada —digo, de nuevo demasiado consciente de mí misma cuando noto la mirada de Gil—. Es… un placer.

—Anne tiene algo para ti, Gilbert —ataja Diana al ver que no me decido.

Blythe parece tan confundido como yo avergonzada. Veo a Roy enarcar una sola de sus perfectas cejas, como si se preguntara de qué va esto.

—Pero si ya habéis hecho todo esto. Y la tarta.

—La tarta estaba asquerosa, Gil —me quejo.

Aunque al final hemos atracado la cocina de la cafetería y hemos conseguido un poco de pastel de verdad para dárselo y salvar la noche.

Él simplemente se vuelve a reír ante el comentario.

—Mientras se lo das —dice Diana de pronto—, ¿qué tal si yo voy cogiendo lo que necesitamos para la limpieza? Fred, Roy, ¿podríais ayudarme?

Les hace un ademán para que la sigan. Fred lo hace sin

necesidad de que le digan nada más, pero Roy parece dudar. Veo que la idea de dejarnos solos a Gil y a mí no le hace gracia, y una parte de mí quiere decirle que no hay nada entre nosotros y no tiene nada que temer. Otra, una parte pequeña, quiere echarlo de aquí. En lugar de eso, aprovecho el momento de duda de Roy para meterme tras la barra y coger el paquete que tengo a buen recaudo. Cuando lo dejo sobre el mostrador y lo deslizo hacia Gil como si fuera parte de su pedido, los pasos de Roy se han alejado por fin.

—¿Un regalo?

—Es de parte de Diana también —me apresuro a explicar—. Es una tontería, en realidad. A lo mejor no te gusta...

Pero él ya está abriendo el sobre con ansia. En retrospectiva, adornarlo con pegatinas y el escudo de armas de Lancelot no me parece tan buena idea. A lo mejor no es lo que se espera de dos universitarias. Me arreglo un mechón de pelo tras la oreja.

—*Cansado de las sombras* —lee Gil de la cubierta—. ¿Me estás regalando... una historia?

—¡Ilustrada por Diana! —le aclaro con un tono de voz un poco más alto de lo que pretendía—. Es un... fanfic. De Arthur y Lancelot. Es una bobada, ya lo sé, pero...

—Es perfecto, Anne.

Cuando levanto la vista, Gil no me está mirando a mí, ni siquiera está sonriendo, sino que tiene los ojos fijos en la cubierta y pasa los dedos por la ilustración de Diana, que es absolutamente perfecta: Arthur y Lancelot están atados por un hilo rojo que se enreda alrededor de sus respectivos cuerpos, exactamente como sugería Blythe en un momento de su propio fanfic. Su expresión es incrédula y emocionada, y yo sé que realmente le ha gustado sin necesidad de que abra la boca.

Estoy a punto de sonreír cuando veo que tiene la intención de empezar a leer. Me echo hacia delante de inmediato y pongo las manos sobre las suyas para hacerle cerrar la precaria encuadernación.

—¡Delante de mí no!

Gil levanta la mirada con un parpadeo. Después su sonrisa vuelve, como si se hubiera acordado de ella de golpe. Es la del hoyuelo, la que pone especialmente para martirizarme.

—¿Te da vergüenza?

—¡Claro que me da vergüenza! ¡Ni se te ocurra leerlo ahora!

Gil se echa a reír.

—Sabes que pienso decirte qué me parece párrafo a párrafo, ahora o por mensaje, ¿no?

—¡No hace falta!

—Oh, pero lo haré.

Aprieto los labios ruborizada, pero a lo mejor es exactamente lo que quiero que haga. Hasta ahora solo había comentado mis historias con Lady Cordelia, no *conmigo*, la persona de verdad que se esconde tras ellas.

Gil sonríe un poco más y de repente apoya una mano sobre la mía, aceptando así mantener el relato cerrado. No puedo evitar tensarme un poco al sentirla. Es como volver a estar en la sesión de hace un mes, pero peor, porque esta vez la electricidad se me extiende por todo el brazo.

—Gracias —susurra—. Estoy seguro de que será una historia genial.

Yo aparto la mano corriendo porque de pronto tengo miedo de estar a punto de electrocutarme.

—¿Has disfrutado del cumpleaños? Roy me ha dicho que el del año pasado no fue demasiado bien.

No sé por qué digo eso. Porque soy una indiscreta, supongo. O porque me he puesto nerviosa y quería cambiar de tema de inmediato. Sea como sea, sé que he metido la pata porque a Gil se le cae la sonrisa y de golpe parece muy sorprendido por el comentario. Creo que no le gusta el tema, porque dirige la mirada de nuevo al relato y suspira.

—Roy es un bocazas. No hagas caso a la mitad de lo que diga.

—A mí me parece que se preocupa por ti —murmuro.

Gil se pasa la mano por la nuca y se encoge de hombros.

—Es un buen amigo, claro que se preocupa por mí. Y..., bueno, es cierto que el año pasado no fue el mejor de mi vida —admite, aunque es obvio que no quiere darle importancia a eso o que no quiere recordarlo demasiado—. En realidad, conocí *El caballero del espejo* en parte por Roy, ¿sabes? Un día estaban él y Fred juntos viéndola en la tele del salón y..., en fin. Supongo que la serie se convirtió un poco en salvavidas: estaba muy presionado, y cuando me senté con ellos a ver ese capítulo no pensé en nada más. Pude dejar la mente en blanco desde... no sé cuándo, exactamente. Recordé lo mucho que me gustaba que me contaran historias. Y lo mucho que me gustaba contarlas también.

Gil se apoya en la barra, pasando de nuevo los dedos por la cubierta. Es la primera vez que evita mirarme, mientras repasa los hilos que unen a Lancelot y Arthur. Yo lo observo con los ojos entornados, pero no digo nada porque siento que ya he hablado suficiente. De hecho, es la primera vez que puedo escuchar a Gilbert Blythe y me apetece hacerlo. Además, ¿no puedo entenderlo? ¿No es lo que sintió él lo mismo que siento yo cada vez que me pongo a ver un nuevo episodio, un nuevo fanfic, una nueva teoría? ¿No es por eso por lo que disfruto tanto de esa serie, incluso con lo mal que hace algunas cosas?

—Fue entonces cuando empecé a llevarme bien de verdad con Roy y con Fred. Me ofrecieron un maratón para que desconectase de los exámenes y..., en fin, me obsesioné. —Gil recupera la sonrisa cuando levanta la mirada, y a mí se me contagia su gesto, porque puedo entenderlo—. También fue entonces cuando empecé con los fanfics y fue precisamente Roy quien me animó: nunca habría publicado el primero si él no me hubiera dicho que lo hiciera.

—Así que es a Roy Gardner a quien le debemos la existencia de Blythe —digo yo.

Gil ríe.

—No se lo digas así o se le subirá a la cabeza, y créeme, ya se tiene muy creído lo de ser el perfecto Arthur Pendragon.

No puedo evitar sonreír.

—No le diré nada entonces, pero... se lo agradezco un poco.

Gil traga saliva y creo que su mirada se vuelve un poco tímida cuando me observa de nuevo.

—¿Lo haces?

—Esto lo digo solo porque es tu cumpleaños, así que intenta que no se te suba a la cabeza *a ti,* pero... el fandom perdería mucho sin tus fanfics, Blythe. No dejes de escribir otra vez, ¿vale? Como... ¿pago por la fiesta, quizá?

Gilbert se muerde el labio y yo no puedo evitar fijarme en cómo lo hace. Tiene unos labios muy bonitos, muy finos, y de pronto estoy recordando cómo era besarlos en el sueño que tuve a principio de curso. El estómago se me contrae al pensar en que es a mí a quien muerde en vez de a sí mismo.

—Está bien —accede en un susurro.

No digo nada. No nos movemos. Solo nos quedamos aquí, por un segundo demasiado largo, mirándonos. Gil se humedece los labios entonces y, cuando quiero darme cuenta, ha movido los dedos para volver a acercarlos a los míos sobre el mostrador, aunque esta vez no hay ninguna excusa para que se rocen. Yo tampoco me acuerdo de escapar antes de que el calambre me recorra de arriba abajo.

—¿Nos vamos?

Los dos damos un brinco hacia atrás. Roy nos mira con las cejas alzadas y las manos metidas en los bolsillos de su chaqueta, pero nos dedica su sonrisa de siempre. Diana aparece justo tras él y lo observa con el ceño fruncido, pero después se fija en que Gilbert ya tiene el regalo y le sonríe como si nada.

—¿Te ha gustado, Gil?

Él tarda un segundo más en reaccionar, un segundo en el que lo veo mirarme de reojo mientras yo me pongo a recoger todo lo que tengo a mi alrededor en la barra.

—¡Mucho! —lo oigo responder finalmente—. La ilustración es perfecta, Diana, no sé cómo darte las gracias.

—No podría haberlo hecho sin las fotos de referencia de Fred —responde ella.

—Seguro que habría podido —interviene el aludido, justo detrás mi amiga.

Tras unas palabras más, finalmente los tres compañeros de piso recogen las cosas que les faltaban y se marchan. Diana se despide de ellos con una sonrisa y un gesto de la mano, y después me pregunta si me encuentro bien.

Gilbert Blythe me mira desde la entrada una última vez, pero yo, con el cuerpo todavía lleno de electricidad, finjo no darme cuenta.

16

—Creo que a Roy le gusta Gilbert.

Diana me mira por encima de su bloc de dibujo. Se ha metido en mi cama mientras yo termino de peinarme antes de ir a dormir. Al final, entre limpiar Tejas Verdes y comer algo antes de acostarnos, nos hemos cruzado con mi madre, que se estaba poniendo su mandil para bajar a la cafetería a hacer la primera hornada de pasteles del día. Ha puesto los ojos en blanco y nos ha mandado a la cama como si fuéramos niñas pequeñas, y a nosotras nos ha dado la risa mientras entrábamos en el cuarto.

—Lo había supuesto.

Me vuelvo hacia mi amiga, que está apoyada contra el cabecero de mi cama, rodeada de cojines como si fuera una reina.

—¿Qué quiere decir eso?

—Que he visto cómo lo mira —dice, como si fuera obvio—. Yo creo que han tenido algo en el pasado.

Eso no se me había ocurrido. La idea de Gil y Roy juntos es… extraña. Había dado por hecho que se trataba de un amor no correspondido por parte de Roy, pero ahora… Bueno, no sé qué pensar. ¿Y por qué alguien cortaría con Roy Gardner? Es perfecto.

—¿Otra de las cosas que me he perdido por estar en las nubes? —pregunto.

—Si te sirve de consuelo, pensé que tardarías mucho más tiempo en darte cuenta.

Diana me mira con inocencia, pero yo le lanzo mi peine, que ella caza al vuelo mientras se echa a reír. Me deslizo entre las sábanas, junto a ella, y echo un vistazo hacia su cuaderno, donde descubro que ha estado esbozando imágenes de esta misma tarde. Se me escapa una sonrisa al ver que en una de ellas aparecemos Phil, ella y yo descubriendo la desastrosa tarta que hemos hecho. Creo que a veces el cuaderno de dibujo de Diana es también un poco un diario.

—Me pregunto qué dramática historia de amor han compartido —murmuro, dirigiendo la mirada al techo.

Mi amiga deja su cuaderno sobre la mesilla y se acuesta con la mejilla contra la almohada y los ojos fijos en mí.

—Hay historias que ni son grandes ni de amor. Lo sabes, ¿verdad?

—¡Pensar eso es muy poco romántico! —protesto.

Diana ríe, extiende la mano y apaga la luz. Una tenue claridad se cuela por la ventana, lo justo para permitirme ver su silueta, y no hay más palabras cuando su risa desaparece y nos quedamos en silencio. Yo tardo unos segundos, pero busco sus dedos a tientas y los entrelazo con los míos. Hemos dormido muchas veces así, sin preguntas, sin que significara nada más. Hoy, sin embargo, me pregunto si ella está pensando en las grandes historias de amor. Me dijo que no había sentido nada por esos chicos entre los que iba saltando, lo cual no deja de parecerme triste, pero tampoco sé si quiere un gran romance. No sé qué espera del futuro.

No sé si me espera a mí.

Por primera vez desde nuestra conversación en el coche, siento que quiero preguntárselo, que quiero que volvamos a hablar de ello, pero no encuentro las palabras para hacerlo y al final, en vez de eso, simplemente porque no soporto el silencio mientras Diana roza el dorso de mi mano con el pulgar, digo:

—Creo que le voy a hacer ese fic a Blythe. O sea, yo no. Lady Cordelia va a hacerlo. Por su cumpleaños.

No necesito ver con claridad a Diana para saber que está sorprendida.

—¿No dijiste que no querías que te descubriera?

—Por eso voy a hacer algo completamente diferente de lo que le he dado hoy. Será un buen ejercicio de escritura.

—¿Qué es lo contrario a una historia dulce y romántica? —Puedo oír el tono divertido en su voz—. Y que pueda seguir considerándose un regalo de cumpleaños. No me digas que tú también vas a escribir un trío, como en ese relato suyo de Arthur, Gwen y Lancelot.

Me alegra que estemos a oscuras, porque así ella no puede ver lo coloradas que se me ponen las mejillas.

—¡Pues a lo mejor lo hago! ¡Soy una gran escritora, muy versátil! He escrito mil escenas de cama entre Elayne y Gwen. Solo sería añadir una persona más. No puede ser tan complicado.

Diana se empieza a carcajear de nuevo y yo le estampo un cojín en la cara. O donde creo que está su cara, porque en la penumbra es un poco más difícil acertar.

—Oh, estoy deseando ver lo versátil que puedes ser.

Blythe

Bueno, sé que me dijiste que no hacía falta

Pero ambos sabemos que no podía resistirme a hacer una crítica de tu relato

Prometo no extenderme

Eso lo dejo para el post del blog que no tengo donde analizo palabra por palabra el impacto de tu fanfic en mi creación literaria desde este momento en adelante

Me encanta lo que has hecho, por si no se nota

¿La imagen de ellos encontrándose en medio del campo de batalla?

¿La reacción de Arthur cuando hieren a Lancelot?

El sufrimiento a lo mejor podías habértelo ahorrado, pero no me quejaré, porque el final lo compensa con creces

Aunque lamento el fundido a negro

Pero ahora en serio: es uno de los mejores fanfics del ship que he leído y ni siquiera te gusta, lo cual tiene delito

Igual que tiene delito que no tengas una cuenta para subirlo

A lo mejor así Lady Cordelia elige competir contigo en vez de conmigo

Los mensajes de Gilbert, escritos de madrugada, son lo segundo que veo al despertarme. Lo primero ha sido el rostro dormido de Diana, gris por la poca luz que consigue colarse entre las cortinas. No sé cuál de las dos cosas logra hacerme sonreír con más fuerza y, por unos minutos, mientras me quedo muy quieta en la cama, pienso que la vida es maravillosa, que puedo acostumbrarme al calor del cuerpo cercano de mi mejor amiga tanto como al que me provocan en el estómago los mensajes de Gil.

Cuando me pongo en pie lo hago con cuidado de no despertar a Diana, que se encoge sobre sí misma y se abraza a mi almohada como si así pudiera sustituirme. A Gil le respondo con unos *stickers* de celebración por que le haya gustado y un par de preguntas sobre el relato para que las conteste cuando se levante, lo cual, por las horas a las que me escribió los mensajes, supongo que no pasará hasta la tarde.

Yo también podría seguir durmiendo, pero en realidad no quiero. Solo quiero escribir.

No sé cuánto tiempo paso haciéndolo: solo soy consciente de que, en cuanto encuentro la primera palabra, llegan en tropel todas las demás, y que hacía mucho que no me sentía tan inspirada y con tantas ganas de narrar algo. Algo, además, completamente nuevo. Es un momento maravilloso, ese en el que eres una con la historia, en el que puedes escuchar a los personajes susurrarte al oído. No sé si en el amor hay siempre música de fondo, pero sé que para mí escribir tiene sonido propio, que hay ritmo escondido en las teclas que tengo bajo las manos.

De pronto, veo a Elayne de una manera distinta y la siento sonreír a mi lado, jugar con mis cabellos como si fueran los hilos de uno de sus tapices. La oigo reír en mi oído, la siento ruborizarse y, finalmente, asentir a la vez que pongo el punto final.

La mano que noto sobre el hombro me parece a la suya

hasta que soy consciente de que no puede ser, como también soy consciente de que no es su voz la que me llama.

—¿Anne?

Doy un respingo. Diana está a mi espalda, preciosa incluso recién levantada y con el sueño todavía asentado en los ojos. Yo, que no he dejado de escribir ni un momento, de pronto tengo que parpadear, porque casi me parece ver a Gwen Pendragon frente a mí.

—¡Diana! ¡Buenos días!

—Estabas metidísima —me dice, y echa un vistazo discreto a la pantalla—. ¿Molesto? En realidad, solo quería saber si querías desayunar…

—No pasa nada, acabo de terminar. —Giro mi silla por completo hacia ella, le cojo las manos y se las aprieto entre las mías—. ¿Quieres leer lo que he escrito? ¿Harías un dibujo para ilustrarlo, si te gusta?

Diana ladea la cabeza con curiosidad.

—¿Es el capítulo de hoy?

Es cierto. Es sábado. Hoy a las diez, Lady Cordelia debería colgar un capítulo como todas las semanas, pero no lo tengo terminado y, de todas formas, lo que quiero compartir hoy es esto. Quiero que Diana lo lea. Quiero que Gilbert lo lea. Quiero que todo el mundo lo lea y no quiero que pase desapercibido por culpa de mi fanfic principal. No pasa nada por un día que Lady Cordelia falte a su cita semanal: el capítulo de la semana que viene será más largo. O les regalaré uno doble. Ya me inventaré algo: esta es una ocasión especial.

—No, es otra cosa.

Di me mira con incredulidad, consciente de que nunca me salto mi calendario de publicación.

—Tenías mi curiosidad, pero ahora tienes mi atención.

Me muerdo el labio. En realidad, me siento un poco avergonzada, pero me pongo en pie y le cedo mi asiento para que se ponga a leer. Ella me sigue con la mirada cuando doy un par de saltos en mi sitio.

—Vale, te dejo que lo leas y mientras voy a buscarnos algo de desayunar.

—Cógete una tila para ti, que te veo exaltada.

Yo me echo a reír y me apresuro a ir a la cocina. Allí me encuentro a mi tío Matthew, leyendo el periódico mientras se toma su café con total tranquilidad, aunque le tenemos dicho (nosotras y el médico) que con sus problemas de tensión no es lo más recomendable. Pese a ello, hoy no me siento con ganas de echarle la bronca y me limito a darle un beso en la calva cuando paso por su lado. Casi lo oigo parpadear antes de verlo sonreír con ternura.

—¿Fue bien anoche la fiesta?

—Mejor que bien, tío Matthew. He decidido que la vida universitaria es la mejor vida.

Mi tío ríe.

—¿Y te queda tiempo para escribir en medio de esa vida universitaria tan ajetreada?

—¡Siempre hay tiempo para escribir! —exclamo mientras cojo una bandeja, dos tazas y algo de bizcocho.

—Bien, porque mira lo que hay aquí.

Con un ademán, empuja el periódico hacia mí y yo me vuelvo hacia la noticia que señala mientras pongo algo de agua a hervir.

—¿Un premio?

—De novela. Publican al ganador.

Me siento a su lado para leer la noticia con atención. Parece una buena oportunidad. Es un premio nuevo para jóvenes creadores de una editorial que conozco por otros títulos (la trilogía de *Time Keeper*, por ejemplo, de la cual he descubierto que Phil es fan incondicional). Además de la publicación, el premio tiene una dotación económica muy interesante. En el periódico no se dan muchos más datos, pero estoy segura de poder encontrar las bases detalladas en Internet.

—¿Crees que debería presentarme? —le pregunto a Matthew—. Es un premio importante, habrá muchas novelas y serán muy buenas…

—Tú eres muy buena, Anne. Y no pierdes nada por intentarlo, ¿no?

No, pero puedo perder *tras* intentarlo. Y no sé cómo me sentará eso. Me da miedo el rechazo, quizá por eso me siento cómoda también siendo Lady Cordelia y escribiendo fanfic. Lady Cordelia escribe porque quiere, sin tener que esperar la aprobación de nadie en concreto. Para que esas historias se reciban solo necesito la página web en la que las subo: una página sobre la que yo tengo control con mi cuenta y que no tiene filtros en los que la gente se queda por el camino. Una editorial es algo distinto. La única vez que probé a enviar algo fue el año pasado y, tras una espera insufrible, tres de ellas ni siquiera me respondieron; la otra me envió un correo electrónico estándar en el que decía que mi historia «no encajaba en el catálogo editorial», aunque Diana y yo nos encargamos de estudiar el catálogo muy detenidamente y podría haber encajado sin problema. Una parte de mí, desde entonces, no deja de pensar que lo que pasa es que lo que envié no era lo suficientemente bueno, aunque a mí me encantara aquella historia.

Que *yo* no soy lo suficientemente buena.

Mamá y Matthew dijeron entonces que todavía soy joven, que tengo mil oportunidades por delante, pero ¿las tengo?

Supongo que sí. Supongo que esta puede ser una.

Y no solo para mí.

Sobre la mesa, mi móvil suena al recibir nuevos mensajes y yo sé de quién son antes incluso de mirar las notificaciones. Reviso las respuestas de Gil (¿este chico duerme alguna vez?), respondo con un par de emoticonos y después, aunque me permito dudar un segundo en vez de dejarme llevar por el impulso, hago una foto a la noticia y se la mando.

Recuerdas lo que dijiste de competir con Lady Cordelia?
Creo que pasaré de competir contra ella
Pero qué tal si competimos tú y yo?
Échale un vistazo a esto
Si ganas, tu familia no podrá negarte que naciste para esto
Qué me dices, Gilbert Blythe?
Aceptas el reto?

Cuando vuelvo al cuarto con el desayuno, Diana sigue sentada en mi escritorio pese a que ya no está leyendo, sino que ha sacado su cuaderno de dibujo y está inclinada sobre él.

Como yo antes, está tan metida en lo que está haciendo que ni siquiera es consciente del momento en el que entro en la habitación, pero a mí ni siquiera me importa porque me encanta mirar a Diana mientras crea. Siempre tiene esa expresión concentrada, con esos ojos entornados y la punta de la lengua entre los dientes en un gesto que es de lo más adorable.

Solo reacciona cuando pongo la bandeja a su lado, e incluso entonces parece desorientada, como si la hubiera arrancado de las garras de otro mundo. Por inercia, creo, tapa el boceto con la palma de la mano.

—¿Eso es que te ha gustado? —le pregunto.

Diana relaja los hombros. Aun así, cierra su bloc antes de volverse por entero hacia mí. No me gusta la sonrisa que luce en la boca porque es la que pone cuando quiere atormentarme.

—Eso es que me ha gustado. Aunque no esperaba que realmente fueras a hacerlo. Perdón: que Lady Cordelia fuera a hacerlo. Qué atrevida.

Se me colorean las mejillas, aunque me siento tonta por ello. Al fin y al cabo, ya es un poco tarde para arrepentirme de haber escrito cuatro mil palabras de un fanfic erótico de Gwen, Elayne y Arthur.

—Me sentía inspirada.

—¿Por aquel fic de Blythe?

—Bueno, esto demuestra que Cordelia puede hacer todo lo que haga él y mejorarlo, ¿no?

—No me puedo creer que vayas a fingir que esto también es una competición —dice tras coger una de las tazas y darle vueltas al chocolate que tiene dentro con una cucharilla—.

Nunca escribes nada por escribirlo: yo sé que siempre significa algo.

—Eso no…

—A mí no me mientas, Anne. —Diana me mira, dejando la cuchara a dos centímetros de su sonrisa, que resulta maliciosa—. ¿Tienes alguna fantasía que quieras contarme?

Observo la forma en la que Diana se mete la cucharilla en la boca, sin apartar los ojos de los míos, y creo que me pongo de nuevo de todos los colores posibles. Parece que últimamente no sé hacer otra cosa cuando estoy con mis amigos.

A Diana se le queda una manchita de chocolate en la comisura de la boca que trato por todos los medios de no mirar.

—En realidad, fue un sueño —le confieso, no sé por qué—. Tuve un sueño después de leer el fic de Blythe. De ahí viene la inspiración.

Diana parpadea sorprendida.

—¿Un sueño… con los personajes?

Me quito el elástico de una de mis trenzas solo para volver a ponérmelo, porque de pronto necesito tener las manos ocupadas con lo que sea.

—No, puede que no fuera con los personajes. ¡Pero solo fue un sueño! —me apresuro a añadir, mortificada—. No es algo que pueda controlar.

Diana me mira con una fijeza que no sé identificar, como si yo fuera un sujeto de laboratorio y ella de pronto hubiera visto o entendido algo muy interesante, y yo siento ganas de huir en dirección contraria. Sobre todo cuando asiente con un ruidito que le sale del fondo de la garganta y se echa hacia atrás en su asiento, bebiendo de su taza de chocolate. Di siempre tiene una presencia capaz de intimidar, pero creo que ahora más que nunca.

La mancha de su comisura desaparece cuando ella se pasa la punta de la lengua por los labios; un gesto en el que de nuevo tengo que hacer un esfuerzo para no fijarme.

—Ya veo —dice simplemente. Y después, como si nada, sonríe, aunque es esa sonrisa que parece de ángel a punto de cometer traición—. Le va a encantar. A todo el mundo, pero sobre todo a Gil, por eso de que ha sido él quien lo ha inspirado. Con su historia, quiero decir.

Sé exactamente lo que quiere decir, pero no puedo protestar demasiado, así que simplemente me encojo sobre mí misma y voy a sentarme en la cama con mi desayuno, mientras Diana vuelve a su bloc de dibujo y a su concentración absoluta.

Yo cojo de nuevo mi móvil.

Blythe
No sé, Anne
No sé si tendré tiempo
Aunque a veces no lo parezca,
te recuerdo
que estudio Medicina
Y con Creación Literaria y el capítulo
semanal que escribo, creo que ya tengo las
manos llenas

El plazo de entrega es en mayo!
Tienes medio año por delante
No tiene por qué ser una novela muy larga
Y si aprovechases el tiempo que pasas en Tejas Verdes en vez de hacerle fotos bonitas a tu chai latte y al ventanal...

Blythe
A lo mejor necesito una compañera de escritura que me ayude a centrarme

Estás pensando en alguien?

Blythe
Hay una chica pelirroja en Tejas Verdes que escribe en la app de notas de su móvil cuando no tiene clientes y cree que nadie la mira
A lo mejor debería preguntarle a ella

Eres insoportable, Gilbert Blythe
Pero ella estará allí cuando vengas
Así que no veo por qué no

Me encuentro sonriendo como una tonta y aparto la mirada del móvil cuando oigo a Diana cambiando de postura en la silla de mi escritorio. El moño con el que duerme se ha deshecho un poco y ella juega a enredar un mechón en su mano izquierda, probablemente en un gesto inconsciente. Me levanto y, aunque sé que no le gusta, me acerco para mirar por encima de su hombro. Ha dibujado una gran cama como la que hay en el cuarto de Arthur en la serie, con postes de madera. Elayne está sentada contra el cabecero, apoyada entre un montón de cojines: la camisa (la única prenda que parece que lleva) se le ha resbalado en un hombro. Gwen y Arthur se acercan a ella cada uno desde un lado, como depredadores, aunque no hay amenaza en sus movimientos.

Desde luego, en mi historia Elayne no está asustada de ellos. Solo está nerviosa. Expectante.

Apoyo los brazos en el respaldo de la silla y me echo un poco más hacia delante.

La Elayne del dibujo tiene el pelo largo y la cara llena de pecas, y ni

siquiera yo soy tan despistada como para no darme cuenta del parecido.

Diana me mira de reojo, con la cabeza girada hacia mí.

—¿Te has basado de nuevo en las fotos de Fred?

Su sonrisa se vuelve la del ángel a punto de caer del cielo.

—Por supuesto. Para que todo el mundo entienda la referencia. ¿Te gusta? Voy a tener que terminarlo en casa, digitalizarlo y ponerle algo de color, quizá, pero lo tendrás listo para la actualización.

Trago saliva, pero asiento. En realidad, el Arthur de Diana nunca se ha parecido al de Roy, y esta vez no es una excepción. Aunque, de hecho, en esta ocasión Arthur está casi de espaldas, así que no se distinguen sus rasgos. Podría ser cualquiera. Incluso...

—Si quieres cambiar algo todavía estoy a tiempo —insiste.

—¡No! ¡Está perfecto, Diana! Es muy... sugerente.

—¿Te gusta Gwen?

La reina de Camelot tiene una rodilla subida en la cama y el cuerpo apoyado sobre los brazos. Parece estirarse como un gato hacia Elayne. Su cuerpo se adivina bajo el camisón y tiene las piernas descubiertas a medias. Su cara no está más que esbozada, pero la cascada de pelo oscuro (su seña de identidad, siempre recogida alrededor de su cabeza) le cae sobre los hombros.

—Claro, me encanta.

Cuando aparto la vista del dibujo, Diana me está mirando fijamente.

De pronto soy consciente de lo cerca que estamos y de que su pelo es tan oscuro como el de la reina. Si se lo soltase, le caería todavía más bonito, con los rizos alrededor de la cara.

—Es una pena que tomes la perspectiva de Elayne en el relato. Estoy segura de que Gwen también tiene… muchos pensamientos interesantes en esta escena.

Trago saliva, pero no me muevo. Es como si me hubiera convertido en piedra, con los pies clavados al suelo, los brazos sobre la silla y los ojos de Diana hechizándome.

—¿Como cuáles? —pregunto tan bajo que creo que no he debido pronunciar las palabras más que en mi pensamiento.

—Como que… quizá querría tener a Elayne para ella sola, pero le parece bien estar así también, si es lo que Elayne quiere. Como que… piensa que es preciosa, toda ella. Que no le importan sus cicatrices, como Elayne teme. Que le da igual de dónde viene o que esté confundida, que le basta con que quiera estar allí y…

Diana calla. Yo contengo la respiración.

—¿Y…?

—Y que lo importante es que quiera estar con ella, de la forma que sea.

Se me encoge el estómago, porque sé lo que estamos haciendo. Sé de qué está hablando, y que no es de Gwen y Elayne. Antes de que yo pueda esforzarme por no fijarme en su boca y comprobar si se la ha vuelto a manchar de chocolate, mi mirada ya ha descendido hacia sus labios. Creo sentirlos sobre los míos como aquella noche, encima de la alfombra de un cuarto extraño. Como en mi sueño, casi tan reales como los de verdad. Cojo aire y todo lo que puedo oler es su perfume de vainilla; pienso que es muy probable que mis sábanas huelan exactamente así ahora y me da vueltas la cabeza, y…

El móvil de Diana empieza a vibrar sobre la mesa y ambas apartamos la mirada.

El hechizo se rompe.

Doy un paso hacia atrás.

—Mis padres —murmura ella, en un tono que parece fastidio—. Lo siento, tengo que irme. Vamos a comer todos juntos por el cumpleaños de mi hermana.

Asiento, un poco cortada, pero me esfuerzo por sonreír.

—Claro.

Diana coge su ropa y su mochila y se encierra en el baño.

Como con nuestro beso de aquella noche, ninguna de las dos vuelve a mencionar nada.

Fandom:	***El caballero del espejo*** **(TV)**
Relationships:	**Elayne Shalott / Arthur Pendragon / Guinevere Pendragon**
Characters:	**Elayne Shalott, Arthur Pendragon, Guinevere Pendragon**
Additional Tags:	**Smut, Alternate Universe - Canon Divergence, Threesome, Plot what plot**
Stats:	**Words: 4.058 Chapters: 1/1 Comments: 0 Kudos: 0 Bookmarks: 0 Hits: 0**

Todo lo que desees

LadyCordelia

—Hoy somos tuyos —susurró el rey antes de besarle la línea de la mandíbula.

—Para todo lo que desees —murmuró la reina contra su oído. El roce de su aliento sobre su piel le provocó escalofríos en la columna a Elayne—. Para cumplir todos tus caprichos.

La muchacha dejó escapar un suspiro trémulo. Con aquellos labios a su servicio, que la adoraban como si fuera una diosa, tenía la sensación de que la piel se le iba a volver líquida. Todo en ella se reducía al calor que sentía allá donde los dedos de Arthur y Gwen la rozaban. Sintió vergüenza, quiso cubrirse, pero su camisa había caído al suelo hacía ya mucho, y ya no había lugar alguno para esconderse de ellos, de sus ojos, de sus caricias, de sus labios y sus manos.

—Yo... —empezó a decir. Pero su débil protesta, si es que eso era en realidad, se convirtió en un gemido cuando dos manos se deslizaron entre sus muslos a la vez.

Notes

Sé que hoy debería haber capítulo de *La dama del espejo*, pero un pajarito me ha contado que ayer fue el cumpleaños de Blythe y he querido escribir este relato basado en su propio fic «A sus pies; en sus manos» [link].

La ilustración que acompaña al texto es, como siempre, de nuestra querida Lady Di.

¡Que lo disfrutéis! ¡Volveré la semana que viene con la siguiente actualización, prometido!

17

Es sábado por la noche y yo estoy sentada delante de la pantalla de mi ordenador, recién duchada y con mi pijama más cómodo puesto. El fic se acaba de subir y yo le he enviado el enlace a Gil (desde mi cuenta de Lady Cordelia) y a Diana, porque quiero que vea lo bonito que ha quedado su dibujo en medio del texto. El coloreado lo ha hecho todavía más perfecto y me alegra descubrir que, al menos, ha puesto a Elayne castaña, como manda el canon, en vez de dejarla pelirroja como sé que la estaba imaginando. De haber sido así, probablemente me habría muerto de vergüenza. Y, probablemente también, Gilbert no hubiera pasado sin decirme algo, no sé si a mí o a Cordelia.

De Di es el primer comentario, aunque pronto empiezan a aparecer más. Sé que todo el mundo estará sorprendido y, al mismo tiempo, sé que hay gente que va a disfrutarlo muchísimo, como la persona que decía que nos seguía tanto a Blythe como a mí. Sé, también, que hay mucha gente de la que no sabré nunca nada, porque no todo el mundo comenta. Hay gente que lee incluso sin tener cuenta en la web. De esos, una pequeña parte me escribe después por mis otras redes sociales.

LadyGwen

Echo de menos que hayas subido un capítulo pero ¡¡esto!! ¿Puedes dejar de hacerlo todo bien? Creo que la única forma en la que puedes venderme que Gwen y Arthur pueden llegar a tener algo es así.

FairyFromAvalon

Olvida a Gwen y a Arthur, la única forma en la que puedes venderme que Arthur Y ELAYNE tienen algo es así.

LadyGwen

¡Dilo bien alto!

DarKnightIsNotBatman

Bisexual porque estos tres están en la misma cama y yo querría estar dentro con cualquiera de ellos (o con todos a la vez).

Milady, ¿es demasiado tarde para presentar una propuesta oficial de matrimonio? Menuda obra de arte.

KeepCalmAndCamelot

Qué calores de pronto, ¿no? ¿Para cuando otro así?
La gente a la que le gusta leer tus historias cuando están acabadas echamos de menos más relatos cortos. Y si nos calientan las noches de noviembre, mejor.

Yo me tomo mi tiempo para contestar a cada comentario por separado, pero todo se para cuando Blythe aparece para unirse a ellos:

Blythe

¿¿Se llama así porque me ha dado todo lo que deseaba después de una tarde de estudio?? Aunque eso me lo dan todos tus fanfics, no voy a engañar a nadie.

Ahora en serio: gracias por el regalo. No me lo esperaba y creo que voy a tener que leerlo un par de veces más antes de poder decirte algo coherente, como mereces.

Solo tarda treinta segundos en mandarme un mensaje privado (o, más bien, mandárselo a Lady Cordelia):

DM

La verdad, no me esperaba esto

¿Es alguna clase de plan malvado para que esté tan agradecido que me caiga de la competición y te proclame ganadora absoluta?

DM

No sabía que solo necesitaba un relato subido de tono para eso

Si me lo hubieras dicho antes...

DM

En realidad me refería al hecho de que me hayas hecho un regalo

Que pienses que lo único que me importa es que sea erótico me hace quedar como un pervertido

---

DM

Lo has dicho tú, no yo

Es curioso cómo, cuando empiezas a conocer a alguien, cuando pasas tiempo con esa persona, puedes imaginarte sus expresiones incluso aunque no la tengas delante. En el caso de Gil, creo que puedo ver con todo lujo de detalle cómo sonríe mientras hablamos por privado durante la siguiente media hora: con los hoyuelos marcados y los ojos brillantes que pone cuando algo realmente le apasiona. Le pido que me cuente cómo fue su cumpleaños (aunque ya lo sé) y él deja caer que está pensando en presentarse a un premio de novela. Incluso me pregunta si yo no quiero ser escritora profesional, a lo que le digo que no (porque es cierto, Lady Cordelia no quiere), que solo estoy aquí por el contenido fan. Él no intenta convencerme de que debería hacer lo contrario.

Cuando me dice que se tiene que ir y me vuelve a dar las gracias, yo me quedo todavía un rato mirando la pantalla, donde sus burbujas de conversación y las mías se mezclan en frases cortas. Me cuesta un momento cerrarla y volver al mundo real. Creo que todavía no he aterrizado con los pies en el suelo, cuando echo un ojo a los comentarios nuevos que me han dejado.

Quizá, también, por eso duelen tanto: porque me sacan de un momento feliz para abofetearme con la realidad.

TheMostFannest

¿Nos dejas sin actualización de tu fic principal y a cambio nos das ESTO? Pues francamente, casi prefería que no actualizaras hoy.

GiveMeTheElaviereContent

Pero ¿y este ship de dónde sale? Yo te sigo por tu pareja principal y pensé que eras fiel a lo que la serie nos había arrebatado. He entrado y me encuentro esto... y encima no le llega ni a la suela de los zapatos a lo que haces normalmente. Muy decepcionada, la verdad.

SirGawainTheHeadless

Si no te gusta, no leas. El resumen ya deja claro lo que vas a encontrar.

GiveMeTheElaviereContent

No hace falta un comentario pasivo-agresivo, ¿eh? Solo estaba dando mi opinión.

MorganLeFée

Cordelia, si te han hecho escribir esto contra tu voluntad, parpadea tres veces.

_Mordred

Esto es porque ahora es amiguita de Blythe. Lo próximo que sabremos es que él ha hecho un fanfic de Elayne y Gwen. Menuda traición a sus lectores.

Los comentarios siguen, pero yo no quiero ver ninguno más ni comprobar cuáles son buenos y cuáles no. Cierro el navegador casi por instinto, para protegerme, y me quedo un poco bloqueada durante unos minutos en los que intento entender qué he hecho mal. No es fácil. O quizá sí que lo entiendo, pero no puedo creerme que se hayan vuelto contra mí por… ¿Por qué, en realidad? Es cierto que alguna vez he tenido *trolls* en comentarios o en redes sociales. Y *haters* también. Hay gente que no soporta que escribas sobre dos chicas que se quieren. Hay gente que no soporta que critiques su serie favorita o que te salgas del camino que han marcado los guionistas, como si fueran dioses a los que no se les puede rebatir. Hay gente a la que simplemente no le gusta lo que haces e insisten en decírtelo personalmente. Pero a esos me limito a ignorarlos. Y si no les haces caso, si no prestas atención a su discurso, con el tiempo se acaban yendo. Pero estos son seguidores. Reconozco los nombres. Me han comentado en casi todo lo que he hecho.

Y ahora, de alguna manera, ¿los he decepcionado?

Has visto los comentarios de la historia?

Diana no contesta enseguida. A lo mejor está durmiendo. A lo mejor yo debería hacer lo mismo. Olvidarlo. A lo mejor he leído mal. Si vuelvo a abrir el navegador para asegurarme, descubriré que no ha sido más que un malentendido. A veces el tono se pierde cuando escribes. A lo mejor solo están bromeando.

Di ♥
Los estoy viendo ahora...

Qué hago?
Debería responder?

Di se conecta. Escribe. Deja de escribir. Imagino que está borrando lo que iba a decir y, al segundo siguiente, vuelve a escribir. Repite la operación un par de veces y yo me desespero mientras camino en círculos por mi cuarto.

Di ♥
No hagas nada
No merece la pena
Has escrito el relato porque
te ha apetecido, ¿no?
No tienen derecho a exigirte nada

¿No lo tienen? Son las personas que me leen, al fin y al cabo. Quizá debería disculparme. Quizá debería preparar el capítulo siguiente y subirlo mañana, aunque no sea lo habitual, en compensación. Quizá realmente les he faltado al respeto de alguna forma. Quizá...

Di ♥
¿Sigues ahí?

Sí, perdona
Estoy pensando
en cómo solucionarlo

Di ♥
No hay nada que solucionar
Hay mucha gente a la que le
está encantando
Y, de nuevo, tú solo has escrito
lo que querías, y eso es
lo que importa

No sé, Di...

Di ♥
Yo sí
Hazme caso
Cierra Internet y a dormir
Mañana será otro día

Sí, vale
Haré eso
Buenas noches

Di ♥
Estoy orgullosa de ti y me encanta lo que has hecho, como siempre
Buenas noches, cielo 😘

Diana se marcha a dormir.

Yo no.

Al final, vuelvo a abrir Internet. Vuelvo a los comentarios: a los de la página, a los de Twitter, a los de Instagram. Veo indirectas y veo cómo unas cuantas personas incluso hablan de mi relación con Blythe, como si él fuera una mala influencia o como si me dijera qué escribir o como si todo fuera una estrategia. Veo gente encantada, por supuesto, pero también bastante gente descontenta, y por primera vez en toda mi vida siento que hay algo en lo que creo que deja de ser mío. Que incluso mi vida, por primera vez, deja de ser un poco mía.

Sé que no debo seguir leyendo.

Y, pese a ello, no dejo de hacerlo en toda la noche.

18

DM

He visto los últimos mensajes que te han dejado en el fanfic

Espero que no les hayas hecho caso

A mucha gente le molesta que las cosas no sean exactamente como quieren y pagan sus «decepciones» con los demás

¿Hay algo que pueda hacer por ti?

Los mensajes de Blythe están en mi bandeja de entrada al día siguiente, esperándome. Me recordarían lo que pasó anoche si no fuera porque, en realidad, no he dejado de pensar ni un momento en ello. Apenas he podido pegar ojo, incluso cuando al final tuve el sentido común de apartarme de la pantalla y dejar de leer todo lo que me ponían.

No pasa nada: ahora, recién levantada y todavía en pijama, me he sentado para ponerme al día con todo lo que hayan podido decir de mi historia. Lo bueno y lo malo, aunque definitivamente siento que gana lo malo. Es obvio que quienes han escrito que el fanfic les ha gustado solo están intentando ser amables: en el fondo prefieren la nueva actualización de mi historia principal tanto como los que son desagradables.

Intenté arreglarlo. Puede que Di me dijera que no era necesario que hiciese nada, pero no podía dormir ni podía entretenerme en otra cosa, así que abrí el archivo de Word e intenté seguir con el capítulo que tendría que haber publicado anoche. Pensé que podría contentarlos. Pensé que podría hacer que se olvidaran de esto. Devolver todo a su cauce.

Pero no fui capaz de escribir ni una sola palabra.

Me pasé dos horas delante de la hoja en blanco, tecleando y borrando. No fui más allá de una línea, de todas formas. Todo era basura. Parecía forzado y con poco sentido, y no fluía.

Esta mañana, a la luz del día, abro otra vez la historia y, de nuevo, todo lo que veo es la pantalla. No hay nada, ni las voces de los personajes ni escenas claras en mi cabeza... Ni Elayne quiere que cuente su leyenda ni yo siento más que un gran agujero en el estómago, donde antes siempre había habido palabras listas para deslizarse por la hoja.

¿Por qué no vienen, cuando más las necesito?

Los golpes en la puerta me distraen. Minimizo todo, como si me hubieran pillado viendo algo prohibido, y me pongo en pie. Pronto empezará mi turno en la cafetería. De hecho, creo que ya tendría que estar abajo.

—¡Ya voy! ¡Me estoy vistiendo!

Cojo unos leggins del cajón de mi cómoda, casi sin mirar, y me quito los pantalones del pijama a saltos.

—¿Anne?

Me quedo quieta, con solo una pierna dentro de la ropa, en el momento en el que la puerta se abre y la cara de Diana se asoma al cuarto. Yo me dejo caer sentada en el borde de la cama, como si verla me hubiera dejado sin fuerzas.

—¿Di? ¿Qué haces aquí?

Ella cierra a sus espaldas.

—He venido a ver cómo estás.

Aprieto los labios. Estoy segura de que no puede saber que no he hecho caso de sus consejos, pero una parte de mí teme que lo sepa en cuanto la mire a los ojos, así que bajo la mirada y me concentro en ponerme los pantalones del derecho. Simplemente me encojo de hombros. Tampoco es que tenga nada que decirle. Y Diana sabrá ver en mi tono que hay un problema.

Puede que ni siquiera necesite eso. Puede que solo necesite acercarse, pero no puedo prohibirle que se siente a mi lado o que me pase un brazo por los hombros.

—Ay, Anne.

Me besa en la sien y yo, de pronto, todo lo que deseo es dejarme caer contra ella y olvidarme de todo. Lo hago a medias, cuando apoyo la mejilla en su hombro.

—¿Cómo iba a saber que esto iba a ofender a alguien? —pregunto. Odio que mi voz suene como si estuviera a punto de echarme a sollozar, cuando no lo he hecho en toda la noche.

—Porque no debería. No has hecho nada malo. Te lo dije ayer y te lo repito hoy: escribiste ese relato porque era lo que querías, porque te apetecía tener un detalle con Gil. Si no lo entienden es su problema, no el tuyo. Sabes que no eres su esclava, ¿verdad? Que no tienes por qué escribir lo que ellos te digan. Que no tienes que…

—¡Pero me han estado siguiendo durante muchos años! —la corto. Y esta vez, además, sí que se me escapa un sollozo de verdad.

Di me acaricia el pelo revuelto.

—Y sé que estás agradecida, Anne. Y ellos también lo saben. Pero eso no significa que tengan derecho a ser agresivos porque de pronto publicas otro tipo de contenido. La verdad es que no les debes nada.

Me cuesta respirar. Me cuesta centrarme en lo que está diciendo. No entiendo cómo no puede verlo igual que yo.

—¡Pero sí que les debo algo! No sería nada sin lectores y no...

—Tú nunca has escrito por los lectores —me interrumpe. Me coge la cara entre las manos y me obliga a mirarla y yo tengo que parpadear para que no se me caigan las lágrimas—. Y aunque lo hicieras, aunque querer ser leída fuese la razón de tus historias, ellos no tendrían ningún derecho a controlar lo que escribes si tú no quieres. Y sé que tú no quieres.

No sé en qué momento he empezado a temblar, pero ahora lo hago como si hubiera salido mojada del lago otra vez. Di se da cuenta y me frota los brazos en un intento de hacerme entrar en calor.

—Te estás centrando solo en lo malo, Anne —murmura—. ¿Qué hay de toda la gente a la que le ha gustado el relato? ¿Vas a dejar que cinco personas te quiten la felicidad que sentías ayer?

—Son más de cinco. Y más de diez.

—Te aseguro que no son tantos como crees. Y hay un montón de gente que ha salido a defenderte. ¿Eso no cuenta?

¿Cuenta? No me han parecido demasiados. Una o dos personas. O puede que estuviera tan centrada en lo malo, en los horribles comentarios y en todas las cosas malas que me decían que...

—Sí, claro —digo con la boca pequeña—. Pero...

Di niega con la cabeza y no me permite seguir hablando. Me pone un dedo sobre los labios y luego me pasa la mano por las mejillas.

—Termina de vestirte; te espero abajo. No vas a quedarte aquí lamentándote. Necesitas salir, sin móvil.

Ni siquiera puedo protestar. Me da un abrazo que me deja sin aire y me avisa de que tengo cinco minutos antes de que vuelva a buscarme por las orejas.

Después de que salga, yo me quedo un minuto más sentada en la cama, sin saber muy bien qué hacer. Al final, me acerco al ordenador. Los mensajes de Blythe todavía están abiertos.

Ha sido bastante dulce por su parte preocuparse por mí, aunque, a decir verdad, no ha dejado de hacerlo desde que nos conocemos, supongo.

DM

¿Hay algo que pueda hacer por ti?

DM

No. Todo está bien

Creo que solo necesito... un poco de aire

Y tiempo

Él me responde antes de lo que esperaba, al cabo de unos segundos, mientras yo estoy intentando encajar los brazos en las mangas de uno de mis jerséis.

DM

Sé que no sirve de mucho, pero no les hagas caso

Es muy fácil exigir cuando no te piden nada a cambio

Si necesitas algo, estoy aquí, ¿vale?

Cuídate

Me quedo observando la pantalla mientras me paso un cepillo por el pelo, pero acabo cerrando el navegador. En su lugar aparece la página de Word, todavía en blanco, todavía esperando a que pase algo. A que me venga una idea o consiga salir de este estúpido bloqueo.

La cierro también antes de salir.

Diana y yo damos una vuelta hasta un parque cercano y nos quedamos allí hablando. Hace frío, pero intentamos calentarnos las manos con café y chocolate caliente. Las calles están casi desiertas por la bajada de las temperaturas, pero pese a ello hay personas que pasean por el lugar, familias y parejas que van del brazo para ver las primeras decoraciones de Navidad, aunque todavía estamos en noviembre.

Durante ese tiempo, Diana no menciona más los comentarios y yo se lo agradezco. En su lugar, hablamos de todo lo demás. De nuestra primera convención. De aquel primer dibujo que sigo guardando como oro en paño. Del día que descubrimos, después de hablar muchísimo por Internet, que vivíamos muy cerca. Me recuerda anécdotas ridículas de cuando éramos más pequeñas, como el día que quisimos teñirnos del mismo color y a ella no le hizo ningún efecto porque su pelo negro era imposible de pigmentar bien y a mí, en cambio, se me puso verde. Por supuesto, también hablamos de la bronca que nuestras madres nos echaron después, a ella por dejar todo su baño pringado y a mí en cuanto llegué a casa y Marilla vio el desastre que me había hecho. Nos castigaron a las dos.

—¿Te acuerdas cuando te pusiste especialmente intensa y me mandaste por carta un mechón de pelo teñido como prueba de que aquello había sucedido, pese a que fuera contra los deseos de nuestras madres?

No puedo evitar llevarme una mano a la cara.

—No me lo recuerdes.

—¿Que no te lo recuerde? Tu carta era tan dramática…, como si fueran a separarnos de por vida, que hiciste que yo misma me cortase un mechón para enviártelo, y mi madre lo notó porque llevaba literalmente un trasquilón en el pelo. Me cayó otra semana de castigo.

No puedo evitar echarme a reír.

—¿Te consuela saber que sigo guardando ese mechón?

Diana casi parece satisfecha.

—Yo también guardo el tuyo.

No puedo evitar sonreír. Cuando la miro, ella está justo a mi lado, como ha estado durante todos estos años, y yo entiendo que a la Anne del pasado le asustase por encima de todas las cosas perder a esa persona tan impresionante que había conocido y con quien se sentía tan bien, tan comprendida y tan libre. Con Diana es todo más fácil. Diana tiene el poder de hacer desaparecer los problemas, como ahora mismo. A veces siento, sin embargo, que yo para ella soy todo lo contrario: la fuente de líos, en vez de de soluciones.

—Siento haberte pedido esa ilustración —le digo—. También te han caído críticas a ti, por mi culpa.

Diana me mira como si no se pudiera creer lo que estoy diciendo.

—Soy una dama, así que no te voy a decir por dónde me paso todos esos comentarios, Anne.

—Pero…

—No me importan lo más mínimo —me corta—. No voy a dejar que nadie me diga qué tengo que hacer y qué no. Compartir lo que hago está bien, claro, pero sigo haciéndolo yo. ¿Entiendes ahora por qué yo no quiero ser ilustradora? Porque no quiero que nadie pueda hacer esto de verdad. Eso son solo comentarios, y no deberías dejar que te afectaran tanto; pero yo, además, no quiero que nadie mande sobre mi arte. Quiero mandar yo. Quiero ser siempre yo. Y te aseguro, Anne, que en todas las ilustraciones que he hecho para ti mando yo. Nadie más. Ni siquiera ellos. Ni siquiera tú.

No puedo evitar admirarla, a ella y a su serenidad. No sé por qué me daba pena, a principio de curso, que tuviera que estudiar Economía. Ella no es como yo. Tampoco es como Gilbert. Ella tiene su decisión más que tomada y no por ello es menos artista. Solo quiere su arte de una manera distinta, y creo que no lo había entendido del todo hasta ahora.

Lo único que puedo hacer es asentir, sin más palabras. Diana sonríe y se inclina sobre mí para besarme la sien.

—¿Volvemos?

—Espera, entonces… ¿No te molestan los comentarios?

—¿Bromeas? Estoy orgullosísima. De ti y de mí. Me encanta ese dibujo. ¿Y sabes por qué?

No puedo evitar mirarla con los ojos muy abiertos, como si fuera a darme unas instrucciones mágicas para conseguir que, de pronto, ya no tenga ni un poco de ansiedad o miedo por la opinión de los demás sobre mí o sobre mis historias.

Sin embargo, Diana no es una hechicera, no tiene palabras mágicas. Solo es una chica frente a mí, con sus dedos en mi pelo y en mi oreja cuando me coloca un mechón en su sitio. Con sus ojos en los míos, cuando me mira de frente.

—Porque sé que a ti te hizo feliz. Sé que hizo feliz a Gilbert. Y sé que a mí me hizo feliz. Y en ese dibujo, precisamente en ese dibujo, solo importamos nosotros tres.

Trago saliva. Diana me mira con intensidad, como si quisiera que no me concentrara en nada más que en sus palabras. Y supongo que tiene razón. Que es algo solo de los tres, porque el relato lo escribí para Gil y porque Diana lo ilustró. Nadie debería tener derecho a decirme que no puedo regalarle eso a un amigo o que no puedo crear contenido con mi amiga sobre algo simplemente porque no es lo que ellos quieren ver.

Aun así, y pese a que lo racionalizo, me cuesta dejar de pensar en todas las críticas.

—Tienes razón —asiento al fin—. Es algo solo nuestro.

Di esboza una media sonrisa y se inclina de nuevo para besarme la mejilla. Yo decido mantenerla cerca en un abrazo apretado.

Volvemos a Tejas Verdes caminando por la avenida con calma, del brazo, enfrentándonos al viento helado como si fuera una más de las muchas adversidades en nuestro camino. Se lo digo así a Diana, en voz alta, y ella pone los ojos en blanco y me llama dramática por enésima vez en el día.

—Creo que merezco serlo —le digo.

Diana se limita a atraerme más hacia ella con la excusa de dejar pasar a un ciclista. Yo no protesto: en lugar de eso me quedo a su lado mucho después de que la bici haya pasado.

Cuando llegamos, sin embargo, hay otra sorpresa que nos espera en Tejas Verdes.

Gilbert está ocupando la mesa del ventanal cuando pasamos por delante del cristal, antes de cruzar la puerta. Nosotras lo vemos, pero él parece absorto por completo en sus apuntes, con los codos firmemente apoyados en la mesa y un bolígrafo detrás de la oreja. No parece demasiado feliz. De hecho, juraría que es una persona del todo diferente de la que estuvo en la fiesta el viernes por la noche.

—Alguien empieza a estudiar con tiempo —le digo cuando nos detenemos junto a su mesa.

Él levanta la mirada. Tiene líneas oscuras bajo los ojos, que se frota con cansancio, pero sonríe al vernos.

—¿Con tiempo? Quedan menos de dos meses. Ya lo he retrasado bastante.

Me echaría a reír si no lo viese tan agobiado.

—¿Cómo estáis? —nos pregunta antes de que podamos compadecernos de él.

Aunque habla en plural, por alguna razón, tiene la mirada fija en mí y creo que Diana se da cuenta, porque no responde, sino que me da un suave codazo para que lo haga yo.

—Bien —digo, aunque una parte de mí querría contárselo todo, porque sé que él lo entendería. Porque me quiso ayudar. Bueno, a Lady Cordelia. Pero hoy, más que nunca, ser Lady Cordelia se me hace grande y prefiero ser solo Anne—. Pero no queremos molestar, ya te dejamos estudiar...

Miro a mi amiga, pero ella no hace ademán de querer irse.

—Por favor, no me dejéis solo con Microbiología —nos pide Gil—. Estoy dispuesto a suplicar si es necesario.

—En realidad, nosotras también íbamos a estudiar un ratito —dice Diana—. Aunque aquí hay mucho ruido, ¿no?

Gilbert mira alrededor, como si no se hubiera dado cuenta. Tejas Verdes está, efectivamente, lleno. De hecho, veo a una pareja que entra a echar un vistazo y, al darse cuenta de que todas las mesas están ocupadas, vuelve a salir sin pedirse nada para llevar.

—Yo me concentro en cualquier sitio —dice él, casi a modo de disculpa.

Diana sonríe. Creo que me está queriendo decir que lo invite a acompañarnos. Pero yo no sé si quiero que Gilbert Blythe entre en mi dormitorio. Estoy segura de que, aunque mamá nunca haya dicho nada, hay una norma en contra de dejar pasar a chicos a mi habitación. Aunque, en realidad, mi madre sabe que soy bisexual y nunca le ha importado que Diana u otras personas entren en mi habitación.

Y, definitivamente, con Diana han estado a punto de pasar más cosas que con Gil.

Hago un repaso mental de todo lo que puede contar mi habitación de mí y decido que no hay peligro cuando digo:

—¿Quieres acompañarnos? En mi cuarto estaremos más tranquilos.

—Vamos, te ayudamos a llevar todas estas cosas —se suma Diana mientras coge un libro exageradamente gordo.

Gilbert abre y cierra la boca, como si fuera a protestar, pero al final asiente y coge su portátil y su carpeta de apuntes. Yo lo ayudo con el café que se estaba tomando, en vez de su inseparable chai.

Rachel nos ve pasar la puerta para ir al piso perfectamente; yo le sonrío como si nada y ella me devuelve la sonrisa de «se lo voy a contar a Marilla», pero supongo que todo lo que puede ocurrir es que, efectivamente, mi madre aparezca en breve por la puerta a preguntarnos si queremos algo de comer.

—¿Cómo es que has venido a estudiar aquí? —le pregunto a Gil mientras subimos las escaleras—. Por lo general solo vienes a escribir.

—Ah. Eso. Ya. Bueno.

Gil se humedece los labios, pero ignora de forma deliberada nuestras miradas hasta que llegamos a mi habitación y puede dejar sus cosas sobre la cama.

—¿Gilbert?

—Me preguntaba si Lady Cordelia y Lady Di estaban bien y he pensado que quizá aquí encontraría alguna respuesta —confiesa.

Al principio me quedo congelada pensando que lo sabe. Durante ese breve segundo, entro en pánico y al mismo tiempo me siento muy agradecida. Es solo un segundo, hasta que Gil se vuelve hacia Diana y se encoge de hombros.

—¿Cómo te encuentras? Era tu dibujo. Siento que se haya... ensuciado así. Muchas gracias por él otra vez, de todos modos. Me hizo mucha ilusión y... En fin, siento que las cosas hayan salido de esta forma.

Di me lanza una mirada de reojo. Una mirada que dice

claramente «no sé a qué estás esperando para decirle la verdad», pero después sonríe, se sienta a su lado en la cama y le aprieta el hombro con cariño. Yo, en cambio, me quedo de pie, sin saber en qué ocupar mis manos.

—No te preocupes por mí, no me afecta para nada. Con respecto a Cordelia, presta mucha atención a la gente que la lee y se ha quedado un poco tocada. Pero está bien. ¿Verdad, Anne?

Gil me mira entonces y yo no puedo evitar asentir con fuerza.

—Claro. Pase lo que pase, está muy satisfecha de haber escrito ese relato.

—Me alegro, porque debería. Era un relato realmente bueno. Y me hizo muy feliz.

Hay un momento de silencio demasiado largo en el que Gil no me quita los ojos de encima. Yo también lo miro a él. Y a Diana, que nos mira a ambos. Y no sé qué estamos pensando cada uno, pero sé que mi cabeza es un caos entre la seguridad de que debería contarle la verdad, el miedo a ser juzgada por no habérselo dicho antes o, sin más, el sentimiento irracional de no querer ser descubierta justo ahora mismo, como si eso me fuera a exponer todavía más, como si fuera a dejarme más vulnerable.

También está el hecho de que me hace feliz saber que lo que escribí, al menos, lo hizo feliz a él mientras está estudiando. Precisamente de ahí me viene la inspiración para apartar la mirada de ambos y carraspear.

—¡A estudiar se ha dicho!

Me siento en mi escritorio y les doy la espalda.

No consigo concentrarme en absoluto.

No sé cuánto tiempo pasamos juntos ese día. Sé que Gil y Diana se quedan a comer y que por la tarde estudiamos un poco más. Sé que se me hace raro saber que si me giro, ellos van a estar ahí: el chico sobre la cama, aprovechando la luz de la ventana que da al jardín de los vecinos, y mi amiga en el suelo, sentada entre todos mis cojines como si fuera una reina. Sé, también, que si no he leído más de tres líneas sin distraerme es porque soy demasiado consciente de cada movimiento que hacen. De cómo se reacomodan de vez en cuando, de cómo pasan las páginas de sus libros y de sus apuntes, de cómo escriben. O quizá estén garabateando en el margen de sus apuntes, como yo.

Estoy tan pendiente de ellos que sé perfectamente el momento en el que Diana se levanta. Doy por hecho que va a salir al baño, pero entonces me apoya una mano en el hombro. Cuando me vuelvo hacia ella, se lleva un dedo a los labios, en un gesto para que guarde silencio, y señala algo detrás de ella. Algo que, por alguna razón, le saca una sonrisa de lo más tierna.

Creo que mi reacción es exactamente la misma cuando veo a Blythe dormido sobre mi cama, entre un caos de apuntes. Todavía tiene algunas hojas entre los dedos, pero ha apoyado la cabeza en mi almohada y tiene los ojos cerrados y la boca entreabierta.

—Debía de estar supercansado —me susurra Diana tras inclinarse tan cerca de mi oído que puedo sentir su respiración en la piel.

Yo asiento, sin mucho que decir. En realidad, aunque mis ojos están pendientes de Gilbert, el resto de mi cuerpo no puede ignorar a mi amiga, tan cerca, con la mano en el respaldo de mi silla. Durante un momento, ninguna de las dos se mueve. Sé que ella me está mirando a mí. Sé, también, que si me vuelvo ahora hacia ella, nuestras caras estarían demasiado cerca.

Creo que el corazón se me va a salir del pecho.

Al final, sin embargo, Diana se aparta y yo aprovecho el instante para algo que podría calificarse como «huir». Cojo la manta que siempre cuelga del respaldo de mi silla y me acerco a la cama de puntillas. Gilbert ni siquiera se inmuta cuando la dejo caer sobre su cuerpo. Dudo que vaya a despertarse pero, aun así, le hago una seña a Diana para salir del cuarto. Ella recoge sus cosas y me acompaña afuera.

—Debería irme antes de que se haga muy tarde. Ya sabes lo pesados que se ponen mis padres cuando paso mucho tiempo fuera de casa.

Los padres de Di son bastante estrictos. No tanto cuando está conmigo, porque conocen a mi familia, pero aun así esperan de su hija mayor que sea perfecta. Y creo que Di lo es, aunque yo no sea la persona más objetiva del mundo para juzgarla.

—Pero... —empiezo a protestar.

No sé si quiero quedarme a solas con Gilbert, por muy dormido que esté.

—Deberías decírselo —me interrumpe—. En algún momento. No puedes seguir mintiéndole. No se lo merece: está preocupado por ti.

—¿Es mentir ocultar una parte de la identidad?

Diana resopla, pero parece divertida.

—Sin duda una frase perfecta para una de tus películas mentales, Anne Shirley. Pero sí, en el mundo real y en este caso, sigue siendo «mentir».

Aprieto los labios, aunque sé que tiene razón, y ni siquiera puedo rechistar porque entonces ella me dice que se va y me da un beso en la mejilla. Insisto en acompañarla hasta la puerta y nos quedamos todavía hablando un rato en la calle.

Cuando vuelvo al cuarto, Gilbert sigue ahí, sobre mi cama. No se ha movido ni un poquito, y yo no encuentro el valor para despertarlo. Me siento en mi silla de nuevo y le doy la espalda, pero la situación no mejora: sigo siendo muy consciente de que está ahí, de que a veces se mueve en sueños, de que un par de hojas de sus apuntes crujen bajo su peso cuando se vuelve en la cama.

En algún momento consigo concentrarme en mis ejercicios de inglés. En algún momento, también, empieza a hacerse de noche en mi habitación. El ruido de la cafetería, un piso más abajo, va disminuyendo: los domingos cerramos antes. Sé que mi madre vendrá a buscarme pronto para cenar, así que solo entonces me vuelvo hacia Gilbert. Dudo todavía un segundo más antes de acercarme a él y sentarme en el borde de la cama.

—Gil —susurro.

Él no responde. Entonces, me atrevo a extender la mano para posarla sobre su hombro y sacudirlo un poco. Me da pena despertarlo, aunque sea inevitable, pero también es cierto que es complicado. Por eso tengo que inclinarme sobre él, para moverlo un poco más.

—Gil, despierta.

Él gruñe. No sabía que tuviera tan mal despertar, porque es algo que no le pega nada al tranquilo y divertido Gilbert Blythe, siempre de buen humor. Estoy a punto de reírme cuando vuelvo a moverlo y él, en respuesta, vuelve a protestar, me coge la mano… y tira de mí para acomodarse, como si en vez de mi brazo tan solo estuviera cogiendo un peluche o una almohada.

Mi grito cuando caigo a su lado sí que lo despierta.

Gilbert abre los ojos de golpe y parpadea, aunque es obvio que está confuso. Yo supongo que no puedo estar más roja, y agradezco que al menos la manta esté entre nosotros, porque no sé si he estado nunca tan cerca de una persona que no sea Diana, con todo su cuerpo en contacto con el mío.

Trago saliva. Abro la boca. Balbuceo.

Gil ladea la cabeza. Me mira desubicado, con los párpados apenas separados mientras me aprieta un segundo más la piel del brazo, y después…

Después, él mismo despierta *de verdad.* Parece sobresaltarse y se incorpora sobre un codo de golpe. Me suelta como si yo ardiera. Y no puedo decir que yo no me sienta arder, en realidad.

—¿Me he quedado dormido? —dice Gil atropelladamente. Después, dirige la mirada a la ventana—. Pero ¿qué hora es…? Mierda, ya me vale, lo sien…

Gil vuelve a girar la cara hacia mí. Creo que me ve de manera consciente solo en ese momento y se calla de golpe.

Yo abro la boca de nuevo. Él la cierra.

No me imagino la manera en la que traga saliva.

Tampoco la forma en la que desvía la mirada de mi cara a mi cuerpo, paralizado demasiado cerca de él, habiéndose olvidado de reaccionar o sin querer hacerlo. Supongo que avergonzado. O sorprendido. O todo a la vez.

Sé que tengo que explicarle cómo he terminado aquí. Sé que tengo que reírme de esta situación tan ridícula. Sé que tengo que hacer algo, pero él también se ha quedado muy quieto y me está mirando con esos ojos tan negros mientras sus piernas se tocan con las mías, y lo único que se le ocurre pensar a mi cabeza es que Gilbert Blythe es casi tan guapo como Diana, y mucho muchísimo más que Roy Gardner.

Gil se humedece los labios. Lo hace como el día que estuvimos casi así de cerca, con las fotos, y yo no puedo evitar fijarme en ellos. No puedo evitar, tampoco, compararlos con los de Diana, y para cuando me quiero dar cuenta ya me estoy preguntando si ella y él besarán de manera parecida, como se parecen en algunas cosas, o si serán totalmente distintos, como lo son en otras tantas.

Creo que me gustaría comprobarlo, y el pensamiento, aunque fugaz, me deja sin aire. Porque estoy segura de que sus labios serían muy suaves, de que sus dedos en mi cintura se sentirían como una caricia. La fantasía es tan real que me empiezan a cosquillear la boca y la palma de las manos.

Y para hacerlo realidad, solo tendría que alzar la cabeza un poco…

Los dos golpes en la puerta me despiertan de mi ensueño. Mi acto reflejo, al oírlos, no es responder, sino echarme hacia atrás en la cama, tan lejos como pueda de Gilbert. Con todas mis fuerzas, de hecho. Demasiadas, quizá.

—¡Anne!

La voz de Gilbert y la mano que se extiende hacia mí no impiden lo inevitable: que mi culo encuentre la alfombra. Creo que también me golpeo la cabeza contra la mesilla al caer.

Gilbert se asoma desde la cama un segundo después, con los ojos muy abiertos, pero antes de que pueda hablar la puerta se abre y mi madre me mira desde arriba y yo intento mantener toda la dignidad que puedo mientras estoy espatarrada en el suelo.

—¿Se puede saber qué haces ahí? —pregunta mi madre con el ceño fruncido—. ¿No estabas estudiando?

Yo dejo escapar un quejido. Estoy segura de que no tengo una pinta muy romántica en este momento.

—Estaba en un descanso.

Pero ella ya tiene la mirada fija en mi acompañante.

—¡Gilbert, sigues aquí! ¿Te quedas a cenar?

Él parece estar aguantándose la risa y tener dificultades por primera vez para interpretar su papel de chico maravilloso. Tiene que carraspear, de hecho, y la sonrisa no le sale tan perfecta como siempre.

—Gracias, señora Cuthbert, pero yo ya me iba. Me he quedado dormido y no debería, tengo que aprovechar para estudiar y…

Me incorporo a tiempo de verlo deshacerse de la manta y empezar a recoger.

—Si te has quedado dormido será porque lo necesitabas, chico, y vas a tener que cenar igual, ¿no? Aquí siempre sobra mucha comida. Y sabes que tú siempre eres bienvenido.

Gil desvía la mirada de mi madre a mí. Creo que quiere que intervenga. Aunque sé que la idea de la comida casera (ni él, ni Fred, ni Roy son grandes cocineros) lo tienta.

—Quédate —le digo con la boca pequeña.

Porque sé que es lo que mi madre quiere, no porque sea lo que yo quiero. Yo, de hecho, creo que nunca había tenido menos claro qué es lo que tengo que hacer.

Gilbert titubea, mirándome durante un tiempo demasiado largo, antes de asentir.

—Supongo que necesitaré energías para seguir estudiando, sí —acepta—. Muchas gracias.

Es mi madre quien saca el tema en la cena:

—Así que Medicina, ¿eh? ¡Tiene que ser realmente complicado! ¡No me extraña que estés cansado! Tu familia tiene que estar muy orgullosa.

Estoy a punto de decirle a mi madre que no hablemos de eso, pero entonces descubro a qué se refería Roy Gardner con que a Gilbert «se le da bien» parecer siempre contento. Porque su sonrisa es perfecta cuando responde que tiene mucha suerte y confirma que su familia está muy orgullosa, como si eso no fuera algo que le pesara. No hay nada en él que haga pensar que odia la carrera que estudia, o que sufre ansiedad por su culpa, o que en el fondo quiere otro futuro diferente del que han decidido para él.

Mientras cenamos, se me ocurre que Gilbert Blythe, como yo, es muchas personas a la vez. Que, al final, todos elegimos qué parte de nosotros enseñar, incluso sin necesidad de cuentas anónimas en Internet. No soy nadie para acusarlo de fingir, de mentir o de hacer lo que considere conveniente con su vida, ¿verdad?

Y aun así, mientras volvemos a mi cuarto para recoger sus cosas, no puedo evitar preguntar:

—¿Por qué no lo dejas?

Gil se queda mirando el libro que le tiendo. No necesita más explicaciones, aunque sé que le incomoda un poco el asunto porque hace una pequeña mueca. Coge el ejemplar y los dos miramos la cubierta como si fuese a darnos una respuesta vital, absolutamente compleja y, al mismo tiempo, clarificadora. Sin embargo, al final es algo tan simple como:

—No quiero decepcionar a nadie.

La decepción es algo horrible: yo solo he decepcionado a unas cuantas personas al otro lado de una pantalla y aun así me aterra y paraliza la idea de volver a hacerlo. Quiero decirle que es su vida, no la de su familia, pero me siento incapaz. Me sentiría hipócrita, cuando yo de pronto le tengo miedo a una página en blanco.

Gilbert mete el libro en su mochila. Yo quiero decirle algo más, pero no puedo, y menos cuando levanto la vista y nuestras miradas vuelven a encontrarse.

—Gracias por la comida y la cena —me dice.

—Gracias a ti por venir. —El agradecimiento suena un poco raro, de pronto, y por eso carraspeo—. Quiero decir que… a Di le ha servido para distraerse, claro. Y es bonito que pensaras en Lady Cordelia. Seguro que lo agradece.

Gilbert cabecea con suavidad, pero no me quita los ojos de encima.

—¿Y tú?

—¿Yo?

—¿Tú qué piensas del fanfic? No has dicho nada. Es tu autora preferida, ¿no?

—¡Ah! ¡Oh! Sí. Bueno. O sea, me gustó, claro. ¡A mí me gusta todo lo que hace!

El hoyuelo en la mejilla de Gilbert Blythe vuelve a aparecer cuando él asiente.

—¿Crees que Cordelia disfrutó escribiéndolo? ¿Sabes si piensa que le ha merecido la pena?

Trago saliva. No me gusta nada hablar de Cordelia con

él, por eso me retuerzo las manos tras la espalda. Pero no puedo no responder, cuando él me mira con esa cara y esto, de alguna manera, también le concierne.

—Estoy segura de que disfrutó muchísimo. Se nota en la escritura. Y estoy segura de que… volvería a hacerlo. Al fin y al cabo, has dicho que te hizo feliz, ¿no? Seguro que en parte eso era lo que pretendía, así que…

Gil vuelve a asentir y se muerde el labio, y yo no puedo evitar fijarme de nuevo en él durante un instante que ni siquiera debería contar como tiempo. Él solo me mira a los ojos y es como si no hubiera lugar al que escapar.

—¿Y crees que le importan los comentarios que hablan sobre si somos demasiado amigos…?

Cojo aire, pero niego con la cabeza.

—No. Seguro que no.

—Menos mal, porque…

—¿Sí?

—Porque me gusta. Cordelia me gusta mucho.

19

—Entonces, le gustas a Diana *y* a Gil —concluye Phil—. Francamente, pecas, creo que tu vida es lo más parecido que conozco a una novela. A la gente normal ya le cuesta encontrar un ligue y tú tienes dos, y ni siquiera los estás aprovechando.

Intento ignorar el rubor que me sube por el cuello. Phil lo hace parecer todo una broma, pero yo no me siento la protagonista de una novela. Las protagonistas de las novelas (al menos de las que yo leo) no se quedan despiertas mirando al techo y pensando en la gente que se le ha declarado de forma directa o indirecta en los últimos tres meses. Las protagonistas de las novelas, además, suelen ser queridas por cómo son, sin disfraces, pero a Gilbert Blythe ni siquiera le gusto yo, sino que le gusta mi *alter ego*. Y, además, las protagonistas de las novelas que quieren ser escritoras no se quedan bloqueadas delante de una página en blanco, como he comprobado que me sigue pasando, pese a que después de estar todo el día con Diana pensé que me sentaría y conseguiría escribir algo, aunque solo fuera para mí.

Pero anoche, cuando finalmente me puse ante el ordenador, lo único que podía pensar era en Gil preocupado por Cordelia y en todos los comentarios negativos, y me pareció una perspectiva todavía más terrible que la del día anterior.

—No le gusto a Gil —la corrijo—. A él le gusta Lady Cordelia.

—¡Que eres tú!

Yo le chisto, en un intento de que baje la voz. Pero nadie en la cafetería de la facultad nos está prestando atención. ¿Por qué iban a hacerlo? Nuestra mesa está en una esquina, con vistas a la explanada que hay detrás del edificio, donde la lluvia cae sin parar.

—Sí, pero eso él no lo sabe.

—Pues deberías decírselo.

Gruño, porque esa frase ya la he escuchado de labios de Diana. Aunque mi mejor amiga, por supuesto, no sabe nada de la confesión de Blythe. Esta mañana, cuando ha pasado a recogerme, como siempre, ya había decidido que no se lo contaría. No creo que se lo vaya a tomar a mal o que vaya a mirar a Gil de forma diferente después de saberlo, pero la situación entre nosotras ya es lo suficientemente tensa sin esa información. Quizá solo serviría para enrarecer de nuevo las cosas. Quizá le duela.

Por eso he acudido a Phil. No estaba muy segura de cómo empezar a hablar, pero cuando nos han dicho que el profesor de Teoría de la Literatura no vendría hoy, me lo he tomado como una señal para contárselo todo, desde el principio. La mitad de las cosas ni siquiera la han sorprendido, aunque no sé cómo tomarme que lo que más la haya entusiasmado es que sea, según sus propias palabras, una Hannah Montana de la literatura.

—No puedo decírselo. Ahora menos que nunca, de hecho. Pensará que he estado jugando con él.

—Sabes que si se entera luego, será peor, ¿verdad?

Me revuelvo, incómoda, en mi asiento.

—No, escucha: si lady Cordelia deja de contestarle, a lo mejor se le pasa.

Phil me mira con escepticismo, pero es lo mejor que se me ha ocurrido. Aparte, claro, de cambiarme de optativa y dejar de ver a Gil. Pero sabe dónde vivo y viene a menudo al negocio de mi madre, y sería demasiado problemático tener que cambiarme de ciudad también. Así que me he resignado a tener que verlo esta tarde en clase, aunque todavía no sé cómo voy a mirarlo a la cara. Al fin y al cabo, se fue de mi casa antes de que pudiera reaccionar de verdad.

Ni siquiera he superado todavía el hecho de que casi lo beso.

Porque si mi madre no hubiera entrado, creo que lo habría hecho.

Y habría sido un error, porque no soy *yo* la que le gusta.

—Sí, fijo que el *ghosting* es la solución más lógica y la que no le hace ningún daño —dice Phil. Expresado así suena horrible—. En serio, díselo antes de que sea demasiado tarde.

—Pero…

—Y le tendrás que dar una respuesta, ¿no? A él y a Diana.

Abro la boca, pero esa perspectiva es todavía peor, porque estoy hecha un lío. Como no puedo meterme en un hoyo y enterrarme a mí misma, me conformo con enterrar la cara entre los brazos.

—¿Y qué les voy a decir?

—¿Te gusta alguno?

—Pues…

—A ver, ¿te gustó que Diana te besara?

Asomo la cabeza para ver a mi amiga con los brazos cruzados y una cara de concentración que hace que parezca que vaya a tomar notas, como si estuviéramos en un programa de entrevistas o como si fuera mi terapeuta.

Es una pregunta fácil, en realidad, porque lo he pensado mucho.

—Sí.

—Vale, entonces como mínimo te atrae Diana —concluye, como si fuera obvio—. ¿Y quieres besar a Gilbert?

Abro la boca. La cierro. La vuelvo a abrir. La vuelvo a cerrar.

—Yo…

—Sé sincera, Anne Shirley.

Vuelvo a esconderme en el refugio de mis brazos.

—Puede que se me haya pasado brevemente por la cabeza.

—Vale, pues también te atrae Gil. Así pues, ¡la solución es evidente!

Las soluciones evidentes de Phil Gordon me asustan.

—¿Lo es?

—Claro: líate con los dos.

Levanto la cabeza de inmediato para mirarla con incredulidad y los ojos muy abiertos. Solo pensar en ello hace que se me enciendan las mejillas.

—¿Qué?

—¡Eso seguro que te aclara! Y si te gustan los dos por igual, pues se lo explicas y valoráis opciones, que estamos en el siglo XXI. La monogamia es una construcción social que…

—¡Vale! ¡Suficiente, Phil!

Phil se calla con cara de no entender qué problema hay

con lo que dice y yo vuelvo a hundir la cara entre los brazos, completamente avergonzada.

Creo que voy a estar hecha un lío bastante tiempo más.

Al final, no le confieso la verdad a Gil ese día ni al siguiente. Durante un par de semanas, simplemente dejo que las cosas sigan como hasta ahora. Él no menciona de nuevo a Lady Cordelia, aunque le escribe un par de veces y deja un mensaje en su propio fanfic informando de que tiene que dejar las actualizaciones de lado un tiempo por la universidad, pero que promete volver. Yo, por mi parte, empiezo a escribir un poco de nuevo, pero al día siguiente siempre acabo borrándolo todo y empezando de cero. En redes, para excusar la falta de actualización, pongo que estoy enferma, pero me parece que nadie se lo cree.

Diciembre comienza antes de que me dé cuenta y yo paso las tardes en clase o estudiando, en mi habitación o en la cafetería. Di se viene a veces, pero a medida que aumentan sus propias responsabilidades en la uni, hasta ella se deja caer menos por casa.

Mamá dice que no hace falta que haga turnos mientras estoy tan ocupada, pero yo acabo trabajando porque es lo único que me distrae de los estudios o de la escritura. Hasta me es imposible ver *El caballero del espejo* sin pensar en todas las cosas que van mal en mi vida o sobre las que he dejado de tener ningún tipo de control.

Sin embargo, ni siquiera servir bebidas calientes puede distraerme en las tardes lluviosas en las que casi nadie se pasa por aquí. La puerta apenas se abre, y cuando lo hace, es para dejar entrar un frío desagradable y el sonido de los coches al pasar sobre los charcos que se forman en la avenida.

Estoy apoyada en el mostrador una de esas tardes, aprovechando para avanzar con las lecturas obligatorias, cuando Josie Pye entra en Tejas Verdes. Sé que es ella incluso antes de verle la cara porque probablemente es la única persona que puede llevar unas botas de lluvia amarillas hasta la rodilla y no parecer un pescador, sino la chica con más estilo de todo Avonlea.

—¡Josie! —la saludo mientras ella deja su paraguas en la entrada. Apenas hay tres clientes, aparte de ella, sentados a las mesas, cada uno de ellos trabajando en silencio en su portátil—. Menudo día, ¿eh?

Ella se acerca a mí mientras se arregla el pelo sobre los hombros. Hay algo en Josie Pye que resulta casi intimidatorio, pero no diría que es una persona desagradable, ni mucho menos, aunque apenas he tenido oportunidades de tratar realmente con ella.

—La verdad, si no fuera por Roy me habría quedado en casa debajo de las mantas.

—¿Roy?

—Ha insistido en quedar hoy.

Abro la boca para preguntar, pero ella me pide un chocolate caliente. Se lo preparo, aunque en el fondo de mi cabeza no dejo de pensar en el día de la fiesta de cumpleaños de Gil. En la forma en la que Roy habló de él. En la forma en la que lo miró. ¿No me dijo el propio Gil que Josie no era su tipo y que era mejor que no se juntase con él? Ese día, Ruby nos aseguró que no había nada de lo que preocuparse, pero Josie y él no han dejado de verse. En todo caso, cada vez se ven más. Yo suponía que estaban juntos, que tenían una relación, pero en realidad, para ser justas, ninguno de ellos nos ha confirmado nada o ha puesto algo claro al respecto en redes sociales.

—Oye, Josie… —Cuando me vuelvo ella está con la mirada puesta en la pantalla de su móvil, pero alza la vista mientras coge la taza que dejo sobre el mostrador—. No quiero meterme donde no me llaman, pero tú y Roy…

Ella ni siquiera parpadea.

—Roy y yo, ¿qué?

Oh, Dios, nunca tendría que haber empezado esta conversación.

—Que parecéis muy unidos. Es decir, habéis estado pasando un montón de tiempo juntos, y he visto los comentarios en vuestras fotos: hay un montón de gente que piensa que estáis saliendo juntos.

—¿Y qué con eso? —dice antes de beber un sorbo como si lo que le estoy contando no tuviera ninguna relevancia.

Me retuerzo las manos con nerviosismo. No debería meterme, ¿no? Ni siquiera sé del todo qué ocurre con Roy Gardner. No estoy segura de poder entenderlo.

—¿Es verdad? ¿Salís juntos?

—No —me dice ella con las cejas levantadas.

—Pero… ¿te gustaría salir con él?

—No, la verdad es que no.

Estoy tan preparada para decirle que quizá debería pensarse mejor si quiere salir con él que la respuesta me deja con la palabra en la boca, sin saber muy bien cómo responder. Josie me mira con su cara perfecta absolutamente inalterable, sincera y un poquito indiferente. Como si la idea de salir con Roy Gardner le diera igual.

Y yo, la verdad, hasta hace nada, no entendía que a alguien pudiera darle igual la idea de ser la pareja de *Roy Gardner*.

—Ah, ¿no? —pregunto confusa.

—Para nada. Pero me cae bien, me viene bien y yo le vengo bien a él. No nos hace ningún daño que la gente hable: todo lo contrario.

—¿Qué?

Josie Pye pone los ojos en blanco, como si no se pudiera creer que tuviera que explicarme algo que es muy obvio.

—¿Sabes de quién es hijo Roy? —Cuando solo la miro muy confundida, la amiga de Diana levanta las cejas de nuevo—. ¿Tú por qué crees que a un chico como Roy Gardner le gustaría tanto una serie como la que os alucina a Diana y a ti? Su madre es una de las productoras. Él pudo tener el papel de Arthur, pero se negó por el orgullo ese de conseguir las cosas por sí mismo. Un orgullo estúpido, si me lo preguntas, en un mundillo como el de la actuación. Yo, por suerte, no lo tengo.

Parpadeo. ¿Roy es hijo de una de las productoras? Abro la boca, pero no soy capaz de decir ni una sola palabra, lo cual pasa últimamente más a menudo de lo que mi fama dice. Ahora tiene sentido que viva en ese gran piso de su familia. Y supongo que también tiene sentido que las redes oficiales de la serie hayan compartido más de una vez los cosplays de Roy. Por muy bien que estén, al fin y al cabo, no es algo que hagan con todo el mundo.

¿Y Josie se ha acercado a él por… conveniencia? ¿Para

conseguir un papel? Quizá no para esa serie, pero supongo que los contactos la podrían llevar lejos en un futuro…

—Sé perfectamente dónde me meto, Anne —añade ella antes de que pueda recuperarme de la impresión—. Y él también. Ambos salimos ganando si piensan que somos pareja: él tiene sus propios intereses y yo conozco a la gente correcta. De paso, resulta que nos hemos hecho realmente buenos amigos, así que todo el mundo contento. No me estarás preguntando esto porque te gusta, ¿no?

Estoy tan sorprendida que apenas puedo balbucir.

—No, o sea… Qué va…

—Mejor —asiente ella—. No te ofendas, pero no eres su tipo.

Josie se da la vuelta y termina así con la conversación. Se va a sentar en uno de los sillones y concentra toda su atención en la pantalla de su móvil. Yo me quedo mirándola, no muy segura de lo que acaba de pasar.

Creo que no despierto de la sorpresa hasta que veo a Roy entrar por la puerta y pongo automáticamente mi mejor sonrisa de camarera para saludarlo. Él se acerca a pedir.

—¿Qué tal, Anne? —me pregunta mientras yo preparo su café—. Gil te envía saludos. Le he dicho que venía, pero está agobiado estudiando, para variar. Luego le llevaré un trozo de esa tarta que le gusta tanto, para ver si se anima.

Pongo su taza sobre el mostrador. Intento sonreírle como si nada, pero la mención de Gil me ha desestabilizado un poco.

—Espero que no se esté esforzando más de la cuenta.

—Me temo que tenemos que darlo por perdido en eso. Tiene en la cabeza que si no se esfuerza todo lo que puede, habrá fracasado. Es así siempre. Te lo digo yo, que me lo conozco.

Roy deja un billete en la barra y no espera el cambio. Solo me sonríe y se aleja mientras toma un sorbo de su café. Yo lo sigo con la mirada también a él. Se sienta junto a Josie y se besan las mejillas y, cuando me quiero dar cuenta, se están riendo y subiendo que están juntos a sus stories de Instagram.

Mientras los miro desde la barra, pienso en Lady Cordelia y se me ocurre que las personas que aparecerán en sus cuentas se parecen a ella: construcciones creadas para Internet que, en realidad, no se acercan en absoluto a quienes tienen detrás.

Por primera vez en mi vida, pese a que llevo tanto tiempo acostumbrada a ser dos personas a la vez, pienso en lo cansado que es existir a veces tras un filtro en vez de vivir siempre sin él.

Fandom:	***El caballero del espejo*** **(TV)**
Relationships:	**Elayne Shalott / Guinevere Pendragon, Lancelot of the Lake / Guinevere Pendragon**
Characters:	**Elayne Shalott, Lancelot of the Lake, Guinevere Pendragon, Arthur Pendragon, Merlin**
Additional Tags:	**Slowburn, Fix-it, Hurt/Comfort, Crossdressing, Elaynevere Canon Queens, Alternate Universe - Canon Divergence, The Author Regrets Nothing, Additional Tags To Be Added**
Stats:	**Words: 97.953 Chapters: 34/? Comments: 5.215 Kudos: 24.398 Bookmarks: 4.586 Hits: 445.962**

La dama del espejo

LadyCordelia

Notes

Como ya dije en mis redes, he estado enferma y me ha sido imposible escribir. A esto hay que sumarle que soy universitaria y empiezo los exámenes justo después de Navidad, así que no sé muy bien cuándo podré traeros la próxima actualización.

Gracias por vuestra paciencia y, sobre todo, ¡disfrutad del especial, que ya falta muy poco! (Y, sí, no os preocupéis: me aferraré con uñas y dientes a lo poco que nos puedan dar de Gwen y Elayne. Ahí habrá material para más fics, estoy segura).

20

21 de diciembre.

La fecha está marcada en mi calendario de pared con un gran círculo rojo y un montón de corazones y estrellas. Intenté dibujar algo un poco más elaborado, pero está claro que la artista en mi vida siempre será Diana. Aun así, solo hace falta un vistazo a la página del calendario para saber que es un día importante, algo que ningún fan de *El caballero del espejo* se perdería: el especial de Navidad.

Técnicamente no es el especial de Navidad, sino el especial del Solsticio, quizá porque los productores de la serie prefirieron no jugársela y no tener que competir con los especiales del 25 de diciembre de otros programas que llevaban más años en antena. A mí me vendría bien cualquiera de los dos días, pero a mis amigos, que se vuelven a casa con sus familias para pasar las fiestas, hoy les viene definitivamente mejor y nos permite reunirnos.

—Pensé que a ti no te gustaba *El caballero del espejo* —le dice Fred a Phil, que se ha apoltronado en el único sillón de una plaza.

Ella esboza su sonrisa de diablillo y le da un mordisco a uno de los cupcakes navideños que he traído de Tejas Verdes. Al hacerlo, se mancha la nariz de glaseado rojo, pero no parece darse cuenta y a mí casi me da pena decirle que se limpie: el azúcar hace juego con el jersey de Rudolph que lleva puesto.

—Anne no paró hasta que no nos vimos toda la serie y ahora hasta tengo mis propias teorías, como que Elayne es no binaria —dice—. Pero, en realidad, yo estoy aquí por la comida y el salseo.

Aunque Fred probablemente piense que el salseo al que se refiere es el de Elayne-Gwen-Arthur, yo sé que Phil, por cómo me mira, debe de estar pensando en algo completamente diferente. Algo más real que el triángulo (¿podemos seguir llamándolo así, cuando Gwen ha despreciado por completo a Elayne?) de la serie.

Yo finjo que no me doy cuenta de su mirada y me acurruco más contra Diana debajo de la manta que nos hemos agenciado, aunque doy un respingo cuando una sombra ojerosa se deja caer a mi lado. Se nota que Gilbert ha tenido mejores días, pero parece animado ante la perspectiva de ver el nuevo capítulo (de hora y media) y dejar de pensar durante una tarde en todo lo que tiene que estudiar. Él me sonríe antes de deslizarse debajo de nuestra manta.

Roy, sentado junto a un sitio vacío que creo que estaba guardando para Gil, frunce el ceño.

—¿Todo el mundo listo? —pregunta Gil, parece que sin darse cuenta de lo que está pasando delante de sus ojos.

Fred apaga las luces antes de sentarse junto a Roy. Alguien le da a reproducir. Las primeras imágenes aparecen en pantalla y yo apoyo la cabeza en el hombro de Di, como tantas otras veces viendo la serie. Por lo general siempre nos juntamos para hacer maratones cuando salen las temporadas: nos sentamos en mi cama, con el ordenador ante nosotras y podemos estar horas sin movernos, simplemente dejando que los capítulos se reproduzcan solos uno detrás de otro, hasta que la aplicación de la plataforma nos pregunta si seguimos ahí. Nunca habíamos tenido a nadie más con quien compartir este momento en persona y la sensación me gusta, aunque lo cierto es que, en cuanto suena la voz en *off* de la Dama del Lago en una pantalla toda en negro, yo me olvido de todo el mundo, de todo lo que me preocupa, y me meto por completo en la ilusión de Camelot.

Me alegra saber que al menos hay cosas que no cambian y que la serie puede transportarme lejos de la vida real. De pronto estoy con Elayne, recorriendo con ella las calles llenas de colores que se extienden dentro y fuera de las murallas de Camelot, donde todo el mundo se prepara para el día en el que la noche vence al sol. El día en el que la oscuridad parece más espesa y la magia, más maligna. El día en el que Morgan va a aparecer, por lo que se ha podido intuir del tráiler que salió hace un par de semanas, y por lo que el fandom lleva revolucionado desde entonces. Aunque sea el hada malvada de esta historia, todo el mundo ama a Morgan. He perdido la cuenta de todas las cosplayers que prefieren su estética a la de Gwen, más luminosa y sencilla.

Aunque yo sigo prefiriendo a la reina de Camelot.

Bueno, prefiero *mi* versión de la reina, no esa que sale en pantalla, que mira a Elayne con desprecio desde su trono cuando esta se presenta ante su rey (que evita mirarla a los ojos, probablemente pensando en el beso que compartieron al final de la temporada pasada) para aceptar el encargo que él le pide acompañada de sir Gawain.

—Ugh, no me digas que va a ser un especial para darle importancia a Gawain —murmuro junto al oído de Diana.

Ella sonríe, con los ojos iluminados por la pantalla de la televisión.

—Ya sabes que no suelen avanzar mucho en la trama principal en los especiales…

Yo resoplo, bajito, y ella se ríe y me besa entre el pelo. Es justo antes de que sienta sus dedos en el interior de mi muñeca, tanteando primero el borde de la manga de mi vestido y deslizándose después por mi palma. Aunque mantengo la mirada en el frente, me cuesta concentrarme en lo que está pasando en la pantalla mientras las yemas de Di recorren las líneas de mi mano con una suavidad que es tan tierna como estremecedora. Entrelaza el brazo con el mío justo antes de hacer lo mismo con los dedos, y yo me alegro de que, en la penumbra, nadie pueda ver que yo misma muevo mi mano para responder a su caricia. No sé ni por qué lo hago, en realidad. Quizá porque es agradable. Cuando miro de reojo a Diana, ella está pendiente de la pantalla, pero vuelve a jugar con los dedos y me parece que me presiona suavemente la muñeca. ¿Sentirá cómo se me acelera el corazón? La idea me pone algo nerviosa y por eso me enderezo un poco en el asiento, aunque no aparto la mano. Al reacomodarme, sin embargo, toco la pierna de Gilbert con la mía y, de repente, soy súbitamente consciente de que estoy encajada entre los dos.

Creo que eso hace que se me dispare todavía más el pulso, sobre todo cuando lo miro y descubro que él también me está mirando.

Creo que los dos nos sobresaltamos, pero mientras que yo me apresuro a volver la mirada a la televisión como si no

hubiera pasado nada, Gil se inclina hacia mí con su sonrisa confiada, la del hoyuelo, aprieta más la pierna contra la mía y yo creo que se me va a salir el corazón del pecho de lo rápido que me está latiendo.

—Roy me ha prometido que no es un capítulo solo de relleno —me confía en voz baja, muy cerca de mi cara.

Si antes estaba roja, ahora siento que me molesta la manta que compartimos los tres. Fijo la mirada con intensidad en la pantalla. Gawain y Elayne salen cabalgando por las puertas de Camelot y se introducen en el bosque, donde algo parece observarlos desde todas partes. Yo hago un ruidito desde el fondo de la garganta, sin saber muy bien qué otra cosa responder. Lo único que se me ocurre, en realidad, es darle un golpecito suave con la pierna.

Me alegra que nadie más parezca haber oído la risita de Gil, ahogada contra el borde de la manta, aunque eso no impide que yo intente hacerme diminuta en mi sitio. El capítulo avanza. Gawain es capturado y amenazado. Morgan aparece y Elayne se enfrenta a ella, y yo me pongo tan nerviosa que no sé en qué momento empiezo a retorcer la manta con los dedos que no sostienen los de Diana, pero sí sé que Gil se da cuenta, porque pone su mano sobre la mía con delicadeza para que me detenga. Yo lo hago de inmediato, más helada que calmada. De nuevo, la serie parece tener menos importancia y el sonido resulta demasiado bajo en comparación con el vuelco que me da el corazón en el pecho.

Gil y yo volvemos a mirarnos de reojo. Él ladea la cabeza mientras me pasa el pulgar por el dorso de la mano, y yo creo que quiere decirme que todo está bien, que a Elayne no le va a pasar nada, pero yo solo puedo pensar en la manera en la que los tres estamos cogidos de la mano y que no me apetece soltar a ninguno de los dos.

Por eso no lo hago.

Ellos tampoco me sueltan a mí.

—No puedo creerme que realmente hayan metido cinco segundos de Mordred y ahora tengamos que esperar a la siguiente temporada para saber qué pasa con él —protesta Gil.

Fred enciende las luces y nos deslumbra a todos al hacerlo. Yo aprovecho ese momento de confusión para soltarme de ambos y frotarme los ojos. Siento las palmas calientes y un poco húmedas. Noto, también, la textura de la piel de Di y de la de Gil como si todavía siguieran tocándome.

—Pero ese tío ¿no era el hijo de Arthur en la leyenda original? —pregunta Phil mientras se desperezaa—. ¿El que se lo carga?

—No pueden hacer eso cuando su Arthur es tan joven —dice Fred antes de empezar una disertación sobre los cambios respecto a la obra original y a los cientos de versiones que se han hecho después.

Roy mete algún apunte de vez en cuando, pero está muy interesado escribiendo algo en su móvil (quizá uno de sus habituales hilos sobre los capítulos). Phil simplemente escucha al tiempo que devora otro de los cupcakes. Diana aprovecha el momento para escabullirse al baño.

—¿Te ha gustado?

La voz de Gil suena muy cerca, y cuando me vuelvo, me lo encuentro fuera de la manta ya, con los codos apoyados en las rodillas y una sonrisa casi expectante.

—Me gustaría que no liasen a Elayne y Arthur a la mínima de cambio. Pero tú estarás encantado.

—Oh, venga, ha sido solo un beso. Y al final del capítulo, debajo del muérdago.

—Menudo cliché, por cierto. Ni siquiera sé si ha sido históricamente correcto.

Gil se echa a reír y a mí empieza a picarme la mano derecha, la que él me sujetaba hasta hace tan solo unos momentos. Creo que no entiendo muy bien qué es lo que ha ocurrido entre nosotros o por qué me ha cogido la mano, en primer lugar. ¿No me ha dicho que le gusta Lady Cordelia? Aunque, por otro lado, no sé si soy la persona más adecuada para decirle a nadie que solo le puede gustar una persona, cuando estoy hecha un caos…

O a lo mejor a Gil simplemente le gusta darle la mano a la gente. A lo mejor es un gesto de cariño sin más significado oculto.

—Has visto a Morgan hacer magia y a un hada que vive en un lago encantado, pero lo que más te preocupa es que besarse bajo el muérdago pueda no ser «históricamente correcto» —se burla—. ¿No será que te sigue escociendo que hayan roto tu ship y luego hayan pisoteado sus trocitos?

Yo siento el rubor volviendo a mi rostro.

—No sé de qué me hablas.

Gil vuelve a reír y yo aparto la vista. Roy nos está mirando por encima de la pantalla de su móvil, pero baja los ojos en cuanto se da cuenta de que lo he pillado. Creo que Blythe también se percata.

—¿Puedes venir conmigo un momento? —me pregunta.

Abro la boca para preguntarle adónde, pero él ya se ha puesto en pie, así que no tengo más opciones que seguirlo por el largo pasillo a una habitación que ya conozco. Sobre la alfombra en la que llegué a dormirme hay una maleta abierta, llena de ropa sin doblar, libros y apuntes. El escritorio está despejado, a excepción del portátil, cuyo fondo de pantalla es una foto en la que aparecemos todos junto al lago.

Ese detalle hace que me derrita un poco, pero no puedo evitar fijarme en la forma en la que la mano de Roy descansa sobre el hombro de Gil en la foto.

—Oye…

Gil se vuelve tras coger algo de uno de los cajones del escritorio y esconderlo detrás de su espalda. Cuando me mira, sin embargo, las palabras no me salen. No sé hasta qué punto está mal preguntarle si hay algo entre Roy y él. A lo mejor se enfada. A lo mejor no quiere hablar de ello. A lo mejor se ríe y se piensa que soy ridícula.

Yo, al menos, me siento muy ridícula.

—Dime.

—No. Nada. —Y para que no haga más preguntas, añado—: ¿Qué querías enseñarme?

Gilbert Blythe me tiende lo que estaba ocultando: un paquetito rectangular, perfectamente envuelto en papel de periódico.

Parpadeo.

—Feliz Navidad. Sé que aún faltan unos días, pero como no voy a estar aquí...

¿Me está haciendo un regalo de Navidad?

—Yo no tengo nada para ti —suelto sin pensar.

Gil ríe.

—No hace falta. Esto es... un agradecimiento. Por toda la comida que he gorroneado en Tejas Verdes y las charlas en clase y... y por tus ánimos para que escriba. Creo que voy a presentarme a ese concurso. No espero nada, pero quiero probar. Y, con suerte, hacerte rabiar quedando por encima de ti.

Creo que ambos estamos avergonzados, pero él tiene su sonrisa de siempre, mientras que yo no sé dónde meterme. Y, aun así, empiezo a desenvolver mi regalo, muy despacio, con cuidado de no romper el papel al despegar los trozos de celo.

Es un cuaderno de tapas blandas, con un estampado de zanahorias que hace que casi me eche a reír. Es infantil, pero también es muy mono y me llena el pecho con un calor nuevo que nada tiene que ver con el que siento en la cara.

Cuando lo abro, simplemente para ver si las hojas son blancas o con líneas, me encuentro con que ha escrito algo en la primera página:

Para que lo llenes con todas esas historias
que guardas en la cabeza, Anne con e.

Y para que me recuerdes incluso después de
que se hayan acabado estas páginas.

Siento la tentación de abrazarlo. Quiero lanzarme hacia su cuerpo, pero, en lugar de eso, lo único que aprieto contra mi pecho es el cuaderno.

—Gracias, Gil —susurro.

Él da un paso al frente, hacia mí. Yo no retrocedo.

—¿Me dejarás leer tu novela cuando la termines? —me pregunta en un susurro. Yo solo puedo fijarme en la manera en la que alza los dedos y roza con cuidado la punta de una de mis trenzas—. Esa historia que sea tuya de principio a fin.

Se me cierra la garganta al tenerlo tan cerca. Aprieto con más fuerza los bordes del cuaderno.

—Solo si tú me enseñas la tuya.

No recuerdo que Gilbert Blythe tuviera esa mirada tan profunda a principios de curso y no puedo evitar preguntarme qué ha cambiado. No recuerdo, tampoco, qué era lo que hacía que su sonrisa me sacase tanto de mis casillas hace unos meses.

Apenas recuerdo lo que era no querer besarla.

Y ahora, con él tan cerca, me pregunto si él también quiere besar la mía.

Gil se inclina hacia mí.

—Es un trato —susurra.

Sus ojos observan mis labios y yo cojo aire.

Va a hacerlo.

Va a besarme.

—Eh, ¿os apetece que vayamos a cenar?

Gil da un respingo y un paso hacia atrás. Yo me quedo paralizada durante un instante, con el corazón latiéndome imposiblemente rápido. Cuando me vuelvo, un poco asustada, veo a Roy Gardner apoyado en el marco de la puerta, con los brazos cruzados y las cejas alzadas.

—¿Interrumpo? —pregunta. Y me parece la viva imagen de la inocencia y, al mismo tiempo, todo lo contrario.

—No —me apresuro a decir, aunque sé que mi expresión me delata—. Gil me estaba dando mi regalo de Navidad. Aunque no hacía falta.

El aludido se encoge de hombros.

—Solo es un detalle.

—¿Cena? —repite Roy con su sonrisa perfecta.

Una vez más, siento que me estoy perdiendo algo, pero no pregunto. Solo me abrazo al cuaderno y salgo del cuarto, pasando al lado de Roy sin ni siquiera rozarlo.

—¡Ahora vamos! —dice él—. Acabo de recordar que hay algo que quería comentarle a Gil. Id decidiendo qué os apetece.

Cuando miro hacia atrás descubro a Gilbert haciendo un ligero mohín, pero no puedo ver mucho más porque Roy cierra la puerta a mis espaldas. Siento ganas de pegar la oreja a la madera. Lo único que me impide hacerlo no es mi respeto hacia la intimidad ajena (muy a menudo inexistente), sino la voz de Diana, que me distrae cuando mi amiga se asoma al pasillo.

—¿Anne?

Yo todavía vuelvo la mirada a la habitación de Gil un segundo más, pero finalmente me reúno con ella. Di mira el cuaderno que tengo entre los brazos y levanta las cejas, y yo siento la necesidad de excusarme, pero mi amiga solo sonríe como si hubiera algo muy divertido que a mí se me escapa y me pasa un brazo sobre los hombros cuando llego a su lado.

—Gilbert Blythe es un tramposo: todavía no es Navidad. Considero que es injusto.

—¿Injusto?

Diana responde encogiéndose de hombros. La puerta de la habitación de Gilbert se vuelve a abrir y él y Roy aparecen. Diría que Gil parece molesto hasta que nos ve y entonces tan solo vuelve a sonreír, aunque me parece que no es su sonrisa de siempre, porque su hoyuelo no está. Roy, a sus espaldas, no sonríe, pero él ni siquiera parece molesto, solo… derrotado.

—¿Nos vamos? —pregunta Gil.

Diana y yo nos miramos antes de asentir como si no hubiéramos visto nada raro.

Al final, Roy dice que no se encuentra bien y no viene a cenar.

21

Antes de que me adoptaran, siempre había soñado con tener una Navidad en familia. Me fascinaba la idea de decorar una casa de arriba abajo, de elegir regalos para mis padres, de ayudar a poner la mesa y sentarme alrededor de un banquete hecho con amor. En mi mente, como en las películas que había visto, saldríamos a la calle tras una gran comilona y recorreríamos la ciudad iluminada de mil colores, mientras los primeros copos de una gran nevada comenzaban a caer. En mi mente, alimentada por libros donde todo salía bien al final, las Navidades eran una época de ensueño y cada día era incluso más perfecto que el anterior.

Obviamente, a medida que he ido creciendo, he descubierto que las cosas no siempre son como las planeas. Como aquel año en el que un fallo eléctrico dejó sin luz a toda la avenida, así que tuvimos que cenar pollo asado frío y bocadillos a la luz de las velas. O aquel otro en el que el tío Matthew se cayó de una escalera pocos días antes de Navidad y tuvimos que celebrar la cena alrededor de su cama, porque apenas se podía mover y debía mantener la pierna rota en alto.

Con todo, yo también he descubierto que no hace falta que las cosas sean tal y como me he imaginado para que, de una manera u otra, sean perfectas, incluso con sus pequeños desajustes.

Esta Navidad, por ejemplo, aunque amanece lluviosa en vez de nevada, con un cielo plomizo cubriendo Avonlea, también llega con unos cuantos mensajes que me desean felices fiestas y un montón de fotos de mis amigos. De Phil, por ejemplo, que se ha ido a la cama hace apenas unas horas después de pasarse la Nochebuena de fiesta. De Fred, también, que ha enviado una foto a nuestro grupo no de él, sino de un bonito árbol de Navidad, con sus luces encendidas, iluminando el papel de regalo metalizado de los paquetes que hay debajo de sus ramas. O de Gil, que ha sacado una foto a su cena de anoche, llena de platos tradicionales coreanos que me hacen la boca agua. Según me ha contado, cada año sus padres compiten entre Nochebuena y Navidad con platos tradicionales de su familia y cada año él y el resto de sus familiares votan al ganador.

Diana me ha enviado también una foto, pero es de hace tan solo unos minutos y me la ha enviado por privado, desde la cama, todavía en pijama y medio dormida.

Di ♥
Espero que nuestro maratón de pelis navideñas siga en pie
Aunque solo sea porque esta noche tengo cena familiar con mi tía abuela y el resto de los Barry

Quién es la dramática hoy?
Si la tía Josephine es un amor

Di ♥
CONTIGO
Porque tú tienes un don para caerle bien a todo el mundo
Pero da igual
¿Maratón?

Ya tengo una lista de películas

Esa es una tradición navideña con la que la pequeña Anne no había contado: quedar con su mejor amiga para tirarse en la cama a ver una selección de películas navideñas mientras comen dulces y esperan la cena. Claro que la pequeña Anne solo podía soñar con una amiga tan perfecta como Diana Barry.

Cuando entro en la cocina para desayunar, las tradicionales tortitas de mamá con fresa y plátano ya están sobre la mesa, todavía humeantes.

—¡Feliz Navidad! —exclamo, lanzándome primero a besar la mejilla de mi madre y luego a abrazar a mi tío, que ríe y me desea feliz Navidad también.

Al contrario que las de mis amigos, mi familia no es muy grande: nunca he tenido abuelos, por ejemplo, y mi tío vive con mi madre y conmigo todo el año, así que reunirnos con él no es ninguna novedad. Lo que sí es una novedad, sin embargo, es que Matthew este año nos haya susurrado, muy bajito y muy rojo, que le gustaría traer una amiga a cenar. Y teniendo en cuenta que Matthew es la persona más tímida del planeta y nunca nos ha presentado a una pareja, estoy entusiasmada por saber qué clase de historia de amor puede estar protagonizando. Mi madre me ha dicho que no insista demasiado, pero yo estoy muy emocionada, así que aunque intento cortarme no soy muy sutil cuando pregunto:

—Entonces, ¿a qué hora viene hoy tu novia, tío Matthew?

Matthew se atraganta con su tortita y mamá pone los ojos en blanco mientras le da palmaditas en la espalda y me asesina con la mirada.

—No es mi novia —murmura mi tío.

—¡Oh! ¡No! ¡Claro que no! Eh…, tu… ¿amiga? ¿Amiga con derechos? ¿Acompañante? ¿Crush? No, crush quizá no sea…

—Matthew no sabe ni lo que significa crush, Anne. Y vas a conseguir que le dé un infarto.

—¡Perdón!

Matthew carraspea y bebe de su té mientras intenta que su cara vuelva a un color natural. Sin demasiado éxito, debo decir.

—Amiga. Vamos a dejarlo en amiga, Anne —me indica.

—Vale, amiga. Pero una amiga que te gusta, ¿no?

—Si me quedo sin hermano te culparé a ti, Anne Shirley —dice mi madre, que pese a ello parece bastante divertida.

No puedo evitar reír mientras Matthew vuelve a ponerse colorado. Sin embargo, con la boca pequeña cerca de su taza, admite:

—Puede. Quizá. Un poco.

Dejo escapar una risita, porque sé que no puede ser solo «un poco» o nunca se atrevería a traerla a casa por Navidad. Mi tío se ha e-na-mo-ra-do, con todas las letras, aunque probablemente esté demasiado avergonzado para admitirlo en público. Me pregunto, siquiera, si lo ha admitido ante sí mismo. O si se ha dado cuenta, siquiera.

—¿Cómo se sabe?

Mamá y Matthew me miran por encima de sus tazas, mi tío simplemente confuso y mi madre con esa mirada suspicaz que siempre parece adelantarse a todos mis pensamientos. Siento que yo misma me pongo roja, pero hago como si nada mientras me concentro en cortar mis tortitas.

—Solo he pensado que Matthew no había traído a nadie por Navidad nunca, así que esta persona tiene que ser especial, y me preguntaba cómo se sabe cuándo alguien es especial.

No creo que ellos me vayan a responder que liándote con quien sea, como Phil. Puede que no tengan respuesta, porque se miran entre sí antes de volver a fijarse en mí.

—¿Quieres traer a alguien a la cena? —pregunta mamá—. Porque si es así, tengo que hacer más comida.

—¡No es eso! —Balbuceo—. ¡Además, Diana y Gil estarán con sus familias y...!

Me callo de golpe y de pronto soy consciente de que mi cara no tiene nada que envidiarle a lo roja que se ha puesto antes la de Matthew. Yo, de repente, solo quiero que me trague la tierra, sobre todo cuando mi tío murmura:

—Bueno, podía esperarme lo de Diana...

—¿Qué? —exclamo en un tono de voz una octava más alta de lo normal.

—Y Gilbert es un chico estupendo —apunta mi madre con un cabeceo de aprobación—. Entonces, ¿no sabes quién te gusta más? ¿Por eso nos has hecho esa pregunta? No soy ninguna experta, no es que el romance me interese, pero...

—¡Uy, acabo de recordar que tengo muchas cosas que hacer!

No dejo que ninguno de los dos responda: cojo mi té y mi plato de tortitas y huyo lo más rápido que he huido nunca, aunque oigo a mi madre llamándome y a mi tío reír. Supongo que me lo merezco, pero no por ello es menos martirizante. Es todavía peor cuando llega Diana, muchas horas más tarde, mientras yo paso al ordenador las primeras palabras que he podido escribir en el cuaderno que me regaló Gilbert (solo un relato, nada que me sirva para la novela del concurso ni tampoco nada que pueda conectar con el fanfic, que sigue en pausa, pero son unas palabras y supongo que cuentan). Mi amiga llama a mi puerta y se asoma con ciertas dudas.

—No me habías dicho que te encontrabas mal.

—¿Encontrarme mal?

—¿No es verdad? Me he cruzado con tu tío y me ha dicho muy serio que te cuide, así que pensé…

Definitivamente voy a morirme, aunque quizá mato a mi tío primero. Me echo a reír con nerviosismo, mientras Diana me mira con cara de no entender nada en absoluto.

—¡No le hagas caso! ¡Está nervioso porque va a traer una chica a cenar! Ya no sabe ni lo que dice.

Di se lo cree porque en realidad es algo que podría ocurrir y ella lo sabe, así que no pregunta más y sonríe mientras levanta una bolsa que lleva en las manos. Yo me apresuro a coger la que yo misma reservaba a un lado de mi escritorio y las dos decimos a la vez:

—¡Feliz Navidad!

Diana pone la más feliz de las sonrisas cuando ve que le regalo esas acuarelas que tenía tantas ganas de conseguir, y yo no sé ni qué decir ante la preciosa pluma de plata con mi nombre grabado.

—Para cuando ganes ese concurso y tengas que firmar libros —me dice, sentada a mi lado en la cama.

Yo vuelvo a pasar los dedos por mi nombre y la cabeza se me llena otra vez de la fantasía que siempre he tenido: mi libro en el escaparate de una librería, una charla en la que la gente me escucha, hablar con quienes me lean más allá de una pantalla, sostener entre mis manos el fruto de mi trabajo. Por alguna razón, algunas partes de eso ya no me generan la misma expectación, porque me da miedo lo que vayan a pensar de mi obra. De mí. Me da miedo no poder esconderme tras otro nombre.

Diana me conoce mejor que nadie, así que ve que algo no está bien, porque me pone una mano sobre la pierna y me la aprieta suavemente.

—¿Qué ocurre? ¿No te gusta?

—¡No es eso! Es perfecta, Di, muchísimas gracias, me encanta. Es solo que… No creo que eso vaya a pasar. Lo de que yo me convierta en una gran escritora, quiero decir. No sé qué escribir, ni para ese concurso ni para nada. Lo he intentado, pero… no me gusta nada de lo que hago.

Diana me mira fijamente y yo me encojo de hombros. Supongo que la estoy decepcionando también a ella. La perspectiva se me hace un poco insoportable, por eso dirijo la mirada a la pluma de nuevo y la muevo entre los dedos.

—¿Te acuerdas del año pasado, cuando aquella editorial te rechazó y las otras ni respondieron?

Hago una mueca de disgusto; no es algo que me guste recordar. Ni creo que justo ahora necesite pensar en semejante fracaso.

—¿Intentas darme una prueba más de que a lo mejor no sirvo para esto?

—No: una prueba más de que ya has pensado esto mismo antes. También dejaste de escribir una pequeña temporada: si no lo recuerdas, o si prefieres ignorarlo, ya te lo recuerdo yo. Pero ¿sabes qué? Que al final volviste a escribir, Anne, porque no puedes evitarlo.

Vuelvo la vista hacia mi amiga. Diana me está mirando con esa expresión que dice que me conoce mejor que yo misma. Y quizá sea cierto. Porque yo ya me había olvidado (no: había elegido olvidar) que estuve más de un mes sin escribir ni una palabra después del rechazo. Hasta que *El caballero del espejo* hizo que Gwen despreciara a Elayne y que Arthur la besara, y yo me enfadé y decidí volcar todos mis esfuerzos en reescribir toda la historia desde el principio, con mi propia perspectiva. Aquello me devolvió las ganas de crear, la rutina, la pasión. Tenía un proyecto y me hacía feliz.

—Eres escritora, Anne —me dice Diana, colocándome un mechón de pelo tras la oreja—. Y lo eres porque lo llevas dentro. Has nacido para contar historias, donde sea y como sea, con el nombre que te apetezca. El problema es que te da demasiado miedo lo que otras personas hagan con esas historias. Porque las cosas en tu cabeza funcionan, las cosas en tu cabeza tienen sentido y puedes controlarlas, pero cuando están más allá ya no las controlas tú, y eso… eso te vuelve loca, ¿verdad?

Los ojos oscuros de Diana me están observando con la tranquilidad con la que se observa lo conocido. Como si yo, después de todos estos años, no tuviera ningún misterio para ella. A mí ella, en cambio, me sigue sorprendiendo cada día. Me sorprende la manera en la que sabe ser brutalmente sincera con tanta delicadeza, la manera en la que sabe describir partes de mí que yo ni siquiera me había dado cuenta de que estaban ahí o que prefiero ignorar. Porque tiene razón, como siempre, aunque no me guste. Hago justo lo que ha dicho, y ni siquiera lo hago solo con las historias ficticias, sino con las que están a mi alrededor.

Al fin y al cabo, me resultaba muy sencillo imaginarme enamorada de Roy Gardner y fantasear con lo trágico de un amor no correspondido, pero no sé cómo gestionar las historias que suceden de verdad a mi alrededor, porque salen de mi control. Porque yo puedo elegir cómo se sienten unos personajes, pero no cómo se siente Diana o cómo se siente Gilbert.

Ni siquiera puedo elegir cómo me siento yo.

—Volverás a escribir —continúa ella—. A tu ritmo. Sin presiones. Pero volverás a hacerlo. Solo tienes que olvidarte de todo lo demás y dejarte llevar.

Diana está a punto de dejar caer la mano, pero yo se lo impido cuando levanto la mía y mantengo sus dedos cerca de mi pelo. Creo que consigo sorprenderla, porque tensa el cuerpo. Siento que se me encienden las mejillas, pero levanto la barbilla y respiro hondo.

—¿Crees que puede ser así con más cosas? ¿Una cuestión de olvidarme de todo lo demás y dejarme llevar?

Di se queda muy quieta durante un instante. Después,

me roza la punta de la oreja con los dedos y repasa la piel hasta llegar al lóbulo. A mí me parece que la caricia me replica por todo el cuerpo y recuerdo, en un *flash* confuso y extraño, cómo esos mismos dedos me acariciaron la cara, el cuello y el cuerpo por encima de la ropa en aquella fiesta. La veo en mis sueños, en todos los que he tenido con ella desde hace tanto tiempo que ni siquiera sé identificar cuál fue el primero.

Tanto en mis fantasías como incluso la noche de la fiesta, Diana siempre ha sido quien ha tomado la iniciativa, pero esta vez no va a ser así, ¿verdad?

—Sí. Podría ser así de sencillo —susurra.

Yo asiento. Cuando me acerco, oigo a Diana tomar aire y creo que no soy la única que está nerviosa, la única que siente que el corazón se le va a salir por la boca. Creo que ella misma se siente más tranquila cuando tiene el control de la situación, de lo que pasa entre nosotras, de las insinuaciones y de los acercamientos. Creo que la he cogido por sorpresa.

Sigue dejando caer los dedos y me toca el cuello, la nuca. Su manicura perfecta me hace cosquillas en el nacimiento del cabello y a mí se me seca la boca cuando me mira los labios. Cuando yo miro los suyos.

—¿Estás segura, Anne? —susurra cuando estamos tan cerca que todo resulta ya inevitable.

—¿No me has dicho que me olvide de todo?

—Sí, pero…

—Calla. Soy yo la que siempre habla demasiado.

Diana traga saliva.

Y yo la beso.

Creo que las dos nos sorprendemos de que lo haga, como si ninguna hubiera confiado en ello, como si estuviéramos esperando la duda o la interrupción o cualquier cosa que fuera a impedir que nuestros labios se encontrasen. Quizá por eso al principio ninguna se mueve, como si tuviéramos que asimilarlo, como si nos costara comprender de verdad que nuestras bocas se están tocando y que podemos reconocer el tacto, esta vez sin sabor a limón o a alcohol.

Después de ese segundo, los labios de Diana acarician de manera trémula los míos y sus uñas rozan mi cuello, y el estremecimiento que eso me provoca nace en la nuca pero me baja por toda la columna y se extiende hasta las piernas. Mis manos se alzan antes incluso de que yo pueda pensar en que quiero que lo hagan, porque tocarla solo con los labios no me parece suficiente. Nuestro beso deja de ser una presión de piel contra piel para convertirse en una caricia

húmeda, profunda, reconocible y mucho más fácil y natural de lo que recordaba. Una caricia que hace que me derrita, que recuerde lo mucho que me gustó besar a Diana aquella noche y cómo las descripciones de los libros y las escenas de la película no pueden compararse con vivir el momento.

No sé cuál de las dos se separa primero. No sé si hay más sonidos en la habitación, porque solo oigo mi pulso en mis oídos, solo siento la boca de Diana sobre la mía incluso cuando ya no está.

—¿Bien? —murmura Diana. Creo que le tiembla la voz.

—Bien —respondo yo. Y no tiemblo en absoluto.

No sé, tampoco, quién empieza el nuevo beso, que tiene muchas menos dudas y más ganas de recuperar la sensación de aquella noche y de descubrir alguna nueva.

No sé quién extiende las manos primero hacia el cuerpo de la otra, pero sí que cuando quiero darme cuenta estamos tumbadas sobre la cama como aquella noche lo estuvimos sobre la alfombra, y yo no quiero que se acabe y todo me parece insuficiente. Los besos cambian su ritmo y dejan de ser pacientes. Diana entierra los dedos en mi pelo y me mantiene cerca, y es justo así de cerca como yo quiero estar. Nos aferramos a la otra con las manos mientras su boca prueba mi cuello, mi clavícula, mi oído y otra vez mis labios; y yo pienso que no me importaría que me besara en mil lugares más, porque la piel me cosquillea incluso bajo la ropa y ella está muy cerca, y en mi cabeza he fantaseado con esto más de lo que estoy dispuesta a admitir.

Cada vez que pensaba en Gwen y Elayne y escribía un fanfic sobre ellas.

Cada vez que veía sus dibujos.

Cada vez que la imaginaba en mi cama.

—¿Bien? —vuelve a preguntar Diana.

Y esta vez lo hace en medio de un jadeo, con mi pierna apretada entre las suyas y sus dedos rozando el borde de mi ropa interior.

—Bien —respondo yo, acelerada y sin aire.

Cuando Diana me toca, compruebo que el mundo real puede ser mucho mejor que el que hay en mi cabeza.

22

Al final no vemos ninguna película. Diana y yo nos quedamos tumbadas en mi cama, con las piernas enredadas y los cuerpos muy cerca, tocándonos por encima y por debajo de la ropa. Pierdo la cuenta de los besos que nos damos. Pierdo la cuenta, también, de los lugares por los que nuestros dedos pasan. Pierdo la cuenta de los susurros para guiarnos por el cuerpo de la otra. Pierdo la cuenta de las veces en las que me estremezco por sus caricias o que ella suspira por las mías y de las miradas que intercambiamos, que hoy parecen hablar más alto que nunca.

Pierdo la cuenta de cuánto tiempo nos quedamos abrazadas, también, simplemente, con mi mejilla contra su hombro y sus dedos enredados entre mi pelo. Ella lleva la camisa abierta; yo tengo la falda alrededor de las caderas y hace mucho ya que he perdido las medias.

Y aunque una pequeña parte de mí tenía miedo de que eso fuera una mala idea, de que lo fuera a estropear todo, acabo sintiéndome tan cómoda en el silencio en el que nos sumimos que ni siquiera me atrevo a moverme. No quiero hacerlo, tampoco. No quiero separarme de ella y sentir el frío o la distancia, o saber que, de alguna manera, algo se ha roto, como ocurrió la última vez con mucho menos de lo que ha pasado hoy aquí.

Nada se ha roto, ¿verdad...?

Noto la vibración de su móvil en el bolsillo de su falda, pero ella no se inmuta. Tiene los ojos cerrados y la expresión serena, y durante un momento se me ocurre que quizá se haya dormido.

—¿Di...?

Ella abre un ojo.

—Creo que te están llamando.

—Seguro que son mis padres. No creo que importe si hago esperar media hora más a mi familia.

Y con eso, aprieta el brazo que tiene en torno a mi cintura un poco más. Yo ni siquiera puedo quejarme. La imito, con un poco más de suavidad. Siento que debería decir algo. No quiero hacerlo, pero tampoco quiero volver a cometer el error de callarme y hacer como si nada hubiera pasado. La última vez no salió bien.

La última vez, de hecho, salió terriblemente mal.

Así que debería ser sincera con ella, ¿no?

—¿Di...?

Ella me presta toda su atención esta vez. Sus ojos castaños nunca me han parecido tan profundos. Nunca, tampoco, me han puesto tan nerviosa.

Estoy tentada de no tener esa conversación. De acobardarme por completo.

—¿Qué ocurre? —pregunta. Y, al hacerlo, frunce el ceño, creo que porque llega a ver algo en mi cara que no le gusta—. ¿Anne?

—Escucha... Hay algo que tengo que decirte...

La expresión de Di se vuelve cauta. Aunque no lo quería, aparta el brazo de mí. De hecho, se incorpora hasta sentarse y se arregla la blusa. Sé que lo hace para que sepa que toda su atención está puesta en mí, pero yo solo puedo fijarme en la falta que deja tras ella.

Tanto, de hecho, que durante un momento no sé qué decir. Relleno el silencio poniéndome bien la falda y las mangas de mi vestido.

—Me gustas —digo al fin, con un nudo en la garganta.

Diana se queda momentáneamente sin habla. Su sonrisa es casi incrédula cuando la esboza. Cuando me mira, con esas cejas suyas enarcadas en un gesto divertido.

—Sí, algo había llegado a suponer.

Yo me pongo de todos los colores cuando se humedece los labios de forma provocadora.

—No te burles.

—Perdón, perdón. Continúa. No es lo único que quieres decirme, ¿no?

Abro la boca, pero la vuelvo a cerrar. En realidad, no tengo ni idea de cómo continuar. Diana se inclina entonces para colarse en mi campo de visión, con esa sonrisa que parece decir que no tengo secretos para ella.

—¿Es por Gilbert?

Doy un respingo y parpadeo, sin poder creer que ella haya pronunciado ese nombre antes que yo.

—¿Qué?

—Él también te gusta, ¿no?

Enrojezco.

—¡No!

Diana levanta las cejas y yo me siento mal de inmediato por mentir. A ella. A mí.

—Bueno, puede. Quizá. Un poco. O sea, es una posibilidad. No lo tengo claro aún.

Mi mejor amiga deja escapar una risita, y yo, de todas las reacciones, no me esperaba precisamente esa. La miro con los ojos muy abiertos, incrédula y con las mejillas ardiendo, y ella me enseña las manos a modo de respuesta.

—No me estoy burlando de ti, prometido.

—Pues disimulas muy bien —farfullo—. ¿Tú no deberías ponerte celosa y montar una escena y decirme que…? No sé. ¿Que me aclare antes de darte esperanzas? ¿O que me quieres solo para ti?

Diana se echa a reír, esta vez con ganas, y yo me pongo más roja todavía, porque siento que he dicho una total ridiculez.

—¿Te parece que yo haría eso?

Bueno, lo cierto es que… no. Me parece que es lo que suele pasar en las películas y en los libros, eso sí. Pero, si lo pienso detenidamente, no me puedo imaginar a Diana representando ese papel. Mi mejor amiga me está mirando con la sonrisa divertida, la cabeza ladeada, la expresión tranquila y suave que tiene siempre. Y, de alguna forma, encaja. Encaja mucho más que imaginarla hecha una furia o exigiéndome algo, porque al fin y al cabo ella nunca ha hecho eso. Ni siquiera cuando se declaró el día del lago, hace ya dos meses. No me ha exigido nada en este tiempo y tampoco ha hecho nada por interponerse en lo que fuese que estuviera pasando entre Gilbert y yo. De hecho, solo me ha animado a ser sincera con él, a confiar más y más.

—¿No te importa? —pregunto.

—Creí que había quedado claro el día que escribiste el trío, pero supongo que eres buena para escribir metáforas y no tanto para interpretarlas.

Me pongo roja otra vez y Diana se echa a reír de nuevo cuando le doy un cojinazo en el hombro. Pese a todo, no puedo evitar que se me contagie la sonrisa, aunque me siento un poco mortificada. El cojín cae entre nosotras cuando mi amiga me coge la mano y la sostiene. Hace lo mismo con la otra y ambas miramos nuestras manos unidas, en un silencio que nos envuelve pero no nos agobia. En vez de ser una soga, es una manta cálida en esta tarde de invierno.

—¿Te acuerdas cuando juramos ser amigas para siempre? —me pregunta.

Yo la miro con los ojos entornados, aunque ella sigue mirando nuestros dedos. Fue el día que nos conocimos en persona, en otro de mis momentos quizá excesivamente dramáticos. Después de pasar todo el día juntas, me dio muchísima pena tener que separarme de ella, así que le pedí que jurásemos que todos los días después de ese serían igual de especiales. Que seríamos las mejores amigas. Le dije que éramos espíritus afines y que ya la echaba de menos aunque seguía justo a su lado.

Le di mi meñique y ella me dio el suyo, y ambas juramos que seríamos inseparables.

Ahora, Diana vuelve a rozar su meñique con el mío y me mira con los ojos entornados.

—Sigo siendo tu mejor amiga y quiero seguir siéndolo. Nada de lo que pase, nada de lo que sintamos, nada de lo que hagamos… cambiará eso para mí. Nunca. Eso puedo jurártelo.

Trago saliva y, por alguna razón, siento unas ganas estúpidas de llorar. De alivio, creo. De felicidad, porque la amistad de Di es algo que nunca querría arriesgarme a perder.

Diana levanta nuestras manos con los meñiques entrelazados y me besa los nudillos, y yo tengo que parpadear para evitar llorar.

—No voy a ser yo quien te ponga barreras, Anne Shirley —dice—. Soy feliz con lo que sientas por mí. Con tu amistad, con tu atracción o con lo que tú quieras. No te estoy pidiendo una relación. No te estoy pidiendo que me quieras, y menos que me quieras solo a mí. No te estoy pidiendo nada, en realidad. Solo deseo que me dejes seguir a tu lado, de la manera que sea, con estos besos y estas caricias o sin nada de esto, porque eres lo que más me importa en este mundo. ¿Te parece bien?

Se me anegan los ojos en lágrimas y Diana sonríe con ternura mientras apoya la frente contra la mía. Yo me trago un sollozo y aprieto más mi meñique en torno al suyo.

—Me parece bien. Me parece... Me parece genial.

—Bien. Aunque si en algún momento quieres hacer realidad el trío, me lo voy a tener que pensar… No creo que me importe, en realidad, pero tengo condiciones y…

—¡Diana!

Ella se echa a reír de nuevo y yo, pese a estar totalmente avergonzada, termino haciéndolo también.

Cuando volvemos a besarnos, seguimos teniendo los meñiques entrelazados y el beso también sabe a promesa.

Di se marcha demasiado pronto, o eso me parece a mí, pero no le queda más remedio cuando su madre llama a la mía para asegurarse de que su hija está en nuestra casa. Diana se hace la tonta y le dice que no ha debido de oír el móvil. Me guiña un ojo mientras pronuncia esas palabras, y a mí me da un ataque de risa un poco nerviosa.

Se despide con otro beso y me deja con un cosquilleo en los labios. El olor de su perfume de vainilla todavía flota en el aire de una habitación que, de pronto, me parece demasiado vacía y silenciosa.

Casi me alegro cuando mi madre me llama para que la ayude a ella y al tío Matthew en la cocina. Bueno, en realidad entro con un poco de miedo, porque temo que me vayan a hacer preguntas incómodas sobre Diana y sobre mí, pero como muchas cosas que espero en mi cabeza, eso no pasa. Han debido de decidir ser discretos. Probablemente lo habrán hablado, como todo lo que se hace en esta casa, y habrán llegado a la conclusión de que les contaré lo que haga falta cuando esté preparada.

O a lo mejor solo se han olvidado, porque mi tío está tan nervioso que no deja de pasarse la palma de las manos por la camisa, y mi madre simplemente se centra en preparar la comida. Lo sé porque está tan ensimismada que casi suelta un grito cuando llaman al timbre. Mi tío corre a abrir antes de que pueda hacerlo yo, y juro que se mueve como si le hubieran quitado diez años de encima.

La novia (*amiga*) de mi tío resulta ser tan encantadora como él. Mi madre y ella hacen buenas migas desde el primer momento, aunque creo que algo tiene que ver con que la invitada traiga unas patatas asadas riquísimas y prometa pasarle la receta. A mí me regala un ramo de flores y eso también inclina la balanza a su favor. Creo que mi tío le ha dado todas las claves para caernos bien de inmediato, o a lo mejor simplemente tiene un don.

La cena de Navidad siempre me deja desvelada y con demasiada energía en el cuerpo, así que cuando mi tío se marcha para acompañar a su *amiga* a casa y mamá se va a acostar, yo soy incapaz de meterme en la cama. En cambio, me siento delante del ordenador y, por primera vez en semanas, abro el documento de Word de mi fanfic con la seguridad de que voy a escribir. Y aunque llego a dudar, durante un momento, antes de ponerme a teclear..., lo cierto es que en cuanto veo la primera palabra en la pantalla todas las demás encajan en su sitio, como si fueran piezas de un rompecabezas. Es casi como... si se abriesen unas compuertas. Como si todas las tardes de bloqueo hubieran estado construyendo un muro que ahora se deshace y lo deja salir todo de golpe.

No sé qué ha sido. Quizá las palabras de Diana hayan hecho algo. A lo mejor han sido sus besos. A lo mejor ha sido el hecho de tener un día lejos de mis dudas, de pensar en lo inútil que me siento por no ser capaz de hacer nada. O a lo mejor, como dicen los románticos, realmente ha venido mi musa a visitarme.

No acabo el capítulo, pero estoy tan contenta con mi rato de escritura que acabo dejándolo plasmado para la posteridad en mis redes sociales:

> **Lady Cordelia** @LadyCordelia
> ¡He tenido una sesión de escritura muy productiva! Con suerte podré hacer una actualización cortita este sábado. ¡Y creo que os va a gustar mucho! 🎅🎄

Me muerdo el labio y miro la pantalla, porque realmente estoy orgullosa. Y, al parecer, no soy la única que está despierta a estas horas, ya que algunas personas responden al cabo de unos minutos. Alguien lo llama «milagro navideño» y, aunque no sé cómo tomármelo, se me olvida cuando otra persona me dice que tiene muchas ganas de saber cómo sigue mi fic, aunque le encantó el relato que subí la última vez. Varios usuarios me felicitan las fiestas e incluso me aseguran que me esperarán lo que haga falta.

El buzón de los mensajes privados me avisa de una nueva notificación y yo me asomo casi con cautela, esperando que alguien no se lo haya tomado tan bien como el resto. En las últimas semanas no han dejado de llegarme críticas de personas con muchas opiniones acerca de cómo tengo que hacer las cosas y cómo no.

Y yo, al contrario de lo que me recomendaba siempre Diana, me las he leído todas.

Esta vez, sin embargo, no se trata de ningún lector molesto porque yo haya traicionado el ship, sino que, al parecer, no soy la única de mis amigos que está desvelada.

Aunque puedo esperar eso de Gil, que tengo la teoría de que nunca duerme:

DM

¡Feliz Navidad!

Aunque técnicamente ya no es 25 de diciembre

¿No es un poco tarde para estar escribiendo?

Dudo antes de responderle. Pienso en mí y en Diana, en todo lo que hemos hablado. En que no parece importarle que pueda gustarme Gilbert. Cuando le he dicho, sin embargo, que a él le gustaba Lady Cordelia, ella no ha hecho ningún comentario. Solo me ha mirado como si fuera algún tipo de broma retorcida y me ha besado en la frente.

Puede que yo haya vuelto a pensar en la mano de Gil en la mía, debajo de la manta. Puede, también, que haya pensado en los besos que casi nos damos. Porque estoy segura de que cuando Roy nos interrumpió nos íbamos a besar. Roy, precisamente, a quien es obvio que le gusta Gil…

Menudo lío.

DM

Soy una esclava de las musas

¿Qué excusa tienes tú?

DM

Mi excusa se llama Epidemiología

No te la recomiendo

Pero me alegra no ser el único insomne

Y que, en tu caso, además, sea por algo que te gusta

DM

Suena a que estás sufriendo

¿Puedo hacer algo?

Hay una pausa más larga que las otras entre que mando mi mensaje y él contesta.

DM

Te pediría que me hicieras compañía,
pero nadie merece eso

¿Qué tal si me das un adelanto de lo que has escrito?

Como regalo de Navidad

DM

Vale

No a lo de leer

Tendrás que esperar,
como todo el mundo

Pero puedo hacerte compañía

Yo también tengo que estudiar,
así que podemos hacerlo juntos

Tú desde ahí y yo desde aquí

¿A ver quién acaba un tema antes?

DM

¿Por qué tienes que convertirlo todo en una competición?

DM

¿A quién no le gusta ganar?

DM

Recuerda tus palabras, mi lady,

porque te las vas a tener que tragar

Pero apuesto a que te quedas dormida

antes de dos temas

No me quedo dormida hasta las cinco de la mañana, cuando él mismo me dice que se va a la cama porque tiene el despertador puesto a las nueve. Apenas llego a estudiar un par de temas.

El resto del tiempo nos lo pasamos hablando.

Fandom:	***El caballero del espejo* (TV)**
Relationships:	**Elayne Shalott / Guinevere Pendragon, Lancelot of the Lake / Guinevere Pendragon**
Characters:	**Elayne Shalott, Lancelot of the Lake, Guinevere Pendragon, Arthur Pendragon, Merlin**
Additional Tags:	**Slowburn, Fix-it, Hurt/Comfort, Crossdressing, Elaynevere Canon Queens, Alternate Universe - Canon Divergence, The Author Regrets Nothing, Additional Tags To Be Added**
Stats:	**Words: 99.428 Chapters: 35/? Comments: 5.216 Kudos: 24.398 Bookmarks: 4.586 Hits: 447.308**

La dama del espejo

LadyCordelia

—¿Qué es lo que te asusta tanto? —le preguntó la reina—. ¿Qué viste en el espejo que te tiene tan aterrorizada, Elayne?

—Vi cómo os fallaba a todos.

—Tú nunca nos vas a fallar.

—¿Y si lo hago?

—Si lo haces, te perdonaremos. Pero más importante que eso, quiero que me prometas una cosa.

Elayne calló. Todavía temblaba, llena de miedos, cuando la reina la tomó del rostro con su ternura y su decisión de siempre y la hizo alzar la mirada. A aquellos ojos nunca podría negarles nada.

—Que si fallas, te perdonarás a ti misma.

23

Como prometí, actualizo el fanfic el sábado y los comentarios que recibo son de todo tipo. La gran mayoría celebra la actualización, pero no puedo ignorar los que lo hacen esperando que no me vuelva a distraer con relatos o incluso con otros ships, o los que resaltan todo el tiempo que he tardado en actualizar para algo tan breve. Pese a ello me quedo satisfecha, porque lo bueno sigue ganando con creces a lo malo y, más importante aún, a Diana le gusta y Gil me deja un comentario justo antes de actualizar sus propias redes sociales en el que anuncia que él mismo subirá un nuevo capítulo de su fanfic al día siguiente.

DM

¿Tú no estabas secuestrado por tu carrera?

DM

De alguna manera tengo que desconectar, ¿no?

DM

¿Y decides volver justo al día siguiente que yo?

Suena sospechoso

DM

No pensarías que te dejaría la ventaja, ¿no? ;)

Seguimos teniendo una apuesta

Me muerdo el labio, porque de pronto no me parece casualidad que Gil dejara de actualizar casi al mismo tiempo que yo. Si desconecta escribiendo, podría haber seguido actualizando sin problema, pero tengo la sospecha de que eligió no tomarme la delantera. Al fin y al cabo, cada nueva actualización suma visitas. Si yo estaba en pausa y él no, podría haberme sacado una ventaja que a mí me habría costado mucho recuperar.

Pero no lo ha hecho. Y yo creo que ha sido a propósito, que no ha querido aprovecharse de mi bloqueo, pero no se lo digo. En su lugar, respondo:

DM

¿Tantas ganas tienes de saber quién soy?

Ese era el premio, ¿no?

DM

Tengo ganas de que confíes en mí lo suficiente
para decírmelo

Y con la apuesta es más divertido, la verdad

¿No eras tú la que decía que a todo el mundo
le gusta ganar?

Lo cual me recuerda que no me has dicho todavía
qué quieres tú, en el improbable caso de que ganes,
por cierto

Me doy cuenta de que es cierto y de que, de hecho, ni siquiera lo he pensado demasiado. Al principio tenía ideas, por supuesto, pero todas se reducían a ligeras humillaciones públicas para él: me contentaba con que admitiera en sus redes la derrota, que yo era mejor autora de fanfic que él o que su ship no podía competir con el mío.

Pero no me parece que nada de eso tenga valor ahora.

DM

Verte morder el polvo será
más que suficiente

DM

¿No crees que pierdes tú más que yo?

DM

¿Crees que perderé mucho

confiando en ti?

Creo que Gilbert Blythe se queda sin palabras, porque tarda en responder, y yo me muerdo una uña durante los segundos que espero. Al final su respuesta es muy breve, pero quizá por ello sé que es totalmente sincera:

DM

No

Me gustaría que pensaras

que has ganado algo, en realidad

Yo sonrío, pero no respondo. Le doy un corazón a su respuesta y cierro la conversación. Por divertida que sea nuestra apuesta o lo que me enorgullezca estar en el primer puesto de los fics más leídos, puede que haya cosas mejores que ganar.

Esa noche, antes de irme a dormir, cojo el cuaderno que me regaló Gilbert y la pluma de Diana y empiezo a escribir una nueva historia.

Una que, si bien habla de una dama, de una guerrera y de un rey, es también solo mía.

En Nochevieja me pongo el vestido plateado que mi tío me regaló por Navidad y hago mi mejor esfuerzo para peinarme y maquillarme gracias a los mil millones de tutoriales que me veo. Con el maquillaje funciona, pero el pelo es otra cosa: al final tiene que venir mi madre a ayudarme. Algo más que agradecerle, porque no las tenía todas conmigo cuando le dije que me habían invitado a una fiesta de Nochevieja y que eso significaba que no pasaría la última noche del año en casa. Por suerte para mí, mi tío insistió un poco. Las otras palabras mágicas («Gilbert Blythe») terminaron por convencerla.

—Si te llamo y no me coges el teléfono, Anne, estarás castigada un mes —me dice ahora, mientras me sujeta el recogido con más horquillas de las que he llevado nunca en el pelo—. Y me plantaré allí a traerte de las orejas, si hace falta.

—Dejaré el móvil encendido y con sonido. Lo prometo.

Mi madre sonríe desde el espejo, aunque creo que no es una expresión que supuestamente yo deba ver.

—Y cuidado con el alcohol.

—Puedes hacerme un test cuando vuelva, si eso te hace sentir mejor.

Ella no responde, pero me abraza desde atrás. Mamá no es una mujer especialmente cariñosa, por lo general soy yo la que la abraza y le da mil besos en las mejillas, y quizá por eso, precisamente, no sé cómo actuar cuando es ella la que empieza este tipo de gestos. Al cabo de un instante de duda, sin embargo, dejo las manos sobre las suyas. Nuestras caras aparecen juntas en el espejo y, aunque no se parecen absolutamente en nada, aunque sé que una vez tuve otra madre que me acunaba entre sus brazos y me cantaba para que me durmiese, hoy en día no cambiaría a Marilla y a Matthew Cuthbert por ninguna otra familia del mundo.

—Me da la sensación de que has crecido demasiado rápido —me confía antes de apoyar sus labios en lo alto de mi cabeza—. Pero así son las cosas, supongo. Ve a esa fiesta y diviértete.

Yo me vuelvo para besarla en la punta de la nariz y me propongo hacerle caso. Esta vez, de hecho, Gil me ha asegurado que no va a haber brownies y que todo lo que haya va a estar apropiadamente etiquetado. Sé que lo ha dicho solo por meterse conmigo, pero he decidido ignorarlo.

Diana pasa a recogerme sobre las diez. Los chicos han vuelto a Avonlea para celebrar la Nochevieja y estudiar de forma intensiva a partir de mañana, antes de los exámenes. Y, por supuesto, Roy ha considerado que tiene que hacer una gran última fiesta antes de poder encerrarse. Algo que ha dicho Gil, no yo, antes de invitarnos a nosotras y a Phil. Josie y Ruby también están invitadas.

En el piso los encontramos a todos, pero también a muchos amigos de Roy y a algunos (los menos) amigos de Gil de la carrera, de los que estuvieron en su cumpleaños en Tejas Verdes. Han decorado el salón con globos dorados y luces de colores por todos lados, y Fred, por supuesto, tiene su cámara en la mano.

Es Roy quien nos abre la puerta, con su sonrisa de estrella de cine. Nos besa las mejillas y nos desea una feliz Nochevieja.

—¿Qué tal la Navidad en casa, Roy? —pregunto, un poco por cumplir.

Todavía siento las mejillas ardiendo cuando pienso en lo que debió de ver cuando nos interrumpió a Gil y a mí hace diez días. Me pregunto si se molestó y por eso no quiso venir a cenar, aunque ahora parece completamente recuperado.

—Con la familia y poco más. ¿Y vosotras?

Ambas nos salvamos de tener que responder cuando Phil se lanza sobre mí.

—¡Pecas! ¡Feliz Nochevieja!

—¿Ya has bebido? —pregunto, un poco falta de aire porque casi me placa contra la pared.

—Puedo ser igual de encantadora sin una gota de alcohol en sangre, ya deberías saberlo. Además, me estoy reservando para después de medianoche, como Cenicienta.

Me echo a reír. Estoy segura de que Phil no conoce el mismo cuento de Cenicienta que yo, pero no me da tiempo a hacérselo ver, porque entonces baja la voz para que yo la pueda oír, pero no Diana ni Ruby, que se ha acercado a saludarla.

—Bueno, ¿cómo sigue el tema? ¿Te han dado las vacaciones para decidirte…?

Si pudiera elegir un solo superpoder, creo que me quedaría con el de controlar cuándo me pongo roja. A veces solo necesito eso para decirle a alguien todo lo que tiene que saber. Y así, de hecho, es como Phil descubre que ha habido algo entre mi mejor amiga y yo.

—¡Vas a contármelo todo! ¡Ya!

Y sin opción a réplica, me arrastra lejos de los demás para poder interrogarme a gusto, aunque el resumen, al final, es que no, no me he decidido. Pero que sí, ha pasado algo. Han pasado *varias cosas,* de hecho. Le cuento el casi beso con Gil y la Navidad con Di… con muchos menos detalles de los que a ella le gustaría, creo, por la cara que pone y por cómo mueve las cejas cuando le confieso que nos liamos y que Diana ya lo sabe todo: que me gusta Blythe, que a él le gusta Cordelia y que… todo es demasiado complicado.

—No me puedo creer que no haya alguien comprando ya esta historia y convirtiéndola en una serie de la tele. Te aseguro que tendría muchísima más audiencia incluso que el caballero ese vuestro.

Yo le doy un golpe en el brazo y me trago mi vergüenza con un cacho de pizza fría.

—¿Y ahora? ¿Te vas a liar con Gil? Digo, para comparar objetivamente.

—¡Phil!

—¡Solo lo sugiero! A lo mejor es lo que necesitas para terminar de decidirte. Si es que quieres decidirte, claro.

Diana me ha dicho que no hace falta, pero yo supongo que claro que quiero, ¿no? En las novelas, en las películas, cuando la protagonista se encuentra metida en un triángulo amoroso, siempre tiene que elegir. Siempre hay una respuesta correcta.

Pero las personas no son respuestas, ¿no?

No es tan sencillo.

No veo a Gilbert hasta que Phil me deja huir de su lado. Lo encuentro en la cocina, al margen, con una taza de café, como si necesitara algún aliciente más para permanecer despierto en medio de una fiesta.

—Bonito vestido —me dice con una sonrisa que asoma por encima del borde de su bebida.

—Gracias. Bonito… chaleco —respondo, mirando la prenda de lana, sin botones, que lleva por encima de una camisa sencilla.

Él se echa a reír.

—Un regalo de la abuela Blythe —me explica—. ¿Decepcionada? ¿Esperabas verme con chaqueta y corbata, como Roy y Fred?

Lo cierto es que no. Lo cierto es que solo quería verlo y nada más, después de hablar tantos días por mensaje. Ahora que lo pienso, además, creo que no le pegaría para nada llevar una corbata o un traje. No le pega nada vestir como Roy Gardner.

Curiosamente, siempre he creído que me gustaban los chicos como Roy Gardner.

Y Gilbert es todo lo contrario.

—No. Te... Te queda bien.

Blythe vuelve a sonreír.

—¿Qué tal la Navidad?

Yo me apoyo a su lado, en la encimera.

—Hemos conocido a la novia de mi tío... Bueno, no estoy autorizada a llamarla «novia», pero es obvio que lo es. ¿Y tú, aparte de llenar tu Instagram de comida?

—Mi madre siempre prepara más comida de la habitual cuando voy a casa, dice que aquí no como. Aunque ya le he dicho que en Tejas Verdes me están alimentando muy bien.

Abro la boca, aunque no sé muy bien qué decir. ¿Significa eso que le ha hablado de mí a su familia?

—¿Has presumido de que tenemos la mejor tarta de zanahoria del mundo?

Gil le lanza un vistazo a mi pelo, como el primer día que vino a la cafetería, y luego me mira con un brillo en los ojos que no sé cómo interpretar.

—Esas fueron exactamente mis palabras.

Siento que enrojezco y quizá por eso intento cambiar el tema de conversación.

—¿Qué haces aquí? —pregunto, fijando los ojos en las puntas de nuestros zapatos—. ¿No deberías estar con los demás? ¿O estás asegurándote de que nadie deje drogas sin vigilancia en la cocina?

—Más bien asegurándome de que todo el mundo lea las notas que dejamos.

Yo me llevo una mano al pecho y me hago la ofendida; él se ríe.

—En realidad es que llevo unos días rodeado de gente casi todo el tiempo. Y Roy se pone muy intenso cuando hay una fiesta, ya lo conoces, así que estoy escapando un poco antes del caos de la medianoche.

Cambio el peso de un pie a otro al escuchar esas palabras.

—Oye, respecto a Roy… —Me humedezco los labios—. ¿Está todo bien con él? No quise decir nada, porque estábamos todos juntos cenando, pero el otro día…

—No te preocupes —me corta él. Creo que ha fruncido el ceño en un acto reflejo, porque veo el esfuerzo que hace por alisarlo y sonreír—. Roy todavía… Da igual. Hablamos y puede que fuera un poco duro con él, eso es todo.

Gil deja su taza de café en el fregadero. Sé que me va a preguntar si volvemos a la fiesta, pero soy yo quien lo interrumpe esta vez:

—¿Por mí? —Me siento extraña al decirlo, como si me estuviera dando más importancia de la que tengo. Una parte de mí siente que es ridículo que Roy pueda molestarse porque yo esté cerca de Gil—. Si he hecho algo…

—No has hecho nada —me asegura él—. De verdad. Es solo que… Roy tiene que acostumbrarse a que a veces pasan cosas que no se espera. Sobre las que no tiene control.

¿Soy yo algo sobre lo que no tiene control? ¿O Gilbert? En el fondo puedo entender lo difícil que es a veces aceptar que los demás son impredecibles. Que nunca sabes qué van a responder, o a hacer o…

Gil se encoge de hombros y creo que es la primera vez que me parece que no está cómodo y confiado en mi presencia. Pienso que no quiere hablar de esto, o quizá considera que no puede, y yo, de hecho, me siento un poco mal por estar hablando de Roy a sus espaldas, así que no pregunto más.

—Volvamos con los demás. ¿O no estás aquí para disfrutar de la fiesta?

Él me tiende la mano. Yo dudo, pero finalmente la tomo y lo sigo.

Supongo que yo también tengo que aprender que no tengo el control de todas las historias que me rodean. Que no puedo conocerlas todas. Que no puedo alimentarme de ellas como he hecho siempre, usando las vidas de otros como si fueran personajes. Roy Gardner es alguien real, y a mí, por mucha curiosidad que me despierte, por mucho que sienta que hay algo que no puedo entender del todo de él, supongo que todavía no me corresponde saber.

Lo que me corresponde, en cambio, es disfrutar de la última noche del año. Me corresponde esta historia de Nochevieja, en la que hay una cuenta atrás a gritos donde participa hasta Fred, siempre más silencioso, animado por una Phil que se le sube a la espalda. Diana me coge del meñique como si prometiera un nuevo año a mi lado mientras nos despedimos de este. Gil me da un beso en la mejilla en cuando llega el 1 de enero, y yo no puedo evitar pensar que el primer beso que da es para mí, aunque después de ese ofrece muchos más. Roy y Josie brindan, y Ruby se pone a llorar diciéndonos que nos quiere mucho a todos.

Di me arrastra al baño para robarme el primer beso en los labios y no sé cuántos minutos pasamos allí, apoyadas contra la puerta, esta vez muy conscientes de lo que estamos haciendo.

No es una Nochevieja especial. No es más extraña ni más novedosa que otras ni hay nada impactante en ella. No tengo una gran revelación que marcará el año siguiente y los venideros. No hay una gran sensación de comienzo. No pasa ninguna de esas cosas que se supone que pasan en las grandes novelas.

Pero, por primera vez, no me siento un personaje secundario entre toda la gente. No me siento la persona que quiere contar la historia del resto de las personas presentes.

Me siento protagonista de mi propia vida, y eso es más que suficiente.

24

Las horas después de los primeros minutos del año pasan ridículamente rápidas. Bailo con Diana, con Gilbert, con Phil, con Ruby e incluso con Josie. Hasta Fred termina con la corbata alrededor de la frente y bailando con Diana, pese a que en la primera fiesta que estuvimos juntos creo que le habría dado un síncope solo de pensarlo. Sé que Diana y él hablan a menudo, que siguen quedando por su cuenta. Que son buenos amigos. Que se alegra de haberlo rechazado, porque así han podido empezar otra cosa, sin mentiras, sin tener que fingir nada. Si lo pienso, creo que es la primera vez que veo a Diana llevarse tan bien con un chico.

En cierto momento, mientras la veo reírse con él, se me ocurre que nunca me había dado cuenta de que no parecía realmente feliz con todos los chicos con los que ha estado desde que la conozco. Y que, en definitiva, parece mucho más contenta ahora.

—¿Qué miras con esa sonrisa?

Gilbert se apoya a mi lado en la pared y creo que sigue mi mirada hasta encontrarse con Fred y Diana. Gil ahora lleva la pajarita de Phil en el cuello, aunque no podría desentonar más.

—Me preguntaba cuánto ha tenido que beber Fred para estar así.

—Diría que una botella él solo —bromea—. Puede que una y media.

Los dos nos reímos.

—Se han hecho buenos amigos, ¿eh?

—Bueno, no sé si a él en el fondo le seguiría gustando ser algo más que amigos —dice Gil sin perder la sonrisa, y después se encoge de hombros—. Pero sí, supongo que sí.

Me humedezco los labios y lo miro de reojo mientras él da otro sorbo a un botellín de cerveza. Ya no hay ni rastro de su chaleco y solo lleva la camisa arremangada y medio abierta.

—¿Y tú? ¿Cómo va tu propia conquista con Lady Cordelia? ¿Amigos o algo más?

Gil parpadea y creo que está a punto de atragantarse con su bebida. Yo doy gracias de estar ya roja por el calor y el alcohol, porque confío en que no se note que me ruborizo todavía más. En su lugar, de hecho, aprieto con los labios la pajita de mi vaso, que tiene una mezcla que Phil me ha dado antes y cuyos ingredientes prefiero desconocer.

Siento los ojos de Gilbert Blythe clavados sobre mí durante un segundo muy largo, pero yo no le devuelvo la mirada.

—La verdad es que yo también me lo pregunto —admite tras unos instantes—. Si te soy sincero, a veces creo que le gusto, pero otras veces no podría asegurarlo. Es un poco… escurridiza. No sé si confía del todo en mí todavía.

Trago saliva. No es eso. No es que no confíe.

—Estoy segura de que sí que lo hace.

—¿Tú crees?

—Sí. Te lo prometo.

Cuando levanto la mirada, nuestros ojos se encuentran y él se humedece esos labios que deben de saber a alcohol.

—Y… ya que la conoces tan bien, ¿tú qué crees?

—¿Qué creo?

—¿Dirías que le gusto?

Aprieto mi vaso con los dedos. Gilbert Blythe parece muy despierto, y yo, en comparación, me siento absurdamente aletargada y con los sentidos dispersos. No debería contestar. Pero antes de que ese pensamiento termine de formarse en mi cabeza, ya he dicho:

—Sí, yo diría que sí.

Gilbert traga saliva y yo tomo aire. Debería decírselo justo ahora. Debería dejar a un lado la apuesta, mis reservas, mi miedo a exponerme, todas las razones que podría tener para esconderme tras un pseudónimo y, simplemente, soltarle que yo soy Lady Cordelia y que no he querido jugar con él, que ahora tampoco estoy jugando con él, pero que no sé qué quiero exactamente y…

Un chillido hace que los dos nos sobresaltemos. Diana, Fred, Josie, Phil y Ruby están de pronto en el suelo y no tengo claro cómo ha pasado, pero se parten de la risa (incluso Josie) y yo supongo que ha sido algún paso en falso que ha provocado un efecto dominó. Una parte de mí agradece el momento roto y los dos nos apresuramos a ayudarlos a levantarse, aunque por el camino casi nos caemos con ellos. Diana me pide agua mientras se carcajea, y yo, divertida, me comprometo a llevársela.

Cuando llego a la cocina, sin embargo, me encuentro que ya hay alguien en ella. Una única persona que, en realidad, ni siquiera sé en qué momento de la noche había perdido por completo de vista.

Roy Gardner parece estar siempre rodeado de gente,

pero en este momento, en esta cocina en penumbra, en *su* fiesta, está completamente solo.

La primera vez que vi a Roy Gardner en una foto pensé que era, simple y llanamente, perfecto. Después, cuando empecé a seguirlo en redes sociales, esa perspectiva no hizo más que afianzarse: era todo un caballero, amable y abierto con todo el mundo, y sus stories nos llevaban a la cotidianidad de su vida como si realmente estuviéramos allí. Como si sus seguidores fuéramos también sus amigos, de alguna forma. No creo que sea fácil explicarlo, pero así era exactamente como se sentía. Roy tiene esa facilidad para conectar con la gente, supongo.

La primera vez que lo vi en persona no fue demasiado diferente. Ahora parece que hayan pasado siglos desde septiembre y me siento un poco ridícula pensando en la manera en la que me comporté para que me viera y al mismo tiempo no pasar solo como una fan.

Aquel día sentía que lo conocía pese a que nunca habíamos hablado.

Hoy siento que no tengo ni idea de quién es pese a que se supone que somos amigos.

Por ejemplo, no sabía que fumaba y, sin embargo, tiene un cigarrillo entre los dedos mientras se asoma por la ventana para que el humo no entre en la cocina. Al menos, hasta que me ve. Cuando lo hace, da una última calada y lo apaga contra el alféizar mientras recupera una sonrisa que no me parece ni la mitad de perfecta que en otras ocasiones. No puedo evitar tensarme.

—Anne —me saluda—. ¿Disfrutando de la fiesta? ¿Necesitas algo? Hoy no tenemos brownies, como ya habrás visto.

Dejo escapar una risa, pero me suena falsa y nerviosa.

—Solo venía a por un poco de agua.

Antes de que yo pueda dar un paso más, sin embargo, Roy se encarga de moverse hasta la nevera y tenderme él mismo una botella fría que yo tomo con cierta duda.

—Gracias —murmuro. Y aunque sé que no debería meterme, aunque quizá no haya nada raro en que esté aquí y solo se está refrescando, no puedo evitar preguntar—: ¿Todo bien?

Roy parece sorprendido de que le pregunte. Creo que parpadea y, después, se ríe.

—Claro. Gil no soporta que nadie fume, así que solo tengo permitido hacerlo en la ventana de la cocina. Enseguida volveré.

—Te preocupas mucho por tener contento a Gil, ¿no?

Ya me estoy arrepintiendo de hablar antes de terminar la frase. La voz de Diana me llama bocazas desde algún lugar de mi cabeza. ¿Qué había sido de contener la curiosidad, Anne? ¿De no intentar descubrir las historias de todo el mundo?

Roy Gardner me mira con sorpresa por segunda vez en menos de dos minutos. Después, se apoya contra la nevera, mete las manos en los bolsillos y su sonrisa parece cambiar, aunque puede que solo sean las sombras.

—Sí, aunque a veces no se me da muy bien, ¿sabes? Sospecho que a ti se te da mejor.

Me ruborizo cuando él levanta las cejas y agradezco tener la botella de agua fría entre mis manos, porque me mantiene anclada a la tierra, como si su temperatura me despejara.

—No, yo…

—No le hagas daño, Anne. Como alguien que se lo ha hecho antes, te aseguro que no se lo merece.

Trago saliva. Quiero decirle que no pretendo hacerle ningún daño a Gilbert Blythe, que soy muy consciente de que no se lo merece. Cualquiera podría ver eso, en realidad. En su lugar, me vuelve a poder la curiosidad, sobre todo porque siento que Roy está dispuesto a responder a mis preguntas y soy consciente de que Gil no me contará la parte de la historia que no le corresponde. Aunque, aparentemente, sea algo que lo ha hecho pasarlo mal.

—¿Qué pasó? —susurro.

—¿Según Gilbert? ¿Según yo? Tú escribes, ¿no? Sabes que todas las historias tienen varias versiones, dependiendo del punto de vista.

—Te estoy preguntando a ti, ¿no?

Roy Gardner calla y después retrocede, y creo que esa es una manera sutil de decirme que me meta en mis asuntos, no en los suyos. Pero, en su lugar, cuando se acerca de nuevo a la ventana me hace un ademán con la cabeza para que me una a él, y yo, aunque dudo, aunque miro hacia la puerta de la cocina y pienso en volver con todos, soy consciente de que quiero saber. Por eso dejo la botella de agua sobre la encimera y me apoyo a su lado. Roy me ofrece un cigarrillo y, cuando niego con la cabeza, él se lo pone en los labios y da una calada profunda. Se toma su tiempo en echar el humo antes de hablar:

—Mi versión es que soy un poco cobarde. Gilbert, curiosamente, te dirá que no lo cree, pero solo estará siendo amable. Es uno de sus defectos: no sabe cuándo dejar de serlo.

A veces lo pasa mal por el camino. Como con su familia: lo tienen machacado con sus expectativas, pero él no va a decir nada, porque tiene esa manía de… ponerse el último, ¿sabes? Creo que, si miro atrás, yo lo sabía y me aproveché de eso. No conscientemente, eso sí, pero…, bueno, eso no significa que no lo hiciera, ¿no?

Roy debe de darse cuenta de que no lo sigo y yo me pregunto si está hablando conmigo o si está pensando en voz alta. Quizá un poco las dos cosas. Sea como sea, niega con la cabeza y empieza por el principio.

—Gilbert me gustó en cuanto entró en el piso —admite—. De una manera física, simplemente. Me parecía atractivo y tenía esa sonrisa… Se le cayó pronto, sin embargo, en cuanto las clases empezaron. Esa historia ya te la sabes, te la conté en su cumpleaños, ¿no? La cuestión es que después nos empezamos a hacer amigos.

—Con *El caballero del espejo.*

Eso me lo ha contado el propio Gil.

—Sí. La verdad es que yo no me esperaba que le fuera a gustar tanto, y menos que él pudiera tener una perspectiva de la serie tan diferente de la mía y del canon, por eso me entusiasmó que lo viera todo de manera tan distinta. Nos podíamos pasar horas discutiendo. Así que eso fue lo que hizo que me gustase de verdad, supongo.

No puedo decir que no lo entienda. ¿No es esa una de las cosas que también me fascinan a mí? ¿La manera en la que habla Gilbert, en la que crea, en la que defiende sus propias perspectivas pero también escucha las del resto del mundo? Nadie va a convencer a Gilbert Blythe de que Lancelot no es trans, pero no le importa en absoluto que los demás no lo piensen.

—Y… ¿tú le gustaste a él?

Roy se encoge de hombros.

—Sí. Nos liamos. Empezamos a acostarnos. Yo estaba… enganchado. No sabes lo que es estar con Gilbert Blythe, Anne: mejor que los brownies.

Enrojezco, porque de alguna forma la idea cruza mi cabeza y me pregunto cómo será realmente acostarse con Gilbert Blythe. No puedo evitar pensar en cómo escribe las escenas de sexo, en los aspectos a los que presta especial detalle. No puedo evitar, tampoco, recordar cómo se arrodillaba ante mí en mi sueño. Igual que imaginaba que Diana sería exigente (y ahora sé que acertaba), creo que Gilbert debe de ser servicial. Debe de gustarle jugar, como le gusta jugar todo el tiempo. Debe de poner esa sonrisa…

Trago saliva y Roy levanta las cejas.

—No fantasees delante de mí, córtate un poco.

—¡Perdón! Quiero decir... ¡no fantaseaba!

Roy Gardner pone los ojos en blanco y da otra calada a su cigarrillo, pero creo que no está del todo molesto conmigo. Carraspeo.

—¿Y entonces? ¿Cuál fue el problema?

—Que Gilbert en algún momento quiso más.

—¿Y tú no?

—No, yo también. Pero no de la misma manera. —Niega con la cabeza—. No, no es eso: yo no tenía el valor para que fuera de la misma manera, aunque puede que en el fondo me hubiera gustado.

—¿A qué te refieres?

—Gilbert quería que fuera público, en vez de algo que pasaba en nuestros cuartos y que solo sabía Fred. No quería…, en fin, esconderse. Toda su vida ha sido muy sincero sobre quién y cómo es. Y yo no podía hacer eso.

Roy Gardner se encoge de hombros y yo aprieto los labios. Él se queda callado por unos segundos muy largos, sin mirarme, sin mirar nada en concreto. Supongo que se está acordando de esos días, que está pensando en ellos, en las decisiones tomadas o en las inevitables.

—Al principio lo mantuvimos. Él estaba dispuesto a esperar. A ayudarme. Por eso digo que me aproveché. De su paciencia, supongo. De que entendiera que no siempre es tan fácil para todo el mundo. Pero al final no era algo que él tuviera que aguantar, sobre todo cuando yo, llegado un punto, simplemente... estaba poniendo otras cosas por delante.

—No creo que...

—No, en serio: entre Gilbert y mi carrera, elijo mi carrera, Anne. Incluso ahora, cuando me jode un poco ver que él ha pasado página y se fija en otras personas.

Soy consciente de que se refiere a mí, pero yo prefiero no centrarme en eso.

—¿Tu carrera?

Roy suspira y aplasta la colilla contra el alféizar.

—El mundo audiovisual puede parecer muy inclusivo y respetuoso desde fuera, pero es mentira —me explica—. Lo sé porque lo he visto desde pequeño. No me gusta cómo funcionan las cosas dentro porque sé cómo son: he crecido rodeado de productores, otros actores, directivos de cadenas. ¿Sabes qué pasa al final con las estrellas que se salen de «lo normal» en algún aspecto? Que al final las encasillan en películas para otras personas como ellas, como mucho, pero nada más. O las convierten en instrumentos. Funcionan para un nicho, claro, pero no se llevan los grandes papeles, no firman con las grandes superproducciones, a no ser que sean algo que no moleste demasiado. ¿Por qué crees que sigue habiendo tantas estrellas que lo esconden? ¿Por qué crees que hay tantas maniobras de prensa enfocadas simplemente a fingir que dos *celebrities* están juntas, o gente que sale del armario solo cuando su carrera y su éxito ya son innegables? Porque en el fondo todos sabemos cómo funciona el juego. Pero el juego funciona para unos pocos. El juego funciona para los que pueden conservar las cosas para contentar a todo el mundo.

El silencio que viene después de eso es más opresivo que ningún otro, y a mí se me queda una sensación extraña y pesada en el estómago, como si todo el alcohol de la noche me diera de pronto ganas de vomitar. Roy suspira.

—No quiero ser Roy Gardner, el actor gay. Solo quiero ser Roy Gardner, el buen actor. Y cuando te ponen la primera etiqueta, para mucha gente deja de importar la segunda.

Del mismo modo que yo no quería ser Anne Shirley, la escritora de fanfics. Solo Anne Shirley, la gran escritora.

De pronto me parece un pensamiento muy estúpido. De pronto me parece ridículo haberme preocupado por los prejuicios de la gente sobre los fanfics como si tuvieran alguna importancia. Yo solo escondo una parte de lo que creo; en comparación, Roy Gardner esconde mucho más, y ni siquiera lo hace por preservar su intimidad o porque quiera, sino porque no ve otro remedio.

Puedo entender la sensación de sentirse protegida en las sombras, pero, al mismo tiempo, yo no he perdido nada por estar en ellas.

Roy Gardner pierde una parte de su vida.

Roy Gardner perdió a Gil.

—¿Crees que algún día...? —pregunto tras un silencio.

—¿Si saldré del armario? Supongo. No creo que pronto, aunque estos días me lo he planteado, pero sería solo por... En fin, por probar otra oportunidad. Y Gilbert no quiere eso, yo en el fondo no quiero eso, y Gil no tenía por qué esperar a que me decidiera. He tenido suficiente suerte con que lo comprendiera y podamos seguir siendo amigos.

Claro que lo ha comprendido, aunque supongo que al principio le debió de doler. Pero ni siquiera ha compartido esta historia con nadie. Como mucho, se ha encargado, sin decir más de lo que le correspondía, de que no fuera complicado para nadie más. Para mí. Para Josie.

Abro la boca, pero entonces Roy deja escapar un chillido y yo otro por la sorpresa que me provoca. Ambos nos volvemos a la vez para ver precisamente a Gil bajando la pierna, con las manos dentro de los bolsillos de su pantalón. Roy frunce el ceño y se frota el trasero.

—¿Estabas escuchando? No, espera, qué más da: ¿me acabas de dar una patada en el culo?

—Por dramático. —Gil enarca una ceja—. Piénsatelo dos veces antes de ser tan emo cuando hables de la suerte de tenerme como amigo. No te queda nada bien el aire de trágica estrella adolescente, no eres Robert Pattinson en la época de *Crepúsculo,* ¿sabes?

—Claro que no: yo estoy mucho más bueno.

Gilbert pone los ojos en blanco y Roy sonríe, pese a todo. Yo solo puedo mirarlos a ambos con los ojos muy abiertos y ser consciente de su relación de una manera en la que no lo había sido hasta ahora. Una historia de amor, al fin y al cabo. Imperfecta, con personas que se encuentran, se quieren y se separan no por grandes complicaciones, sino porque simplemente no es el momento o el lugar. Una historia que no acaba en un «felices para siempre» y que se convierte en otra cosa, sin más. Puede que no sea un romance alegre, pero creo que es bonito porque, después de todo, pueden seguir mirándose así.

Roy Gardner se fija en mí y después en Gilbert. No sé qué piensa, pero al final suspira, coge la botella de agua que yo he dejado en la encimera y le da un suave golpe en la cabeza con ella a Gil cuando pasa por su lado.

—Alguien quería agua, ¿no? Yo la llevo. No me mancilléis demasiado la cocina, ¿eh?

No sé quién se pone más rojo entonces, si Gilbert o yo. Creo que Gil está a punto de protestar, pero Roy cierra la puerta antes de que consiga hacerlo.

Nos quedamos a solas.

25

Gilbert y yo nos miramos por lo que me parece una eternidad. Siento calor, aunque Roy ha dejado la ventana abierta, y creo que Gil siente lo mismo, porque de pronto va a la nevera y coge una botella de agua. Se echa un poco en un vaso y me sirve un segundo vaso a mí. Yo lo agradezco, no tanto porque tenga sed como por tener la oportunidad de ocupar las manos sosteniéndolo.

—No pensé que fuera a contártelo —me dice después de encender una de las luces de la cocina y antes de apoyarse en la encimera, tan cerca que nuestros zapatos se tocan.

Cojo aire. No sé cuánto ha escuchado. No creo que estuviera aquí desde el principio. Espero, desde luego, que no estuviera en la parte en la que he fantaseado con acostarme con él delante de su ex.

Cuando me fijo en su cara, sin embargo, no encuentro la mirada acusadora que esperaba. Gil está serio mientras mira por la ventana. En su reflejo tiene el ceño un poco fruncido, como si hubiera algo que no entiende del todo. Aunque delante de Roy intentara parecer despreocupado, lo cierto es que creo que hay algo que le molesta un poco. O quizá «molestar» no sea la palabra. Quizá solo está preocupado. O confundido.

—Espero que no creas que quiero meterme donde no me llaman, o algo —digo.

Aunque un poco sí que lo he hecho. Pero Gil parece

pensar que no hay maldad en que haya preguntado, porque sonríe con burla, como siempre.

—¿Estabas picada porque te dije que no era tu tipo?

Enrojezco. No sé en qué momento dejé de ver a Roy como un aspirante a novio. Ahora, la verdad, no podría verme de su mano ni aunque no supiera que es gay. Tampoco creo que fuera mi tipo, después de todo. A lo mejor mi tipo son las personas que tienen hoyuelos al sonreír o las que no tienen ni pizca de sentido del romanticismo. La clase de personas que se preocupan por mí y hacen mi vida un poco mejor.

—No —respondo—. Bueno, ya no. Pero sí que sentía curiosidad porque a veces me parecía que..., bueno, que te miraba como si fueras la única persona en el cuarto.

Como el día de su cumpleaños. O como en las primeras fotos que vi de ellos dos, o el día de la sesión en el lago. Quizá Roy no estaba actuando, en aquel momento, vestido como Arthur. A lo mejor miraba a Gil a los ojos y realmente pensaba en que le gustaría que fuera su caballero...

—Puede —admite Gil. No lo dice como si quisiera presumir: simplemente sabe que le gusta a Roy y ya no le ve sentido a disimular—. Creo que nunca había tenido nada tan importante con nadie, antes de él. Llegué a pensar que sería algo... a largo plazo. Pero quizá por eso dolió más saber que no significaba lo mismo para los dos. Yo no quería esconderme y él no quería que nadie lo supiese. Y eso era... muy injusto. No solo para mí, sino también para él. Al principio no tenía importancia, pero al cabo de un tiempo... se hizo demasiado complicado.

Asiento, solo que en realidad no sé si lo puedo llegar a entender del todo, porque no he estado en una situación así. Lo que tenemos Di y yo podría pasar por eso, porque todavía no nos hemos besado delante de nadie, pero creo que es más bien que nos estamos… dando un tiempo mientras nos decidimos. O ella me lo está dando a mí, más bien, hasta que sepa cómo queremos estar. No creo que Di quisiera esconderlo si le digo que quiero salir con ella en serio, aunque no puedo asegurarlo porque al fin y al cabo ha fingido que le gustaban los chicos mucho tiempo y su familia no sabe nada. Yo no querría besarme para siempre en cuartos de baño. Constantemente he imaginado lo romántico que sería un amor vivido en secreto, pero, después de la confesión de Roy, de nuevo sé que la vida real no es como en las películas: tiene que ser horrible medir cada uno de tus movimientos, cada una de tus palabras. Tiene que ser horrible no poder coger de la mano a la persona que quieres. No poder… ser tú.

—Además —añade Gil—, en ese momento era una cosa que ocultar. Pero todos sabemos que si empiezas así, al final se hace una bola de nieve. No me gustan las mentiras, Anne, porque una lleva a otra y a otra y…

—Y al final no sabes cuándo parar —concluyo. Él asiente—. Pero esto no era una mentira exactamente…

—Yo me habría sentido en una. —Gilbert suspira y titubea—. Y se habría acabado convirtiendo en eso cuando, en su gran esquema de futuro, hubiera tenido que fingir que salía con alguna actriz. Con Josie no está haciendo algo muy distinto, ¿no?

Me froto un brazo, incómoda, quizá porque sé que yo también estoy haciendo lo mismo, de alguna manera. Al no decirle que soy Lady Cordelia. Al hablar con él como si apenas lo conociera, cuando lo veo todas las semanas.

Gil debe de interpretar mi silencio como algo malo, porque de pronto se pasa una mano por el pelo y añade:

—No quiero decir que no entienda por qué Roy hace lo que hace. No quiero decir que... lo esté culpando de nada, porque sé que no es tan fácil y tiene todo el derecho a seguir su propio ritmo. Solo que yo no puedo vivir así.

Asiento. Limpio la condensación del vaso con los dedos y luego lo dejo sobre el alféizar de la ventana.

—¿Y no lo echas de menos? ¿No te has arrepentido alguna vez de tu decisión? Porque haces que suene muy sencillo, pero...

—No, no fue fácil, Anne —confiesa él con una sonrisa pequeña que me parece un poco triste—. Y claro que tuve mis dudas. Podría decirse que estuve a punto de volver a caer en los brazos de Roy más de una vez y más de dos. Pero al final supongo que pasé página. Roy es un buen amigo y lo quiero mucho, pero ya está. Sigo confiando en él, aunque no estemos de acuerdo en algunas cosas. Y, sobre todo, sé que puedo acudir a él cuando lo necesite y él sabe que puede hacer lo mismo conmigo.

Vuelvo a asentir. Siempre me siento menos elocuente cuando más debería serlo.

Como si se diera cuenta, Gil me sonríe.

—Siento que no sea la clase de historia de amor que te gustaría que te contasen. Sé que eres una romántica sin causa.

Enrojezco, aunque sé que me dice eso porque quiere relajar el ambiente. Sin embargo, aunque creo que nunca me acostumbraré a que Gilbert Blythe se ponga serio y no tenga la sonrisa perpetua en la boca, también me gusta esta parte de él.

—No soy *tan* romántica.

Él me mira con las cejas arqueadas, y yo, avergonzada, dirijo la vista a la ventana, demasiado consciente de que le estoy mintiendo justo después de que él me haya dicho que no le gustan las mentiras. La luz de la cocina me permite ver perfectamente nuestros reflejos en el cristal. Yo mirándome de frente... y él mirándome a mí. A mi cara, no a esa segunda Anne un poco distorsionada.

Debería decírselo. Debería confesarle que, si le gusta Lady Cordelia, le gusto yo. Debería decirle que a mí me gusta él. Debería aprovechar este momento para sincerarme. Pero entonces Gil se inclina hacia mí y yo solo puedo ver en el cristal lo cerca que estamos de pronto. Lo suficiente para que a mí se me olvide todo lo que iba a decir. Lo suficiente para que pueda oler el alcohol en su aliento, aunque definitivamente parece mucho más sobrio de lo que me siento yo, porque el mundo no deja de girar bajo mis pies.

—A mí también me gustan las historias de amor —susurra en mi oído, como si fuera un secreto.

Abro la boca, dispuesta a decirle algo, a contestar de alguna manera ingeniosa. Pero las palabras se me enredan en la cabeza cuando me vuelvo hacia él y veo su rostro a centímetros. El espacio entre nuestros cuerpos es casi invisible. El estómago se me baja a los pies, y todo lo que puedo hacer es quedarme muy quieta, mirando su rostro, mientras el corazón me martillea tan fuerte en el pecho que creo que él tiene que oírlo también.

Pienso en Roy diciéndome que no sé lo que es estar con Gilbert, que él estaba enganchado, y casi puedo imaginarme cómo sería tener su boca en la mía y sus manos por debajo del vestido y...

—Ya lo había supuesto —balbuceo. Me arrepiento de decir algo incluso antes de que las palabras aparezcan—. Por los fanfics.

Gil no se aparta ni un centímetro. Yo me echo hacia atrás, hasta que siento el borde frío de la encimera presionándome la piel a través de la ropa, pero él entonces esboza su sonrisa, la del hoyuelo, la que es capaz de volverme loca, la que parece reírse del mundo entero. El paso que yo he retrocedido él lo recupera, y ya no tengo ningún sitio al que escapar, pero tampoco quiero hacerlo.

—¿Solo por los fanfics? ¿No he sido lo suficientemente obvio contigo desde el primer momento…? ¿No has notado las ganas que tengo de besarte desde hace semanas, incluso antes del día del especial?

Sí. No. No lo sé. Pensé que era solo cosa mía. Aquel día, en mi cama, pensé que la llegada de mi madre me había salvado de cometer un error, sobre todo cuando después me dijo que le gustaba otra persona. Mi *alter ego.*

Pienso de nuevo en decírselo. Pienso que esta vez voy a hacer las cosas bien. Que no quiero ir más lejos sin ser sincera. Pero entonces Gil apoya una mano a mi lado en la encimera y me mira los labios, y yo miro a los suyos a tiempo de ver cómo se los humedece de esa manera que me hace soñar con esa lengua acariciando la mía… y pienso que ya no puedo más. Que no me importa nada. Que estoy harta de que nos interrumpan y de mis dudas. Por eso enredo mis dedos en su camisa y lo atraigo hacia mí.

Besar a Gilbert Blythe es incluso mejor de lo que había esperado. Aunque parezca inofensivo, aunque tenga esa sonrisa de niño bueno y hable siempre con despreocupación,

Gilbert no besa con delicadeza. Nuestras bocas se encuentran como en esas historias en las que los personajes llevan deseándose desde la primera página. Es un gesto impulsivo y caótico y un poco confuso. O puede que sean mis pensamientos los que son confusos. Puede que sea porque me falta el aire que él me quita y de pronto solo sé que su cuerpo está apretando el mío contra la encimera y que mi piel, en contacto con la suya, arde. Solo sé que sus manos son tan suaves como me las esperaba cuando desliza los dedos por mi cuello hasta mi nuca, para impedir que me separe, y yo solo puedo apretar más las mías contra su camisa y sentir su pecho firme bajo los dedos.

Creo que es muy fácil entender a Roy.

Creo que Gilbert Blythe puede provocar adicción.

Lo sé, definitivamente, cuando juega conmigo al tirar de mi labio inferior con los dientes y yo me siento con síndrome de abstinencia antes incluso de que se haya alejado por completo. Como imaginaba, cuando entreabro los ojos él sigue cerca y tiene esa sonrisa en los labios y yo voy a perder la cabeza.

—Gil…

Suena a súplica porque lo es. Porque no quiero que se separe ahora que por fin he conseguido probarlo. Igual que sabía que Gilbert jugaría conmigo, también lo imaginaba servicial, dispuesto a darlo todo como hace en cada aspecto de su vida, y confirmo que estaba en lo cierto cuando él entiende lo que quiero y no duda en dármelo. Su boca vuelve y lo hacen también sus manos en mi cintura cuando me levanta para sentarme en la encimera y pegarse a mí. No me importa que Roy nos haya dicho que no le mancillemos la cocina, no sé si esto cuenta como tal, no sé nada porque de pronto estoy jadeando contra su boca y él contra la mía, y estoy acalorada y mi recogido se está deshaciendo y mis piernas encuentran una manera perfecta de impedir que Gilbert se separe cuando le rodeo las caderas con ellas.

Él se ríe. Se acerca incluso más a mí. Me muerde otra vez.

Pido otro beso solo con su nombre y Gil, de nuevo, vuelve a cumplir.

Soy consciente de que me dará cualquier cosa que yo desee.

Si la primera vez que Gilbert Blythe apareció en mi clase de Creación Literaria me hubieran dicho que acabaría sobre la encimera de su cocina con una de sus manos debajo de mi falda y su boca en mi cuello, probablemente habría pensado que esa persona quería insultarme, pero lo cierto es que las cinco de la mañana del primer día del año nos encuentran precisamente así: con sus dedos en mi muslo, mis manos alrededor de su cuello y mi nombre en sus labios.

Siento la tentación de dejarme llevar por completo, sobre todo cuando Gilbert roza con los dedos el interior de mis muslos, tan cerca del lugar en el que yo me estoy derritiendo, y murmura:

—¿Qué quieres hacer, Anne?

Muchas cosas. Ninguna de ellas es la que finalmente digo:

—Espera. Para.

Apoyo las manos en su pecho y hago ademán de separarlo. Gil no opone resistencia. Lo veo un poco confundido, pero es él mismo quien aparta las manos de mí de inmediato. Tengo ganas de maldecir.

—¿Estás bien? ¿He hecho algo…?

—No. O sea, sí, pero todo bien hecho, muy bien.

Gil parece divertido.

—¿Gracias? Apenas había empezado, pero…

—No me digas eso, estoy intentando centrarme.

Creo que eso solo hace que Gilbert esté más confuso todavía, pero también a punto de reír.

—Tengo algo que decirte —continúo.

Ahora sí, tengo su atención. Se endereza un poco y me mira mientras comienza a abrocharse la camisa, que yo le he desabrochado por completo. No puedo evitar reparar en las cicatrices de su pecho, que he podido reconocer con los dedos mientras nos besábamos pero que nunca había visto hasta este mismo momento. Cuando se ha adecentado un poco (no demasiado, porque sigue teniendo los labios manchados de mi pintalabios y su camisa está de todo menos arreglada), asiente y me mira.

—Te escucho.

Trago saliva. Todavía tengo su sabor en la boca, a alcohol y a algo dulce que debe de haber comido hace poco.

—Antes que nada, quiero que sepas que… no esperaba que llegara tan lejos. Quería… Sabes que mi sueño siempre ha sido ser escritora.

Creo que Gil se esperaba cualquier conversación antes que esta, porque lo veo parpadear y soy consciente de que está totalmente perdido. Lo veo abrir la boca, pero yo prefiero adelantarme:

—Y, bueno, tú mismo me dijiste, el primer día de clase, que hay gente que cree que los fanfics no son literatura de verdad.

—Sí, supongo que lo dije… ¿De qué estamos hablando, Anne?

Me empiezo a retorcer uno de los muchos mechones de pelo que me enmarcan la cara.

—El caso es que esa gente a veces hace mucho ruido y pensé que sería… contraproducente que, si algún día cumplía mis sueños, alguien descubriese que escribo fanfic. Y, sobre todo, fanfics… subidos de tono, muchas veces. Así que me creé una cuenta anónima. Una cuenta tras la que nadie pudiera saber que me ocultaba yo. —Trago saliva—. Lady Cordelia.

Gilbert vuelve a parpadear. No sé qué me esperaba. Creo que esperaba que el momento de la verdad fuese mucho más dramático: su expresión de horror, rechazo absoluto, Gil sintiéndose traicionado, huyendo de la cocina y dejándome sola con mi miseria. En lugar de eso, se queda paralizado, mirándome durante un silencio tan tan largo que parece que ocupe la mitad de todo el año. ¿Y si deja de hablarme? ¿Y si no se vuelve a sentar a mi lado en clase? Me he acostumbrado a él. Me he acostumbrado a su presencia y la idea de perderlo, de pronto, me aterra.

—¿Qué…? —Ahora. Ahora vendrán los reproches—: Anne, ya lo sabía.

Ahora es mi turno de parpadear. De mirar alrededor, como si esperase ver aparecer a Phil o a Diana, que son las únicas aparte de mí que lo sabían.

—¿Qué? ¿Cómo?

—¿Cómo que «cómo»? —La incredulidad desaparece por completo y se convierte en burla, en esa sonrisa que juega con las comisuras de su boca—. No puedes hablar en serio. Creí que sabías que yo lo sabía. O que sospechabas que yo lo sabía, al menos. Lo sospeché desde aquel día en el que Diana me dijo lo de la guerra secreta y tú reaccionaste como reaccionaste. Y luego, el día de la fiesta, cuando cogí tu móvil, cuando estaba sonando... —Sus ojos se apartan de mi cara, de pronto, con algo que supongo que es vergüenza—. No quería cotillear, pero tenías un montón de notificaciones en la pantalla de bloqueo de las cuentas de Lady Cordelia. No es difícil atar cabos cuando tienes esas pistas.

—¿Y por qué no me dijiste que lo sabías?

Gil me mira de nuevo, con las cejas tan alzadas que le rozan el pelo.

Ah, sí. Quizá esa era una pequeña tarea que me tocaba a mí.

Me llevo las manos a la cara, mortificada. Este sería un buen momento para que el suelo se abriese y me tragase.

—¿Por qué crees que no te pregunté por el especial de Navidad, por ejemplo? ¿Crees que no le habría sacado el tema a una amiga de Internet? ¿A alguien que es tan fan como yo?

Abro y cierro la boca, pero no se me ocurre qué decir.

—¿Cómo lo iba a saber?

—¿Quizá porque te dije que me gustaba Lady Cordelia? —Él me mira; yo me pongo incluso más roja de lo que ya estaba. Creo que soy consciente del momento en el que incluso él piensa que soy absurdamente ridícula..., y, luego, también se pone colorado—. ¿De verdad no sabías que me estaba refiriendo a ti? ¡Me estaba declarando!

—¡No tenía manera de saberlo! ¿Por qué te iba a preguntar antes qué tal las cosas con ella si supiera que te estabas refiriendo a mí?

Oculto la cara de nuevo en las manos.

—¡Pensé que te estabas declarando de la misma manera que lo hice yo! ¡Pero si hasta fui a Tejas Verdes para ver cómo estabas después de las críticas a tu fic! ¡Te lo dije! Pensé que a partir de aquel momento entenderías que lo sabía y que si no decías nada era porque…, bueno, porque aún te incomodaba que yo lo supiera, no sé.

Gimoteo. Me pregunto si podría escapar de aquí por la ventana. Podría subirme a la cornisa con cuidado y salir por la escalera de incendios o subir al tejado y escabullirme de alguna manera. O tirarme y morir, sin más.

—¡Te cogí de la mano! ¡Estuve a punto de besarte varias veces!

—¡A lo mejor te gustábamos las dos!

—¡Te dije que tenía ganas de que confiaras en mí para decírmelo!

Estoy segura de que alguien vendrá al oírnos gritar. Estoy segura, también, de que en cualquier momento oiré el portazo que va a dar Gil al salir molesto de cocina. Creo que me lo merecería. Pero ¿cómo se le ocurre decirme que le gusta mi *alter ego* y esperar que yo entienda que se está refiriendo a mí, cuando yo ni siquiera sé que sabe que somos la misma persona?

Pero Gil no me grita más, ni se marcha ni, de hecho, vuelve a abrir la boca aparte de para… reírse.

Su carcajada es baja al principio, pero cuando me atrevo a mirar entre los dedos, me lo encuentro girado hacia la ventana, con la mano sobre la boca. Y, al instante siguiente, se está riendo muy fuerte e incluso doblándose por la mitad, y hasta yo tengo que sonreír y terminar riendo, porque la verdad es que quizá sí sea un poco gracioso y, de hecho, una situación digna de una comedia de enredo. A lo mejor mi vida es más eso, en vez de una historia romántica.

—Está bien —me dice después de recuperar el aliento, cinco minutos más tarde.

Pensé que todavía le costaría hablar sin soltar risitas, pero de pronto me está mirando con una sonrisa. Se ha acercado de nuevo y se ha quedado de pie ante mí, con las caderas entre mis rodillas. Alza la mano y la posa sobre mi mejilla. Su pulgar me acaricia con suavidad.

—Supongo que ha sido culpa mía, por andarme con rodeos.

Yo voy a decir que no, que no es cierto, que no tiene que disculparse por nada, porque la tonta soy yo, pero él se adelanta y apoya un dedo sobre mis labios para impedirme que diga nada.

—Me gustas, Anne con *e* —susurra—. Me gustas tú, sin importar qué nombre lleves.

No es una declaración de novela ni de película. No hay flores. Nadie se arrodilla ni da un largo discurso. No hay violines ni más música que esa horrible que nos llega del salón, acompañada de algunas risas que sin embargo ya suenan apagadas. Pero a mí se me encoge el corazón antes de ponerse a latir más rápido. A mí, en realidad, sus palabras me calan más hondo que cualquier poema.

Gil no me pide que le responda. De hecho, creo que no me dejaría, incluso si tuviera en la punta de la lengua las palabras adecuadas (que no tengo).

Simplemente se inclina hacia delante, aparta el dedo de mis labios y me vuelve a besar.

26

—Hay algo más que tengo que decirte —murmuro tras cinco o diez besos más, que ya son mucho más tranquilos que los primeros que nos hemos dado.

—Mientras no sea que de pronto también eres la Rowling... Tengo un par de problemas personales con ella.

No puedo evitar sonreír un poco, todo lo que me dejan mis nervios. Esta vez no necesito separarlo, porque él mismo me deja un último beso en la barbilla antes de apoyar la frente contra la mía y prestarme toda su atención.

—¿Qué pasa?

—Es... Hum...

No sé cómo decirlo. Con Diana fue sencillo porque ella me conoce mejor, supongo. Porque fue ella misma quien adivinó que estaba hecha un lío y que admitió mi atracción hacia Gil antes incluso que yo misma. Di se lo tomó con la calma de quien ya tiene algo perfectamente asumido, la calma con la que sin duda había esperado seguir a mi lado como amiga si yo me echaba una pareja que no fuera ella.

No sé lo suficiente de Gilbert Blythe como para saber cómo va a responder él.

—Es sobre Diana —empiezo.

—¿Diana?

Gil ladea la cabeza con curiosidad. De hecho, dirige la mirada hacia la puerta como si esperara verla. Yo deseo que ella no me esté echando demasiado de menos. Espero que le parezca bien lo que está pasando aquí. Supongo que, de alguna forma, lo sabe o se lo puede imaginar. No es lo mismo hablar de un supuesto a saber que la persona que te gusta está tras una puerta con otra, ¿verdad? Sin duda, Roy se puso celoso el día del especial. ¿Y ella?

Trago saliva y mis manos resbalan por la camisa de Gilbert.

—Ella y yo…

Dejo la frase en el aire. Gil vuelve la vista hacia mí. Y creo que, aunque tarda un par de segundos, lo entiende cuando entreabre los labios y se pone un poco pálido.

—¿Estáis juntas?

Enrojezco. No exactamente. Pero, al mismo tiempo, tampoco es un «no» completo.

—Más o menos, supongo.

—¿Más o menos?

Gilbert hace una mueca y me suelta, y yo me quedo tremendamente fría de repente.

—No hemos dicho que estemos *juntas juntas.* ¡Pero ella sabe esto! ¡Quiero decir, sabe que me gustas!

Gil da un respingo y los dos nos quedamos muy callados, porque aunque él lo había dicho, yo todavía no había pronunciado esas palabras. Mi amigo coge aire con suavidad y cabecea mientras se mete las manos en los bolsillos y se aleja hasta apoyarse en la encimera de enfrente. Yo siento la distancia, pero se la permito porque creo que necesita el espacio para aclararse las ideas.

—¿Y le parece bien? Anne, no quiero hacerle daño a Diana: somos amigos.

Aunque la situación es tensa, sus palabras casi consiguen

hacerme sonreír, porque me hace estúpidamente feliz saber que Gil quiere a Diana y que nunca haría nada que pudiera herirla. Que antes que en cualquier otra cosa piense en que ella esté bien hace que me guste todavía más.

—Puedes preguntárselo tú mismo, si quieres, pero quiero que sepas que nada de esto es… a sus espaldas, ni nada parecido.

Gilbert Blythe me mira con los ojos entornados, pero creo que esa idea como mínimo lo deja un poco más tranquilo, porque vuelve a asentir.

—Y entonces tú… ¿Qué quieres hacer?

Trago saliva. La pregunta me golpea con fuerza, porque en realidad no tengo una respuesta. Phil me dijo que la averiguaría cuando estuviese con los dos, pero en realidad creo que los besos y las caricias no han hecho más que empeorar la situación. Son demasiado distintos. Los dos me dan cosas distintas, también. Diana es confianza y calma, todo lo que ya teníamos como amigas acompañado de su ternura en los besos y su manera de tocarme como si lo supiera todo de mí antes que yo. Gil es pasión y diversión, un descubrimiento constante en todos los aspectos, como un juego que no acaba nunca.

No creo que pueda cansarme de ninguno de los dos. No creo que pueda elegir entre ellos sin tener la sensación de que me falta otra cosa que ya he conocido.

Al mismo tiempo, eso es una respuesta, ¿no? O se acerca.

—Todavía lo estoy pensando.

Gil asiente de nuevo, comprendiendo. Nos quedamos un minuto entero en silencio.

—Yo creo que… también necesito pensar —admite al final—. No quiero meterme en otra cosa que no sé si puedo manejar. Lo entiendes, ¿verdad? No quiero emocionarme y después... Y ahora, con los exámenes tan cerca...

—Está bien —le digo, aunque se me hace un nudo en la garganta—. Lo entiendo, Gil.

No podía esperar que para él fuera tan simple como aparentemente lo es para Diana, por mucho que él fuera el primero en escribir sobre una relación de tres personas.

Como ya he descubierto, la ficción y la realidad son cosas muy distintas.

Hay otro silencio un poco incómodo hasta que finalmente Gilbert se vuelve a acercar a mí. Aunque duda, alza de nuevo las manos hacia mis mejillas y me acaricia la cara con la punta de los dedos. Yo no puedo evitar levantar mis propias manos y ponerlas sobre las de él.

—Lo pensamos —dice bajito.

—Lo pensamos —repito yo.

El siguiente beso es tranquilo, largo y callado, muy suave.

También es el último de la noche.

Son casi las siete de la mañana cuando salimos al fin de la fiesta, aunque no somos ni de lejos las últimas en irnos. Diana y yo cogemos el coche y paramos a por café y chocolate para luego dirigirnos a nuestro último destino de la noche antes de volver a casa.

El mirador está tan vacío a estas horas que parece que seamos las últimas personas sobre la faz de la Tierra.

También hace un frío horrible, pero no nos importa. Sacamos un par de mantas del maletero y nos sentamos en el banco más cercano al borde a esperar. Y mientras lo hacemos, para que no se oiga solo el silencio, le cuento a mi mejor amiga todo lo que ha pasado esta noche. Le hablo sobre Roy, sobre Gil, sobre todo lo dicho y lo poco que queda por decir.

En la leve claridad antes de que el sol salga por primera vez en el año, Di escucha sin hablar mientras sorbe de su café y come onzas de chocolate con leche. Tiene la cara en sombras, de tal manera que no puedo saber qué piensa. Cuando entiende que no me queda nada por decir, desliza la mano hacia la mía y entrelazamos los dedos. Apoyo la cabeza en su brazo, con la mirada fija en el horizonte, donde me parece que se empieza a ver un anaranjado más intenso. Pese al frío, está despejado.

—¿Qué vas a hacer? —pregunta, al final, en un susurro. No creo que tenga miedo, creo que simplemente no quiere hablar demasiado alto para no romper por completo el silencio.

—Me gustas —digo yo. Esto es una certeza—. Y también me gusta él.

Me encojo de hombros. No hay mucho más. No voy a elegir. No voy a hacerle daño a ninguno de los dos si puedo evitarlo. No voy, tampoco, a mentirme a mí misma y a decirme que tengo que romperle el corazón a uno de los dos porque no hay más opciones.

Supongo que al final no depende tanto de mí, sino de ellos.

Diana asiente. No sé si realmente puede entender lo que me atrae hacia ellos, hacia los dos, de maneras tan diferentes, pero no lo pone en duda. Me aprieta un poco más la mano y me da un beso en la sien.

Como un espejismo, el sol se asoma por entre las copas de

los árboles, que lo llenan todo hasta el infinito. Creo que nunca había visto el amanecer de verdad, más allá de lo que enseñan en la televisión. Casi me da la risa al pensar que puedo usar tres párrafos contundentes para describirlo pero nunca lo había visto de primera mano, quieta: la forma en la que la luz lo envuelve todo, la magia que parece haber en algo que ocurre absolutamente todos los días.

—Y creo que voy a dejar de esconderme tras Lady Cordelia.

Noto el respingo de Diana cuando se vuelve hacia mí.

—¿Qué quieres decidir?

—Que no quiero seguir siendo dos personas distintas. No voy a hacer ningún anuncio, ni dejaré de usar el nombre como nick, pero si algún día quiero poner una foto mía o si me apetece confesarle a todo el mundo que la chica que hizo de Elayne en las fotos con Gil es la misma que escribe su fanfic favorito, nada debería impedírmelo, ¿no? Al final, quienes quieren a Lady Cordelia o quienes la critican… también me quieren o me critican a mí, lo sepan o no. Lady Cordelia no existe por separado, y es hora de que deje de fingir que sí. Somos la misma persona y quiero que se sepa, también, incluso si llego a publicar algo algún día. Lady Cordelia ha sido quien me ha acompañado durante muchos años como escritora, gracias a ella soy quien soy y escribo como escribo. No quiero… ocultarla. Ni ocultar todo mi trabajo durante todo este tiempo, al margen de lo que puedan pensar otras personas sobre él.

El rostro de Di se ilumina con algo que no tiene nada que ver con el amanecer. Se inclina sobre mí y me da un beso en los labios que sabe a chocolate y a café, a su dulzura habitual.

—Estoy muy orgullosa de ti, Anne.

Detrás de esa confesión cae otro beso. Y luego otro. Ambas estamos cansadas y creo que pensamos en volver a casa, pero estamos demasiado cómodas aquí sentadas, en esta tranquilidad, bajo las mantas que nos cubren los hombros.

—Yo voy a decírselo a mis padres —dice, aún más bajito, cuando nos separamos—. Que… nunca me han gustado los chicos.

Su expresión muestra que la idea le da un poco de respeto. No diría que es miedo, porque no creo que Diana Barry le tenga miedo a nada ni a nadie, pero sé que no le gusta enfrentarse a sus padres. Su imagen tradicional de la hija perfecta chocará un poco con la que les muestre Di, pero supongo que, pese a todo, va a estar bien. No lo dicen a menudo, pero sé que sus padres la quieren con locura y que ser estrictos es su forma de protegerla. De intentar hacer su futuro un poco más fácil. El problema es que el camino que han trazado para ella con toda esa buena intención, a veces no coincide con lo que ella misma desea.

—¿Necesitas apoyo? —me ofrezco.

Ella niega con la cabeza.

—Es algo que tengo que hacer sola. Simplemente, yo tampoco puedo… seguir así. No quiero esconder nada de mí, porque ya me he escondido de mí misma durante suficiente tiempo. Y tampoco quiero que, si en algún momento tengo una relación estable… Bueno, nadie se merece que la oculten, ¿no?

Tiene los ojos fijos en mi rostro, y yo, por supuesto, ya me he ruborizado, porque sé que, aunque no lo hace por mí, quizá esa relación estable podría ser yo.

Y puede que eso me guste más de lo que me atrevo a confesar con palabras.

—Yo también estoy muy orgullosa de ti, Di —le digo tras apartarle un mechón de pelo de la cara.

Es probable que ninguna de las dos parezcamos muy enteras, después de la noche en vela, completamente despeinadas y con el maquillaje corrido, cuando no borrado casi por completo, pero yo juraría que Diana nunca había estado tan bonita como en este momento, con las mejillas redondas que se le empiezan a poner rojas por el frío, los rizos revueltos, una marca de mi propio pintalabios en la línea de la mandíbula y una carrera en las medias con la que lleva media noche.

—Creo que es hora de que nos marchemos —me dice antes de besarme la punta de la nariz.

Yo estoy a punto de asentir y pedirle que se quede a dormir conmigo, que estoy segura de que a sus padres no les importará. En lugar de eso, sin embargo, cambio de idea y le echo los brazos en torno al cuello. No me importa que la manta se me caiga de los hombros, porque el cuerpo de Diana es cálido incluso a través de la ropa.

—No. Quedémonos un poco más aquí.

Ella no protesta. En su lugar, me abraza con fuerza.

El sol ya ha salido.

Y solo es el primer día del año.

Fandom:	***El caballero del espejo*** **(TV)**
Relationships:	**Lancelot of the Lake / Arthur Pendragon**
Characters:	**Lancelot of the Lake, Arthur Pendragon, Guinevere Pendragon, Morgan Le Fay, Merlin, The Lady of the Lake**
Additional Tags:	**Trans Lancelot, Slowburn, Angst, Alternate Universe - Canon Divergence, Additional Tags To Be Added**
Stats:	**Words: 81.631 Chapters: 32/? Comments: 4.232 Kudos: 24.008 Bookmarks: 4.328 Hits: 461.230**

Todo lo que tengo

Blythe

Lancelot se miró en el espejo y, por primera vez, casi echó de menos el tiempo en la torre. El tiempo en el que todo era mucho más sencillo, porque no había miedos que enfrentar ni decisiones que tomar. En la torre, donde solo estaban él y las reglas que tenía que cumplir, las dudas no existían y el espejo le daba todas las respuestas que merecía la pena conocer.

Pero ahora tenía que encontrar una respuesta por sí solo.

Y no estaba seguro de poder hallar la correcta.

27

Las primeras semanas de enero pasan muy rápidas, mucho más de lo que sería esperable, y durante ellas a quien más veo es a Phil, que viene a estudiar a veces a casa (aunque creo que en ocasiones solo viene a cotillear). Es ella, precisamente, quien me mira con una sonrisa diferente al gesto de diablillo que tiene siempre cuando le cuento cómo están las cosas un par de días después de la fiesta.

—Todo irá bien, pecas —dice.

Un segundo después está bromeando y haciéndome avergonzar, pero mientras se ríe de mí yo me doy cuenta de que estaba muy equivocada también con ella cuando la vi el primer día de clase. Puede que Phil Gordon no sea mi alma gemela, que no tuviéramos un gran primer encuentro, pero tras los últimos meses soy muy consciente de que definitivamente es un espíritu afín. Y a ella, como a Fred, como a Roy, como a Ruby Gillis, incluso como a Josie Pye, también quiero conservarla y conocerla cada vez más.

No sé qué esperaba de la universidad cuando la empecé en septiembre. No sabía qué esperaba de empezar a crecer. Supongo que algo totalmente diferente de lo que he tenido al final, pero quizá por eso, cuando lo pienso, me muero de ganas de adivinar qué cosas están todavía por delante.

Durante las semanas de exámenes veo brevemente a Diana, que me cuenta que la conversación con sus padres ha ido bien y que incluso su hermana pequeña hizo algún comentario sobre lo obvio que era. Puede que Di llorase un poco, tanto con su familia como conmigo, pero sé que fue de alivio y alegría, lágrimas que venían más de la sensación de estar en paz consigo misma que de estarlo con el resto del mundo. Durante ese rato, yo solo la abrazo y le hago saber que estoy a su lado, y eso es más que suficiente.

A quien no veo es a Gilbert, aunque no dejamos de hablar por mensaje como si nada hubiera pasado, sobre todo de los exámenes y *El caballero del espejo,* que estrena el tráiler de su última temporada y anuncia su lanzamiento para el 14 de febrero, algo que me encantaría si no supiera que no cogen esa fecha por el romance de mi ship precisamente. Pese a ello, pese a que ninguno cambia realmente su actitud, no volvemos a hablar de Nochevieja y Gil no se pasa ni un día por Tejas Verdes. Yo no me atrevo a invitarlo, porque soy muy consciente de que si quisiera venir, si quisiera verme, lo haría sin más.

Al final, los exámenes llegan y pasan. Es tan sencillo como eso. Phil y yo somos las primeras en terminar y dos días después lo hacen Diana, Ruby y Josie. Todas quedamos para celebrarlo (aunque Ruby lloriquea porque cree que debe de haber suspendido la mitad), y esa noche Diana se queda a dormir, solo que no dormimos en absoluto.

A la mañana siguiente me despierto tarde, pero lo hago en brazos de Diana, que me está mirando, desnuda y preciosa, y parece ruborizarse cuando la encuentro observándome, como si por primera vez en su vida hubiera sido pillada en falta. Creo que es el momento en el que soy consciente de verdad de que quiero mucho más de eso, y que ni siquiera necesito la seguridad de un «para siempre» o de una historia perfecta. Solo quiero más días de despertar sin ropa y tener todavía la sensación de su boca en mi cuerpo y su voz suplicando mi nombre resonando en mi cabeza, más de esos ojos que me miran como ella lo hace, más de su risa y sus abrazos y su manera de cuidarme.

Diana va a apartarse y disimular, pero yo no la dejo.

Creo que, cuando la vuelvo a besar, las dos sabemos que esa vez es un poco diferente.

Mucho más tarde, después de que la que suplique sea yo, ambas bajamos las escaleras hacia la cafetería cogidas de la mano, y ese también es un gesto distinto del que hemos tenido mil veces antes.

Quizá precisamente por eso no estoy preparada para encontrarme a Gilbert Blythe sentado a la mesa del ventanal.

Es casi como el primer día que vino, algo que parece que ocurrió hace mil años aunque solo haga unos meses. Tiene su taza con (presumiblemente) té chai entre los dedos y mira de manera distraída por el cristal, con la cabeza apoyada en la otra mano y su portátil frente a él. Han pasado más de tres semanas desde que lo vi por última vez (desde que nos besamos también por última vez) y es casi como si fuera a deshacerse en el aire o su figura no fuera más que un efecto de la luz.

El momento en el que nuestros ojos se encuentran, sin embargo, es muy real.

Creo que se fija en mis dedos entrelazados con los de Diana. Creo que Diana duda de si debería soltarme, porque afloja la mano, pero yo la sostengo con más fuerza porque no quiero que se aleje. Al mismo tiempo, el corazón me va muy rápido ante la idea de no saber qué está pensando Gil en esta situación.

Creo que me quedo bloqueada. Creo que los tres nos miramos los unos a los otros y que el segundo en el que eso pasa es larguísimo, que quizá nos hemos alejado del concepto mismo del tiempo. Creo que, si esto realmente fuera una película, la imagen misma se habría parado. Si fuera una serie, quizá el capítulo o la temporada acabarían justo aquí, con una gran música de tensión.

Y después, Gilbert Blythe sonríe con su aire burlón de siempre y levanta la mano como si fuera a pedir algo, pero me está mirando a mí cuando dice:

—¿Cuánto tiempo más voy a tener que esperar para que me traigan mi trozo de tarta de zanahoria?

Diana parpadea.

Yo parpadeo.

Nos miramos entre nosotras. Luego lo miramos a él, que se echa hacia atrás en su asiento, cruza los brazos sobre el pecho y sonríe con el hoyuelo más bonito del mundo.

Y después, los tres nos echamos a reír.

Fandom: *El caballero del espejo* (TV)

Relationships: Lancelot of the Lake / Arthur Pendragon / Guinevere Pendragon

Characters: Lancelot of the Lake, Arthur Pendragon, Guinevere Pendragon

Additional Tags: Alternate Universe - Canon Divergence, NB Lancelot, Polyamorous, Slowburn, Fix-it, Hurt/Comfort, The Authors Regret Nothing, Plot Spoilers, Even in the notes, Season 8? I don't know her, Additional Tags To Be Added

Stats: Words: 3.740 Chapters: 1/? Comments: 0 Kudos: 0 Bookmarks: 0 Hits: 0

Más allá del espejo

LadyCordelia & Blythe

Notes

Después de SEMEJANTE FINAL INJUSTÍSIMO hemos decidido unir fuerzas para tomarnos la justicia por nuestra mano y reescribir la octava temporada por completo y llegar a una conclusión en la que, ya sabéis, Elayne no se muera justo cuando Gwen la acepta y confiesa estar enamorada de ella.

Como ya habréis visto, Lady Di se ha unido a nosotros y los capítulos irán siempre acompañados de una de sus ilustraciones.

Esperamos que lo disfrutéis. <3

EPÍLOGO

Llevo toda una vida imaginando historias de amor en Tejas Verdes. He creado las suficientes en mi cabeza para llenar cuadernos y libros enteros. Pero, al final, las mejores historias de amor son las que he aprendido a descubrir. Las que existen de verdad. La de una mujer soltera que quería adoptar a un niño, pero se acabó encontrando con una niña que no aspiraba a ser la protagonista de su propia historia. La de los dos hermanos que siempre habían vivido juntos y habían heredado el negocio familiar donde tanto amor de sus padres habían recibido. La de las mejores amigas que descubrieron que quizá sentían algo más. La de los dos chicos que, quizá, en otro momento, podrían haber tenido su final feliz, caminar de la mano por la calle y besarse en las fotos. La del hombre tímido que conoció a su alma gemela cuando pensaba que ya no habría historias de amor para él. La del estudiante de Medicina que quería ser escritor que entró un día a escribir en una cafetería y se encontró con algo más que la tarta de zanahoria más deliciosa de toda Avonlea.

En comparación, no hay ninguna historia de ficción que pueda superar a ninguna de las que pasan de verdad. Ni las de los libros ni las de las series. Y, sobre todo, no la de *El caballero del espejo*, en la que decidieron que Elayne debía morir (en una escena claramente romántica) para terminar de arrebatarle la libertad que se había prometido cuando salió de la torre.

Aunque, al menos, al contrario que con las historias reales, a eso podemos ponerle un poco de solución con nuestro arte. Al fin y al cabo, desde febrero, desde que nos sentamos todos a ver la última temporada de la serie y Phil casi se carga la tele de Roy al enterarse del final (porque aunque lo niegue estaba muy metida en la narrativa), nos ha dado tiempo a escribir muchos capítulos de un nuevo fic. Una obra conjunta de Lady Cordelia y Blythe que, contra todo pronóstico, lleva muchas más de quinientas mil visitas. Esta vez, sin apuestas. Aunque no puedo negar que disfruté mucho cuando *La dama del espejo* superó a *Todo lo que tengo* y ganó aquel acuerdo entre nosotros.

—Por muy poco —me dice Gil siempre que se lo recuerdo.

—Eres muy mal perdedor —respondo yo cada vez.

Pero lo cierto es que no lo es. Gil es un caballero cuando pierde, y pareció bastante contento cuando le dije cuál sería el precio: un beso y una cita le parecieron un justo tormento. Aunque al final fue más de un beso. Y la cita terminó convirtiéndose en el desayuno de la mañana siguiente en su cama.

La apuesta terminó en marzo, y después de eso vinieron muchas más citas y muchos más besos, muchas más tardes en Tejas Verdes y muchas noches en su cuarto, algunas de las cuales no pasamos solo él y yo. También muchas más quedadas para escribir en la misma mesa en la que me siento ahora, en la del ventanal, tras el cual las hojas vuelven a teñirse de dorado otro año más.

Todavía parece que fue ayer cuando estaba nerviosa por empezar primero, y ahora, de pronto, estoy a menos de una semana de empezar segundo.

Al otro lado de la mesa, creo que Diana está pensando en algo parecido, porque la veo mordisquear la punta de su lápiz mientras sigue la forma en la que las hojas empiezan a caer sobre las aceras de la avenida y me acaricia la mano de manera distraída.

—Ahí viene Gil.

Me vuelvo para verlo entrar acalorado, como si hubiera venido corriendo, con el jersey de punto arremangado y las mejillas rojas. No trae su mochila al hombro, solo el móvil en la mano, que deja sobre la mesa como si quemara cuando nos ve sentadas donde siempre.

—¿Estás bien? —le pregunto sorprendida.

Él necesita unos segundos para recuperar el aire y, aun así, no habla. Lo primero que hace, de hecho, es inclinarse sobre mi asiento y besarme intensamente, con una risa entrecortada que, aunque me encanta, me deja bastante confusa.

—¿Qué…?

—Me han llamado, Anne. Me han elegido. Realmente *he ganado.*

Yo no sé de qué me está hablando, completamente perdida, pero parece que soy la única. Di deja escapar un gritito emocionado que no es nada propio de ella y corre a abrazarlo, y él la estrecha entre sus brazos mientras se ríe.

—¡Gil! ¡Me alegro mucho!

—¿Qué…? —repito cada vez más confusa.

Ambos me miran, como si no se creyesen que yo, precisamente, no sepa de qué están hablando. Y entonces, justo en ese momento, me doy cuenta de que, en realidad, sí que lo sé. Solo hay una cosa que Gil ha podido ganar.

El concurso de novela.

Me pongo en pie tan rápido que las tazas tintinean sobre la mesa.

—¿En serio?

Una parte de mí cree que debería sentir decepción. Que el hecho de que él haya ganado significa que yo he perdido. Pero no lo siento así. No cuando sé todo lo que significa para él. No cuando sé lo mucho que podría cambiarle la vida. Y, desde luego, no cuando lo veo tan radiante, con la sonrisa amplia y la risa sin aliento.

La verdad es que siento que yo también he ganado un poco.

—¡Gil, es fantástico!

Su historia saldrá publicada. Su historia será un libro, ganará dinero con ella y podrá decírselo a sus padres, y quizá así ellos también entiendan lo importante que es para él. Lo valioso que es. Lo absurdamente talentoso que es.

—Gracias —me susurra al oído, después de besarme una vez más, con mis brazos alrededor de su cuello—. Gracias por animarme a participar.

Yo lo aprieto más contra mí.

—Bueno, ¿qué esperabas que hiciera? Eres mi fanficker preferido.

Él ríe con ganas y un poco menos de nerviosismo al recordar uno de aquellos primeros encuentros que tuvimos, en el que Diana decidió hacerme pagar por decir que ella era fan de Roy Gardner.

Sé que llegará tan alto como lo dejen.

En cuanto a mí, seguiré intentándolo.

Todavía me quedan muchas historias de amor por contar.

AGRADECIMIENTOS

Cuando decidimos comenzar este proyecto solo teníamos dos cosas claras: que era imposible creerse que Anne y Diana fueran solo amigas y, que si las novelas originales de Anne se hubieran situado en el siglo XXI, ella sería escritora y, concretamente, fanficker. Alguien con esa pasión por la literatura y esa imaginación se habría dedicado en cuerpo y alma a alguna saga de libros o a alguna serie y habría escrito sobre ella hasta hartarse, especialmente si se hubiera sentido traicionada por el rumbo que los creadores hubieran elegido para ella. Creemos que todo el mundo se ha sentido así alguna vez, que es fácil obsesionarse con algo que nos gusta y convertirlo (aunque solo sea por un breve periodo) en algo alrededor de lo que nuestro mundo gira. Quienes nos dedicamos a la creación de una u otra manera, lo hacemos cada vez que nos metemos de lleno en lo que estamos trabajando.

Esta novela ha sido, probablemente, lo más divertido que hemos hecho nunca. Es, como siempre, la novela que queríamos escribir en el momento en el que la escribimos, y eso hizo que trabajáramos con más gusto en ella. Aun así, también ha habido días difíciles, así que gracias una vez más a la gente que nos aguanta durante el proceso de escritura. Gracias a Loy, Esther y Mer, que nos animan muchísimo y siempre tienen un ratito para leernos; a Xènia, Myriam, Hache y Alan. Gracias a quienes nos mandan ánimos por redes sociales y han estado intentando desentrañar de qué iba esto. Y gracias, por supuesto, a Marta y a todo el equipo de Molino, con quienes ha sido un verdadero placer compartir esta experiencia. Y a Cristina, que no solo ha hecho una cubierta impresionante, sino que les ha dado cara a nuestros niños caóticos. Gracias también a Alice Kellen y Andrea Smith por ser las madrinas de esta nueva versión de Anne.

Por último, pero no por ello menos importante, gracias a todas las personas que nos leéis y que nos apoyáis sin importar en qué nueva aventura o género nos embarquemos. Hacéis posible que podamos seguir creando todo tipo de historias. ¡Esperamos que Anne y todos los demás os hagan muy felices!